日本語の芸

―作家のいる風景―

中村明

明治書院

日本語の芸 —作家のいる風景—

目次

目次

遥かなる航跡

文豪の名人芸

『坊っちゃん』のレトリック
『こゝろ』のサスペンス
芥川龍之介　もうひとつの文体
志賀直哉　勁直のリズム

『坊っちゃん』のレトリック

「レトリック」ということばは虚飾のにおいがする。「それは単なるレトリックにすぎない」とか、「あの作家にはレトリックがあるだけで、いまだ自分の文体を獲得するに至っていない」とかと、しばしば否定的なニュアンスで使われる。表現を飾るだけで、いかにも中身にとぼしい感じだ。人がこんなふうに、警戒の身がまえで、あるいは侮蔑のまなざしで語るのは、文章のうわべをとりつくろう、まやかしの言語技術にすぎなかった、レトリックの長い歴史があったからだろう。

論争相手をいかに効果的に説得するかという弁論術として発達した西洋古代のレトリックは、次第に小手先の技術と化し、うつろな型だけを残して衰退していった。実証科学が標榜《ひょうぼう》され、写実主義のひろがった十九世紀に、形骸化した旧レトリックの滅びたのは偶然ではない。日本では近代の夜明けとともに西欧文化の波に洗われる明治期、尾崎行雄・菊池大麓・黒岩大らの手で、すでに活力を失ったその西欧レトリックも翻訳・紹介され、高田早苗・大和田建樹・武島又次郎・佐々政一ら日本人の手になる美辞学・修辞学の書もあらわれるなど、一時期もてはやされたが、島村瀧太郎『新美辞学』および五十嵐力『新文章講話』を二大頂点として、明治末にはその高潮も引いた。

二十世紀半ばに、事物や観念と言語とが一対一の対応をなすとするロゴス中心主義の信仰が崩れると、事実一辺倒の思想的趨勢をつきやぶって、ことばの復権が叫ばれる。ロマン・ヤコブソン、グループμ、カイム・ペレルマン、ロラン・バルト、I・A・リチャーズ、ポール・リクールらの活動により、新しいレトリックとして修辞学が息を吹き返すのも、そういう時代の要請であった。

日本でも、技術抜きの作文教育がそれなりの役目を終え、見たもの感じたことがそのままことばにはならないというあたりまえの事実につきあたるころ、吉本隆明や佐藤信夫らの著述をとおしてレトリックというものが一般に顧みられるようになった。しかし、内容無視の表面的な技術論という色彩は依然ぬぐわれず、うさんくささがどこまでもつきまとう。本来、対象をどう見るかという、ものの認識のしかたであったはずのレトリックを、認識の方法も内容も問わず、既成の思想を、すでに獲得した認識をどう伝えるかという表層的な技術論、それも特殊な効果をねらう局所的なことばの魔術ととらえる誤った見方が抜きがたくしみついているからではないか。

誰も言わなかったことを言うためには、みんなで使い古してきたことばを有効に用いて、それまで誰も言わなかったように言う必要がある。ことばの効果的な使い方は何種類かにきまっているわけではない。既成の手段ではあらわせない新しい現実、創造的な認識に応じて、人は表現をくふうし、そのつど新しい方法を試みる。これまでに考えだされ、修辞技法の原簿に登録された表現技術が、日本語部門だけですでに何百にものぼる。何百にのぼっても終わることはない。発見的な認識とともに、つねに新しい表現を求めて方法の開拓がつづく。レトリックは閉ざされた体系ではない。どこまでもふくらむ豊かな可能性を秘めながら今も息づくダイナミックなひろがりなのだ。

しかし、何百もの修辞法がまったく無秩序に混在しているわけではない。新しい方法の発見には、視点の転換なり観念のイメージ化なりなんらかの原理にもとづく非連続の発展が必要だが、いずれにせよ人間の思考の型である以上、それらの試みの背後にある原理そのものは、それほど野放図に拡散しているとは思えない。だからこそ従来も、さまざまな分類がほどこされ、一定の修辞体系が思い描かれてきたのだろう。自分でも『日本語レトリックの体系』（岩波書店　一九九一年）という著書のなかで、レトリック体系をつぎのように三元的な二重構造として理解しようとした。

第一はその表現をとるための〝目的〟、それによってねらう効果の面で、「ものの見方の開拓」「表現対象の伝達」「表現意図に応じた調節」「受容反応の操作」「表現主体側の効用」の五類のもとに、「伝達精度を上げる」「内容を強化する」「理解を助ける」「変化をつけ注意を引く」といった一三種を指摘した。第二はその文章のどの点に表現技術を駆使するかという〝対象〟の面で、「視点」「構成」「結び」「展開」「構文」「語順」「文末」「修飾」「用語」「表記」など二〇の部面をとりあげた。第三は具体的にどのような修辞的言語操作をほどこすかという〝手段〟の面で、展開のレトリックとして「配列」「反復」「付加」「省略」、伝達のレトリックとして「間接」「置換」「多重」「摩擦」のそれぞれ四原理、計八つの修辞原理のもとに「漸層法」「倒置法」「倒置反復」「対句法」「冗語法」「列挙法」「断叙法」「体言止め」「婉曲語法」「反語法」「隠喩法」「擬人法」「引用法」「掛けことば」「誇張法」「逆説」など二百数十種類（『日本語の文体・レトリック辞典』〈東京堂出版　二〇〇七年〉では三〇六種）にわたる技法に言及した。すなわち、目的軸・対象軸・手段軸という三本の軸を想定し、いわばその膨張しつづける空間図形上に新旧の各表現技法を位置づけようという構想であった。

修辞原簿に登録される何百という技法も、現実に試みられたおびただしい数の表現上のくふうから見れば、そのうちの限られたごく一部にすぎない。しかも、その表現の試みはつねに増えつづける。あるひとつの言語作品において読み手に働きかける表現の伝達効果が、既成の修辞法だけで説明できるとはとうてい思えない。作品内のことばのあり方が至るところで効果的に働いているのだろう。そういういわば無名の表現技術の存在をきめこまかに掘り起こすことが、レトリック研究の今後の重要な課題のひとつとなる。作品内に働くあらゆる修辞効果がきちんと説明できるまで、レトリックにまつわるうさんくささは払拭されない。まやかしのにおいを消すためには、どのような原理にもとづくいかなる言語操作が試みられ、それぞれの表現がどういう伝達効果を発揮したかを地道に検証することが必要だ。そういう検証作業をとおして、レトリック体系の構造的な網の目をこまやかにし、その内包を豊かに実らせることが期待される。

一方、あるひとつの表現はそれだけで単独に伝達効果を奏するものではない。同じ表現技法でも、作品内での言語的環境その他の条件により伝達効果の質量に違いが出る。それぞれの表現は作品のなかで他の表現と呼応し合いながら、時には相乗効果をあげ、ある場合には相殺されたり逆効果になったりしながら、作品全体の表現効果として収束する。個々の表現技法の言語的なあり方と伝達効果の性格についてはあるていど明らかにされてきた。が、表現相互の張り合う現実の姿を考えるなら、言語作品における表現構造をつきとめ、修辞効果の全体像を浮き彫りにすることがレトリック研究の緊要な課題となる。ほとんど果てしのない多くの分析作業を通じて、さまざまな条件下での表現相互の伝達効果上のルールめいたものが浮かびあがるかもしれない。そのとき、レトリック研究は第二段階を迎える。いわば文論としてのレトリックから文章論としてのレトリックに大きく踏みこむのだ。そして今度は、その複合的なレトリックのルールをひとつずつの環として、高次のレトリック体系が姿をあらわすことになるだろう。

以下、夏目漱石『坊っちゃん』を材料として各種の修辞技法の指摘をおこない、網の目からこぼれたいわゆる無名の表現技術をすくいあげながら、作品の表現構造と伝達効果の全体像をスケッチしてみたい。それがここに提起する二つの重要課題の輪郭を鮮明にするはずである。

『坊っちゃん』は生き生きとした語り口による痛快なユーモア小説である。作品のそういうあり方を支えるレトリックを分析してみよう。手順前後ということがあるように、表現もその順序や環境が違えば効果が当然違ってくる。今後のレトリック研究の在り方として、主語抜きで「親譲りの無鉄砲で小供の時から損ばかりして居る」と書き出し、性格を伝えるエピソードを連ね、敵地に乗りこんだ気分で事件や人間関係を叙し、最後は何事もないように「だから」という接続詞に先導させて「清の墓は小日向の養源寺にある」という一文で作品を結ぶまでを、本来なら絵巻ふうにたどらねばならないのだが、それを実行すれば優に一冊の書物ほどの分量になるので、ここでは分析の結果を略述するにとどめる。なお、テクストとして岩波書店版『漱石全集　第二巻』（一九九四年一月刊）を使用し、引用に際しては他と統一をとるため現代仮名遣いに改める。

第一に、生き生きとした語り口をつくりだしているいくつかの表現技術をとりあげる。せっかちで向こう意気の強い坊っちゃんが「へえつく張って」、「大べらに」といった俗語から「うんでれがん」といった江戸後期の流行語まで駆使してしゃべるように書いた調子そのものがまずそうだが、レトリックとしては最初に、広い意味での反復にかかわる表現を指摘しておく。「行きも帰りも、汽車に乗ってもあるいても」の例では、「行きも」と「帰りも」、「汽車に乗っても」と「あるいても」というふうにそれぞれ対立的な意味のことばを対置し、「いつも」という共通の意味を別の側面からとらえた「行きも帰りも」と「汽車に乗ってもあるいても」とを並べて強調する。形態上も前者は三音と四音の七音、後者は同じ三音と四音の七音に五音をそえてリズミカルに展開する。「自分の鼻は落ちるかも知れない。隣の頭はそがれるかも知れない」の例も、危険を具体化した同じ形式のくり返しである。「墨を磨って、筆をしめして、巻紙を眼めて、――巻紙を眼めて、筆をしめして、墨を磨って」は、手紙が書けずに同じ所作をくり返すようすを、倒置反復の形で感覚的に言語化した例だ。「清の身を案じていてやりさえすれば、おれの真心は清に通じるに違ない。通じさえすれば手紙なんぞやる必要はない。やらなければ」という文の流れは、初期の漱石作品に頻出するいわゆる尻取り文、前辞反復の連鎖であることが容易に読みとれる。

声喩が多いのも躍動的な文調を支える一要素だろう。慣用化したものを含めて、擬声語系が「何かつる〳〵、ちゅ〳〵食ってた連中」、「汽車の笛がヒューと鳴るとき、おれの乗って居た舟は磯の砂へざぐりと、舳《へさき》をつき込んで」、「どんどこ、どんのちゃんちきりん」、「玉子がくちゃりと割れて」など六〇例を超え、擬態語系は「袖の中にある勘太郎の頭が、右左へぐら〳〵靡《なび》いた」、「尻の下でぐちゃりと踏み潰した」、「ぴく〳〵と糸にあたるものがある」、「むっくり飛び起きた」など七〇例近くに達する。

もう一つ、独特のリズムに関係しそうなものとして、句読法の言語操作が目につく。「この真似をしなければならなく、なるかも知れない」、「いや〳〵、附いてくると」、「嘘のない、所を一応説明した」のように、論理や文法を無視した位置に読点を配するのは、執筆時の呼吸を伝えるとともに、読む側にもある種の口調を要求する。

「きのう着いた。つまらん所だ。十五畳の坐敷に寐《ね》て居る。宿屋へ茶代を五円やった。かみさんが頭を板の間へすりつけた。夕べは寐られなかった。」と接続詞も指示語もなしに短文を並べるだけのぶっきらぼうな手紙は、坊っちゃんの性格を髣髴《ほうふつ》とさせるが、同時にきびきびとテンポの早い勢いを感じさせる。赤シャツに「君俳句をやりますか」と聞かれて「俳句はやりません、左様なら」と逃げ帰るあたりも類似の筆勢で、その畳みかける間がおかしい。

文末が多彩なのも、だらだらと単調になるのを避けて生き生きとした調子をつくりだす表現のくふうの一つだろう。有名な冒頭の段落を例にとろう。句点を基準にして機械的に数えると、八つの文が含まれていることになるが、どれ一つとして同じ文末形式はなく、順に「……て居る。……事がある。……かも知れぬ。……でもない。……出来まい。……やーい。……からである。……答えた」となる。「かも知れない」としなかったのは、つぎの「でもない」との連続を意識的に避けたのではあるまいか。このような表現意識が働くのはむろん文末だけではない。同一人物を「ぼこぼん先生」「ぼこぼん君」「此《この》大将」と呼び分けるのも同語回避の避板法の一種である。

第二に、全編をとおして連想が豊富な点を指摘しておく。「空の底が突き抜けた様な天気」などの慣用的なものをふくめ、比喩表現が六〇例以上にのぼる。「先生と大きな声をされると、腹の減った時に丸の内で午砲《どん》を聞いた様な気がする」、「美人に相違ない。何だか水晶の珠を香水で暖《あつ》ためて、掌《てのひら》へ握って見た様な心持ちがした」、「厭味で練りかためた様な赤シャツ」、「二の腕へ力瘤を入れて、一寸攫《つか》んで見ろと云うから、指の先で揉んで見たら、何の事はない湯屋にある軽石の様なものだ」、「歌は頗《すこぶ》る悠長なもので、夏分の水飴の様に、だらしがない」といった直喩表現によって発するイメージが作品のユーモラスな質を支えていることはたしかだろう。「浮《うき》がなくって釣をするのは寒暖計なしで熱度をはかる様なものだ」のように、ある二者の関係を他の関係に置換する例も見られ、「あのシャツは只のシャツじゃない」のような換喩表現とともに滑稽な感じを増幅する。「バッタが一人で御這入りになる」、「(手紙が)山城屋では一週間許《ばか》り逗留して居る。宿屋丈《だけ》に手紙迄泊る積なんだろう」、「教育が生きてフロックコートを着ればおれになるんだと云わぬ許《ばか》り」、「帳場の時計が遠慮もなく十時を打った」といった擬人法の例がほかにも一〇例ばかりを数える。このような擬人的な文脈もおかしみをつくりだす方向で働く。

「顔のなかを御祭りでも通りゃしまいし」は江戸っ子のたんかだというが、いくら「まい」と否定的にあつかわれても、そのイメージが読者の脳裏を一瞬よぎることにちがいはない。「教頭ひとりで借り切った海じゃあるまいし」、「貴様達にこしらえて貰った顔じゃあるまいし」のように慣用的でない例ではなおさらだ。「今に火事が氷って、石が豆腐になるかも知れない」や「箱根の向だから化物が寄り合ってるんだと云うかも知れない」も空想をもてあそんでいる点、同じような効果がある。清が坊っちゃんの将来の家について、麹町《こうじまち》がいいとか、ぶらんこのある庭だとか、西洋間は一つで沢山とか、勝手な想像をめぐらすくだりは、落語の「湯屋番」などを思わせて楽しい。

「そりゃ、イナゴぞな、もし」という生徒のことばに「なもした何だ」と応じたあと、「菜飯は田楽の時より外に食うもんじゃない」とつづける箇所がある。松山弁の特徴的な文末表現として頻出する「な、もし」から、意味はまったく関係ないが、それと似た音をもつ「菜飯」を連想して発話を展開させたものだ。バッタ事件をしかけられ、生徒を糾弾しようと意気ごんでいる坊っちゃんだけに、相手の言をそのまま認め、黙ってひきさがるわけにはいかない。この際は苦しいこじつけでもいいから畳みかけて、なにがなんでも攻撃的な姿勢を維持しようとまくしたてる坊っちゃんのようすが目に見えるようだ。論理的に相当の無理があるため話は確実に横道にそれて、その点もおかしい。「マドンナだろうが、小旦那だろうが」などその典型的な例だろう。「バッタだろうが足踏だろうが」の例もある。原稿の「足踏」が初出以来「雪踏」と印字されてきたのは「せった」と読ませる配慮と思われる。とすれば、これも類音連想の好例だということになる。類音ではないが、お天道様の意の「今日様」から「今日様所か明日様にも明後日様にも」と、多義語の別義を起点としてことば遊びふうに展開するのも、同じ方向のおしゃべりといっていい。「ゴルキが露西亜の文学者で、丸木が芝の写真師で、米のなる木が命の親だろう」の箇所は「ゴルキ」「丸木」「米のなる木」と語末をキ音でそろえて脚韻をふんだ例だが、これも表現心理の点で類似の性格をもつ。

「古池へ蛙が飛び込んだり」や「数学の先生が朝貌《あさがお》やに釣瓶をとられて堪るものか」などの暗示引用の例も、読者に芭蕉や加賀の千代の句を思い出させ、イメージをダブらせる表現効果をはたす。「多田満仲の後裔《こうえい》だ」の例も、それが平安中期に実在した鎮守府将軍の名だとしても、清和源氏にこだわって多くの武将のうちから特にそれを持ち込んだのは「只の饅頭」という音を響かせたかったのかもしれない。「一字毎にみんな黒点を加えて、御灸を据えた積りで居る」の例は黒点を灸に見立てる一種の形態模写を想定した表現で、これも多重の効果をあげる。

第三に、おおげさな感じを印象づける表現技術をとりあげる。その典型は当然、誇張表現である。「鮪の二匹や三匹釣ったって、びくともするもんか」、「こんな奴は沢庵石をつけて海の底へ沈めちまう方が日本の為だ」、「山嵐に一銭五厘奮発させて、百万両より尊とい返礼をした気で居る」、「こう立てつゞけに芋を食わされては命がつゞかない」、「名前を聞いてさえ、開けた所とは思えない。猿と人とが半々に住んでる様な気がする」、「芸者が来たら座敷中急に陽気になって、一同が鬨の声を揚げて歓迎したのかと思う位、騒々しい」といったおおげさな言い方が作品の活気と滑稽感を生みだしていることはまちがいない。

「こいつはどうせ碌なものにはならないと、おやじが云った。乱暴で乱暴で行く先が案じられると母が云った。御覧の通りの始末である。行く先が案じられたのも無理はない。只懲役に行かないで生きて居る許《ばか》りである」という漸層法の例もおおげさな印象をあたえる。「母も死ぬ三日前に愛想をつかした――おやじも年中持て余している――町内では乱暴者の悪太郎と爪弾きをする――此おれ」というふうに、「おれ」にかかる三つの修飾節を並べたてる例も同様、その一つ一つに誇張がなくても、全体として漸層的にひどさが増す感じがある。清が自分の小遣いで物を買ってくれることを金鍔《きんつば》・紅梅焼・蕎麦湯《そばゆ》・鍋焼饂飩《なべやきうどん》・靴足袋《くつたび》・鉛筆・帳面と具体化する挙列法、「おやじには叱られる。兄とは喧嘩をする。清には菓子を貰う、時々賞められる」といった点描法の例も同様だ。「どれ程うまく論理的に弁論を逞《たくま》しくしようとも、堂々たる教頭流におれを遣り込め様とも、そんな事は構わない。議論のいゝ人が善人とはきまらない。遣り込められる方が悪人とは限らない」と否定文末で断定的に畳みかける例も同じ方向にある。「ハイカラ野郎の、ペテン師の、イカサマ師の、猫被りの、香具師《やし》の、モヽンガーの、岡っ引きの、わん〳〵鳴けば犬も同然な奴」とつぎからつぎに同格のことばを列挙するののしりの例も同様だ。このあたりになると、「よくない仕打だ。まるで欺撃《だましうち》ですね。それでおれの月給を上げるなんて、不都合な事があるものか。上げてやるったって、誰が上がって遣るものか」とたんかをきる例につながる。

第四に、直接ことばによっておかしみを醸成する働きをする表現技術をとりあげる。「天網恢々疎にして」と老子の句を引きながら、そのあとを「洩《も》らしちまったり」とつづけて読者の期待を裏切る例などもあるが、その主なものは、意外な用語を起用したり、語の用法をずらしたりして摩擦を起こす言語操作である。「山嵐の机の上は白墨が一本竪《たて》に寐《ね》て居る丈《だけ》で閑静なものだ」の例では、ふつう街のたたずまいなどに用いる「閑静」という語がおやっと思わせる。「温泉行きを欠勤して」の「欠勤」、「不審に思ったのか（中略）呆れ返ったのか、又は双方合併したのか」の「合併」、「山嵐がおれの顔を見て一寸稲光をさした。おれは返電として、人指し指でべっかんこうをして見せた」の「返電」、「自分の分を綺麗に食い尽して、五六間先へ遠征に出た奴も居る」の「遠征」、「今日の新聞に辟易《へきえき》して学校を休んだ抔《など》と云われちゃ一生の名折れだから、飯を食っていの一号に出頭した」の「出頭」など、いずれも用語をずらしたおもしろさが笑いを誘う。相手の質問中の「夜遊び」という語をそのまま生かした「天に代って誅戮《ちゅうりく》を加える夜遊び」の例も、「夜遊び」という語にしみついているニュアンスがその内実とイメージの衝突を起こしてなんともおかしい。また、「御茶を入れると云うから御馳走するのかと思うと、おれの茶を遠慮なく入れて自分が飲むのだ。此様子では留守中も勝手に御茶を入れましょうを一人で履行して居るかも知れない」の「履行」という用語も、その法律めいた語感が、内容となっている事柄とレベルが合わず、皮肉っぽい感じがともなう。

「赤シャツの様なやさしいのと親切なのと、高尚なのと、琥珀《こはく》のパイプとを自慢そうに見せびらかすのは」の例では、特に用法をずらした語は見あたらないが、見せびらかす要素の配列において読者の予測をくつがえす点に注目すれば、これも意外感から笑いを導く言語操作であることがわかる。「やさしい」「親切」「高尚」と抽象的なものを列挙したあと、一つだけ「琥珀のパイプ」という具体物をもちだすことで、そのイメージの落差が頓降的な効果を生み、アンバランスなおかしみをかきたてるのだ。

「バッタを床の中に飼っとく奴がどこの国にある」、「赤シャツと野だは一生懸命に肥料《こやし》を釣って居るんだ」、「マドンナに逢うのも精神的娯楽ですか」などの皮肉も、やはり意外な見方がユーモラスに響き、対象によっては痛快な気分をもたらす。

「謡というものは読んでわかる所を、やに六《む》ずかしい節をつけて、わざと分らなくする術だろう」、「赤い模様のある瀬戸物の瓶を据えて、其中《その》に松の大きな枝が挿してある。松の枝を挿して何にする気か知らないが、何ヶ月立っても散る気遣がないから、銭が懸らなくって、よかろう」といったあたりも皮肉な見方であるにはちがいないが、これらの例は皮肉なあてこすりというより、素人の本音の疑問をさしはさみながら、風流を解さず芸術というものにおよそ縁のない坊っちゃんという人間を描きだすほうに主眼があったと思われる。いずれにせよ結果として滑稽な感じを横溢させている点は変わらない。「席順はいつでも下から勘定する方が便利であった」は側写法を用いて間接に伝えた例だが、これも「成績が悪かった」とか「席順はずっと下の方だった」とかとストレートに述べるよりユーモラスな味が出ることはたしかだ。

話題としてとりあげる事柄自体が笑いをよぶ例も多い。「帝国ホテルへ行った時は錠前直しと間違われた事がある。ケットを被って、鎌倉の大仏を見物した時は親方と云われた」といった失敗談があり、「山門のなかに遊郭がある」、「生徒は反対の方面から退却したので、捕まったのは、おれと山嵐丈《だけ》」といった皮肉な事実もある。下宿の婆さんに「けさの新聞を御見たかなもし」と聞かれ、「読んで後架へ棄て丶来た。欲しけりゃ拾って来い」と答えるのも想像するだけでおかしい。

第五に、痛快な作品という印象をあたえる表現技術をとりあげる。前掲の謡や盆栽に関する見方も常識を破る論理に魅力があるが、「一校の師表と仰がれなくては行かん」という狸校長の注文に「そんなえらい人が月給四十円で遙々こんな田舎へくるもんか」と心のなかで反論するのは一往の筋がとおる。「まずいには恐れ入った。よくあんなものを食って、あれ丈暴れられたもんだ」、「初《しょ》手《て》から蕎麦と団子の嫌《きらい》なものと注文して雇うがい丶」、「もと〳〵返報にした事だから、こちらの弁護は向うの非が挙がらない上は弁護にならない」といった理屈にも一理あって楽しい。

「半ば無意識に床の中へバッタを入れられて堪るもんか。此様子じゃ寝頸《ねくび》をか丶れても、半ば無意識だって放免する積《つもり》だろう」というのは明らかに拡大解釈だし、「生徒も謝罪丈はするが、いたずらは決してやめるものでない。よく考えて見ると世の中はみんな此生徒の様なものから成立して居る」という判断にも相当の飛躍がある。「此男は年が年中赤シャツを着るんだそうだ」のあと「妙な病気があったものだ」と病気あつかいにするのも論理というより心理だろう。「勘太郎は無論弱虫である」はなぜ「無論」なのか。「田舎丈あって秋がきても、気長に暑いもんだ」、「(宿直は)名前出てあるかない方が不都合だ」、「(田舎は)気候だって東京より不順に極ってる」、「(延岡は)名前を聞いてさえ、開けた所とは思えない」、「規律を破らなくっては生徒の体面にか丶わる」という理屈抜きの独断の箇所はなおおかしい。

『文学界』明治三十九年九月号の「文学談」のなかで、漱石自身が「坊っちゃんと云う人物は或点までは愛すべく、同情を表すべき価値のある人物であるが、単純過ぎて経験が乏し過ぎて現今の様な複雑な社会には円満に生存しにくい人だ」と述べているとおり、せっかちで単純で正義感の強い主人公である。この作品を「おれ」という一人称の視点で運んだため、その性格を語り手が説明するわけにはゆかず、会話や行動の描写を通じて読者の頭にその人物像を刻むことになった。そこを具体的に追ってみよう。

友達に弱虫といわれたばかりに学校の二階から飛び降りたり、ナイフで自分の指を切ったりする冒頭のエピソードは有名だ。「物理学校の前を通り掛かったら生徒募集の広告が出て居たから、何も縁だと思って規則書をもらってすぐ入学の手続をして仕舞った」というのも無鉄砲な性格を物語る。なぜ自分にだけ買ってくれるのかと尋ねて清が「御兄様は御父様が買って御上げなさるから」と答えると「おやじは頑固だけれども、そんな依怙贔屓《えこひいき》はせぬ男だ」と息まく正義感、「一々其人に此辞令を見せるんだと言って聞かした。余計な手数だ。そんな面倒な事をするより此辞令を三日間教員室へ張り付ける方がましだ」というふうにめんどうな儀礼を嫌う性格、「(狸と赤シヤツは)月給は沢山とる、時間は少ない、夫《それ》で宿直を逃れるなんて不公平があるものか」と憤慨するように、筋のとおらない不公平を憎む性格、「新聞を丸めて、庭へ抛げつけたが、夫でもまだ気に入らなかったから、わざ〳〵後架へ持って行って棄てゝ来た」という怒りっぽさ、「おれなら即席に寄宿生をことぐ〵く退校して仕舞う」というように手加減をしないきっぱりとした性格、職員会議で「私は正に宿直中に温泉へ行きました。是《これ》は全くわるい。あやまります。」と発言する正直で率直な態度、「(下宿を引き払って）出た事は出たが、どこへ行くと云うあてもない」というふうにすぐに実行する行動力と無謀さ、「赤シャツさんの方が優しいが、生徒の評判は堀田さんの方がえゝという ぞなもし」という分析的な説明に「つまり何方《どっち》がいゝんですかね」と聞き返すように、すべてを善玉と悪玉とに二分しようとする底抜けの単純さ、「人間は好き嫌で働らくものだ。論法で働らくものじゃない」と断言する、理屈より気持ちを大事にしたい人情家、「履歴なんか構うもんですか、履歴より義理が大切です」と発言するように、形式的な業績より人間どうしの義理を尊ぶ人生観……ざっとたどってみても、愛すべき坊っちゃんの性格の一端が、こんなふうに作中の発話や行動として描きだされていることがわかる。

山嵐は「アハ、、、」、赤シャツは「オホ、、」という笑い声に象徴されるように、それぞれの行為が対照的に描かれる。図式としてはきわめて単純だが、「野だの癖に入《い》らぬ批評をしやがる。毛筆でもしゃぶって引っ込んでるがいゝ」、「貴様等に是程自分のわるい事を公けにわるかったと断言出来るか、出来ないから笑うんだろう」、「教頭の所へ御機嫌伺いにくる様なおれと見損ってるか」「新聞がそんな者なら、一日も早く打《ぶ》っ潰して仕舞った方が、われ〵の利益だろう」といった威勢のいいことばの多くが、発言としてでなく心内語としてあつかわれていることに注目したい。「一つ天麩羅《てんぷら》四杯也」「団子二皿七銭」「湯の中で泳ぐべからず」といった黒板の落書を目にするたびに「何だか生徒全体がおれ一人を探偵して居る様に思われた」とあるあたり、上記の坊っちゃんというより、坊っちゃんになりきれない漱石自身が透けて見えることもある。いずれも作品印象を複雑にする点であり、読みようによっては深刻みを帯びる。（詳しくは同じ明治書院刊『文体論の展開』所収の論文「『坊っちゃん』の人物描写」「『坊ちゃん』対話録」を参照）

清から借りた札を「すぽりと後架の中へ落して仕舞った」話も忘れられない。清がそれを拾って乾かしたが、まだ臭いといったら、「どこでどう誤魔化したか札の代りに銀貨を三円持って来た」というくだりは誰でも笑う。しかし、その三円を坊っちゃんは「今に帰すよと云ったぎり、帰さない」。そして、「今となっては十倍にして帰してやりたくても帰せない」という一文をそえて、漱石はさらりと話題を変えてしまう。清がもうこの世にいないことを暗示するこの省筆に読者はとたんにしんみりしてしまう。それが文学というものなのだろう。出立の日、その清に見送られ、坊っちゃんはもう少しで泣きそうになる。「汽車が余っ程動き出してから、もう大丈夫だろうと思って、窓から首を出して、振り向いたら、矢っ張り立って居た」と書いたあと、漱石はなんの説明もなく、ただひとこと「何だか大変小さく見えた」と書く。過不足のないこの小さな一文は、笑いのなかから文学のにおいたつ絶妙のレトリックであったように思う。

（「レトリックの現在―「坊っちゃん」の表現構造と伝達効果」『日本語学』一九九五年一一月号　明治書院）

『こゝろ』のサスペンス

この作品が小説『こゝろ』として定着するまでには多少の曲折があったようだ。岩波書店の漱石全集によれば、牛込早稲田南町の漱石、夏目金之助が大正三年三月三十日に、長谷川如是閑の兄にあたる東京朝日新聞の記者、笑月こと山本松之助に宛てた書簡に「今度は短篇をいくつか書いて見たいと思います、その一つ一つには違った名をつけて行く積《つもり》ですが予告の必要上全体の題が御入用かとも存じます故それを「心」と致して置きます」と記し、この部分が四月十六日付の東京朝日新聞に小説予告「心」として掲載された。

新聞連載の始まったのは四月二十日で、最終回の八月十七日まで計一一〇回に及んだ。その第一回の冒頭に作品名「心」、次に副題として「先生の遺書」と記された。岩波書店所蔵の自筆原稿でも同様で、一行目に「心」、二行目に「先生の遺書」とあるという。

連載がかなり進んでから同じ山本松之助宛ての七月十三日の手紙に「私の小説も短篇が意外の長篇になって云々」と書き、二日後に「私は小説を書くと丸で先の見えない盲目と同じ事で何《ど》の位で済むか見当がつかないのです夫《それ》で短篇をいくつも書《かく》といった広告が長篇になったような次第です」と書いたあと、「先生の遺書」の「仕舞には其旨を書き添えて読者に詫びる積《つもり》で居ります」と、当初の計画の変更を表明することばを記している。

連載完結後の九月、著者自身の装丁で岩波書店から単行本として刊行。「序」に「当時の予告には数種の短篇を合してそれに『心』という標題を冠らせる積だと読者に断わったのであるが、其短篇の第一に当る『先生の遺書』を書き込んで行くうちに、予想通り早く片が付かない事を発見したので」、その作品「一篇丈《だけ》を単行本に纏《まと》めて公けにする方針に模様がえをした」と書き、その一篇も「独立したような又関係の深いような三個の姉妹篇から組み立てられている以上、私はそれを「先生と私」、「両親と私」、「先生と遺書」とに区別して、全体に『心』という見出しを付けても差支ないように思ったので、題は元の儘《まま》にして置いた」と事情説明をしている。

つまり、「心」という共通のテーマの連作短篇を書く予定だったが、最初の短篇のはずだった「先生の遺書」があまり長くなったため、それを独立させて単行本としたのだ。予定変更が生じたのは、それだけ漱石がこの作品に力を注いだ結果だともいえるだろう。

新聞連載で正題「心」、副題「先生の遺書」となっていた作品名は、単行本の初版では函と表紙と扉に「心」、背表紙や右ページの柱に「こゝろ」と印刷され、大正六年五月刊行の縮刷版でも統一されていないという。この事実は、文字よりも音にこだわった漱石が「心」という作品名を確実に「こゝろ」と読ませるように心を配ったことを思わせる。

この作品は高校二年用のほとんどの教科書で採用されてきた。それほど国民必読の小説として評価が高い。以後の主要作品は随筆『硝子戸の中』、小説『道草』、未完の小説『明暗』程度にすぎず、病没の二年半前、晩年の漱石が度重なる胃潰瘍の発作に苦しみ、自らの死を見つめながら、ほとんど遺書のつもりで心血を注いだ作品だったかもしれない。

これほどに読者を惹きつけるのはむろん、青春の恋の悩みと死という素材の普遍性のせいもある。信頼を裏切った他人に失望し、友情を裏切った自分にも絶望した人間が、妻にさえ打ち明けられない罪悪感と死に後れたという意識を抱きながら、ひたすら死に場所を探し続け、ついに自らの命を絶つ。そういう人類の永遠のテーマを真剣に見すえつつ根源的な問題に取り組んだ力作だった事実はさらに大きいだろう。一方、その題材や主題が巧みに生きるように語った、漱石文学の表現力も見逃せない。その点を具体例で確認しておこう。

まずは作品の構成である。全体の約半分を占める後半の先生自身の遺書さえあれば、題材や主題は読者に一往伝わる。しかし、情報として必須ではない「先生と私」と「両親と私」とをその前に置くことで、作品に時間的・構造的な奥行が生まれた。「先生と遺書」の部分だけを短篇として発表したら、ある一人物の挫折の告白は単なる他人の話として平面的に読まれやすい。その点、その外側に、遺書の中の「私」とは別の他者としての「私」を設定することで、その作品世界に構造上のふくらみが出る。遺書の筆者の生き方は手紙という形で他人の手に渡り、まずその人物の心を動かす。「私」は「先生」の生き方にとまどいながらも、どこか共鳴する。そういう世代を超えた第三者の心理的な反響をとおして、作品は読者に働きかける。読む者にとってもはや他人の人生ではない。そのとき問われているのは読者の生き方でもあるのだ。

その二つの章からなる前半部分は、遺書の中身を「先生」の胸の奥にしまいこみ、事情をまったく知らない若者の「私」に視点を置いて書かれた。それは、「先生」の不可解な言動の背景が何一つ解決されないまま、ごく自然に展開できる小説の枠組みなのだ。

毎月の墓参、その姿を見られたときの「あとをつけて来たのですか」という驚愕ぶり……墓参の供を申し出られたときの迷惑とも嫌悪とも畏怖ともつかぬ目の異様な光……子供はいつまでたったってできっこない、天罰だから……自分たち夫婦は「最も幸福に生まれた人間の一対である」のあと「べきはず」と続く……私は世間に向かって働きかける資格のない男……恋は罪悪ですよ、そうして神聖なものです……人間全体を信用しないんです。私自身さえ信用しないのです。私を信用してはいけませんよ。今に後悔するから。そうして自分があざむかれた返報に、残酷な復讐をするようになる……あっと思う間に死ぬ人もあるでしょう。不自然な暴力で……突然だが、君の家には財産がよっぽどあるんですか。平生はみんな善人だが、いざというまぎわに急に悪人に変わる……個人に対する復讐以上の事を現にやっている。人間というものを、一般に憎むことを覚えたのだ。たった一人でいいから、ひとを信用して死にたい……

例えばこういった謎に満ちた「先生」の言動が、その背景を説き明かされることなく、物語はたっぷりとサスペンスを含んで展開する。「先生と私」と題した最初の章も、すべてが終わったあとに、その「私」が「先生」と向き合った日々を回想する形だから、時には「先生は美しい恋愛の裏に、恐ろしい悲劇をもっていた」といった暗示を書き、「奥さんは今でもそれを知らずにいる」と、執筆時が姿を現す箇所もある。が、その「悲劇」はそれ以上具体的に語られない。語り手は「私は今この悲劇について何事も語らない」と読者をじらす。「私」の問いかけに応じる「先生」のことばも、「じらせるのが悪いと思って、説明しようとすると、その説明がまたあなたをじらせるような結果になる」として打ち切ってしまう。ある時期から「先生」は人が変わってしまったと聞き、「私」がその原因を尋ねると、奥さんは仲のよい友達が変死した事実だけを述べ、「みんな言うとしかられるから」と口をつぐんでしまう。こうして思わせぶりに情報を小出しにして読者の興味をつなぎとめながら最後の章へと流れこむ。まさに推理小説的な手法と評してもよい。

巧みに張りめぐらされた伏線を利用してその謎解きをするのが、最後の「先生と遺書」である。「先生」が「私」に宛てて自分の過去を打ち明けた内容だ。きわめて分析的・論理的にその時々の心の奥を照らし出す。遺書というより優れた心理小説を読む思いがする。ほんの一例として、友人Kの自殺を発見したときの「私」の心の動きを追ってみよう。

一目見た瞬間、目が動く能力を失い、棒立ちになる。その驚愕の直後、しまった、もう取り返しがつかないという後悔の念がきざす。そして、自分のこれからの暗澹たる人生を想像して絶望し、その恐怖にがたがた震え出す。それでも自己保全の気持ちが起こり、Kの遺書の内容が気になる。その中に友人Kに対する自分の裏切りが記されており、もしそれが「奥さんやお嬢さんの目に触れたら、どんなに軽蔑されるかもしれないという恐怖があった」。ところが、予期に反して、そのことは何も書かれておらず、世間体が保たれ、これは助かったと思う。その後、いろいろ書いてあるのにお嬢さんの名前だけはどこにも出てこないので、Kはわざと回避したのだと気づく。Kからお嬢さんへの熱い思いを打ち明けられたときに、お嬢さんに対する自分の気持ちは伏せて「精神的に向上心のないものはばかだ」という相手の言を盾にとって諦めさせようと小細工し、ひそかに先回りして縁談を進めた自分の裏切り行為を内省しては、そんな自分への相手の思いやりを感じて心の葛藤が起こる。だが、負い目を感じながらも、結局は世間体を重視し、自分の関与が記されていない安全なその遺書を、わざと「みんなの目につくように」机の上に置く。

自分を欺いた叔父を憎み、自分だけはと思いながら、気がつけば自らも親友を欺き、しかもその相手を死に追いやっていた。他人を呪い、自分を呪いつつ、人間というものの哀しみを味わう。だれしも持っているエゴと立ち回りのずるさ、それでも心の底にとどめている正義感、状況に応じて変化するその両者の葛藤、そういう普遍的なテーマを、周到な傍証を重ねながら展開した倫理小説だということができるかもしれない。

最後の「明治の精神に殉死する」ということばの心を真に理解することは、昭和に生まれ生きてきた世代には無理だろう。しかし、自分という人間を形成してきた時代の精神というものが確かにある。明治天皇とともに自分たちの時代は終わったという当時の人々の意識は、平成の人びとには想像できないほど痛切なものだったろう。乃木《のぎ》大将の殉死に象徴される国民的衝撃であったことはわかるような気がする。「私に乃木さんの死んだ理由がよくわからないように、あなたにも私の自殺する訳が明らかにのみ込めないかもしれません」と先生の遺書にある。それは「時勢の推移から来る人間の相違」、「個人のもって生まれた性格の相違」だからしかたがないと「先生」は書いた。しかし、死ぬ覚悟をしながら生きてきた三十五年と、「刀を腹へ突き立てた一刹那」と、乃木さんにとってどちらが苦しかったかという漱石の問いは、時代を超えて響き続けるにちがいない。

【参考】 夏目漱石『こゝろ』〔あらすじ〕

上　先生と私

鎌倉で海水浴を楽しんでいた夏休み、脱衣所で眼鏡《めがね》を拾ったのがきっかけで「私」はある人物と知り合う。とっさに「先生」と呼び、東京の自宅をたびたび訪問する。世の中へ出る資格がないと、「先生」は学問がありながら仕事にも就《つ》かず、奥さんと二人ひっそりと暮らしている。雑司《ぞうし》が谷《や》の墓地に友人の墓参りに出かけるほかは外出もしない。「私」が墓参《ぼさん》の供を申し出ると、他人に話せない事情があって妻さえ連れて来たことがないと拒絶する。自分は寂《さび》しい人間だ……死という事実をまじめに考えたことがあるか……天罰で子供はできない……恋は罪悪だ、そして神聖なものだ……自分が信用できないから他人も信用しない……人は金を前にすると悪人に変わる。親友を亡くしてから性格が変わったことを奥さんの話で知るが、そんな断片的な言葉の背景は依然なぞのまま、「私」はその人格にひかれる。一人ぐらいは信用して死にたいから、時機が来れば話すと「先生」は約束した。

中　両親と私

「私」は大学を卒業して故郷に帰る。親に勧められて「先生」に手紙で仕事の斡旋《あっせん》を頼むが、返事が来ない。病気の父が危篤《きとく》状態になったころ、一度会いたいという「先生」の電報が舞い込む。家を出られないでいるうち、「先生」の分厚い手紙が書留で届く。不安に襲《おそ》われながら開くと、この手紙が着くころにはもうこの世にいないという文句が目に飛び込む。死に瀕《ひん》した父を置き去りにしたまま、「私」は東京行きの汽車に飛び乗った。

下　先生と遺書　＊全体が遺書なので、ここの「私」は「先生」自身をさす。

二十歳前に相次いで両親を亡《な》くし、叔父に遺産管理を任せて旧制高校に進学するが、信頼しきっていた叔父に裏切られ、人間不信に陥る。故郷を捨てて上京し、軍人の未亡人とその娘の住む家に下宿して大学に通う。養家の期待に背いて実家からも勘当された同郷の友人Kの苦境に同情し、自分の下宿に同居させる。ところがある日、Kはお嬢さんに対するせつない恋を「私」に打ち明ける。前からお嬢さんに心ひかれていた「私」は、Kを出し抜いて先手を打つ。仮病《けびょう》を使って学校を休むことで、奥さんと二人だけの時間を作り出し、お嬢さんとの結婚を申し込んで承知させる。奥さんがその縁談を話すと、何も知らないKは一瞬変な顔をしたが、微笑を浮かべて祝福の言葉を述べたという。遺書にも怨《うら》みごと一つ残さず、Kは隣の部屋で頸動脈《けいどうみゃく》を切って死ぬ。

その後、大学を卒業してお嬢さんと結婚した「私」は、妻に打ち明けることもできず、ただKの墓前《ぼぜん》にひざまずくほかはない。親友を裏切って自殺に追い込んだ罪の意識にさいなまれながら、「私」は死んだつもりで生きていこうと決心する。やがて明治天皇の崩御《ほうぎょ》があり、乃木大将が殉死《じゅんし》を遂《と》げる。乃木は三十五年もの間、ひたすら死ぬ機会を待っていたという。明治という時代の精神に殉死するように、「私」も自らの死を決意する。

（「作品解説」角川文庫　夏目漱石『こゝろ』二〇〇四年五月　角川書店）

芥川龍之介　もうひとつの文体

芥川龍之介の文章については、これまで多くの分析が試みられてきた。その指摘のほとんどは、整然とした様式美、常識を嘲笑う大胆な思考、隅々まで神経のゆきとどいた隙のない表現、つまりは〝知性のみなぎる鋭い筆致〟と一括できる特徴に尽きる。芥川作品を自分で実際に分析してみても、たしかにそのとおりの文体だなあと一方では思う。

小説の結びなどは特に巧みで、読者に鮮やかな印象を残す。『鼻』では、他人の不幸に同情しながら当人がその不幸を切り抜けると物足りなく思う「傍観者の利己主義」から、内供《ないぐ》の短くなった見慣れない鼻を周囲の人間は露骨に哂《わら》う。元どおりの長い鼻に戻った内供が「こうなれば、もう誰も哂うものはないにちがいない」と「はればれした心もち」になるところで、「長い鼻をあけ方の秋風にぶらつかせながら」と作品は余韻を響かせて閉じられる。有名な『羅生門』の結びも、老婆が「短い白髪を倒《さかさま》にして、門の下を覗きこ」む場面で、「外には、唯、黒洞々たる夜があるばかりである」と格調高くきりりと結んだあと、行を改めて「下人の行方は、誰も知らない」という一文を投げすてる。突き放された読者は、場面とは別の次元から放たれるこのメッセージに心理的に揺さぶられ、しばらく作品世界の残響を聞く。『或日の大石内蔵之助』は「青空に象嵌《ぞうがん》をしたような、堅く冷い花を仰ぎながら、何時までもじっと彳《たたず》んでいた」と結ばれる。仇を討った自分たちだけが激賞され、挫折して去った同志への非難がつのる細川家の座敷。不快な気分がきざして座をはずした内蔵之助の胸のなかで、事を成し遂げた充足感が次第に冷めてゆく幕切れだ。

小品『東洋の秋』の文章を細かく分析してみて驚いた。奇数番目の段落は書き手の行動、偶数番目の段落は外界の描写と規則的に展開する。前者はほとんどが一文段落で、後者はすべて数文からなる段落、前者は過去形、後者は原則として現在形の文末表現だ。句読点で区切られる長さを計算すると、一五拍前後とその二倍にあたる三〇拍近くの両者で全体の三分の二にも達する。「おれの行く路の右左には、苔の匂や落葉の匂が、湿った土の匂と一しょに、しっとりと冷たく動いている」という一文などは、すべて一五拍で統一した典型的な例だ。そして、「おれは籐の杖を小脇にした儘《まま》、気軽く口笛を吹き鳴らして、篠懸《すずかけ》の葉ばかりきらびやかな日比谷公園の門を出た」とリズム感を利かせ、そのまま「「寒山拾得は生きている」と、口の内に独り呟きながら」というふうに、ここでもやはり、書き尽くしていないけはいを残す形で作品を嫋々《じようじよう》と結ぶ。息苦しいほど整いきった文章は時に悲痛に響く。

知性や鋭さのみ目立つこの作家の奥に、笑い好きの一面が見え隠れし、実はユーモアへの憧憬があったのではないかと、齢をとるにつれて考えるようになった。芥川の笑いとなると、まず痛烈な皮肉が浮かぶ。緋縅《ひおどし》の鎧《よろい》や鍬形の兜《かぶと》を誇りとし、喇叭《ラッパ》や軍歌に鼓舞されるとわけもわからずに欣然と戦うなど、軍人は小児に似ているとし、「なぜ軍人は酒にも酔わずに、勲章を下げて歩かれるのであろう」と展開する『侏儒の言葉』の一節などはそういう皮肉の典型だ。自分で書く代わりに人に話すと、有名作家がそれを材料にして小説を書く、実は提供する材料の大部分は「僕の創作」なのだが、それは誰にも言わない、言ってしまうと「僕の話を聞いて、小説にする奴がないからね」という『創作』の書き出しも、人の心理を奥深くえぐって笑わせる。これも刺《とげ》のある攻撃的な笑いだ。小野八重三郎宛の手紙に「居留守は支那文学の伝えた風流の一である」と書いた愉快な一言にもいくらか翳《かげ》がある。

が、芥川は毒のない単純な笑いや、涙と隣りあわせの深い笑いにも関心があるように見える。古くなって先の破れた靴を「パッキンレイだと批評した」という『父』の例は、当時話題になった米大統領「マッキンレイ」をもじって、ぱっくり口を開けた靴先を評した駄洒落だ。同じ小野宛の別の手紙に、泳ぎの下手なことを「自分で発明した泳ぎ方の外は何も知らない」と遠まわしに述べ、「殆《ほとんど》洒落と云う名を下すのに躊躇する程度の駄洒落を風発して一かどの才子らしい顔をしている」と海水浴客の批評をしたあと、「少くも洒落だけは僕の方が遙に堂に入っている」と芥川自身が書き送っている。真野友二郎宛に「この手紙を書いた序《ついで》に巻紙へ画を描きました」と記し、「勿論$\frac{1}{3}$人前の画故そのつもりで御覧下さい」と続ける箇所にも、「半人前」とせずに分数を用いておどけた感じがある。「崎ノ字ニナホシ給ヒネ」などと文語体で文字の修正を申し込んだ浜野英二宛の手紙で「ニハタヅミノ辰マロ」と自著し、「ハマノノ朝臣ヒデツグ様」とふざけた箇所にも、その片鱗が見える。「辰」は「龍」の代わりだろう。

「青蛙おのれもペンキぬりたてか」という滑稽な句をものし、井川恭宛の手紙では、人間の頭には際限があるから午前中しか利かない、午後の授業なんか「する奴もする奴だがきく奴もきく奴さなあ」という大胆な説を紹介したあと、「自分でやる授業でも午《ひる》すぎのやつはでたらめをしゃべってるんだがそのわりに間違はないものだぜ」と自白する当の教師の弁を、「酒屋の番頭に羊羹の拵《こしら》え方をきいてるような気がした」と述べている。

山本喜誉司宛の手紙に、大の相撲好きの床屋を「相撲の話さえしていれば頭が痛くなる迄髪をきってくれる」と誇張し、井川宛の手紙には「脳味噌の代りにほんとうの味噌のはいっているような頭」と大胆にイメージ化し、漱石宛の手紙で「彼の画は、倒《さかさま》にして見ても横にして見ても、差支えないと云う特色がある」と酷評する件《くだり》もおかしい。

「大工と蚊とに煩されている」現状を訴えた松岡譲からのはがきの返事に、「越後の大工や蚊は中々話せる」と書き、井川宛のまた別の手紙には「黒白染分けの小さな蛙が行水を使う時なぞ鼻のさきへ来てすわっていると何だか口をきゝそうで気味が悪い」と書いたあと、「佐藤修平のひまごのような気もする」と付言する。同じ相手に宛てて、出雲を「いづも」と仮名で書くと「国中もじゃ〳〵した毛が一ぱいはえていそうな気がする」とか、「心臓の音と一緒に風がふいたり雲がうごいたりしているような気が」して愉快になるとかと、特異な感覚を披露する一通もある。「水洟《みずばな》や鼻の先だけ暮れ残る」という自嘲の句も、論理的には伝えきれない感覚を、読者にその心情とともに届けることができたと思う。

　それと並ぶ「元日や手を洗ひをる夕ごころ」の句は、座敷に続く手洗いでも出て縁側の手水鉢を使いながら、元日も夕刻のけはいがたち始めた中庭をぼんやり眺めていて、暮色に沈む前にそこはかとなく感じるけだるさに似た気分を詠んだのだろうか。底にしみじみと人間を感じる。蔭山蕉雨宛の手紙に、秋のけはいの漂う朝、浜でひとり小便をすると、砂を払う風がそれを吹き散らすことを書き、「ちらされた小便にぬれて慌しく蟹がはい出すのを見た」と添える。後に夫人となる塚本文に宛てて、葬式の翌日、近所の「お上さんが涙をぽろ〳〵こぼしながら大きなお饅頭を食べていました」と書き送るのも俳諧の境地だろう。「会わずにひとりでいる時にはいろいろのことを思い出す」のに、いざ会うと忘れてしまうと、刑務所の面会室で息子にこぼす頭の禿げた老人の声がいつまでも耳に残るという『冬と手紙と』の一場面も、作者が「人間的」と書いたとおり、まさにヒューマーが溢れていて心にしみる。

　『滝井君の作品に就いて』で、晦渋を極めて時に悪文視される瀧井孝作の文章に「手織木棉の如き、蒼老の味」を見出したこの作家の美意識なら、ユーモアの底をひっそりと哀感の流れる作風を理想とするのが自然だ。理知を通り抜けて文体が深まり、笑いの奥に詩情の深く沈潜する作品、それが芥川文学の「ありたかった未来」であったかもしれない。

（「芥川もうひとつの文体」『芥川龍之介全集』一巻月報　二〇〇七年一月　岩波書店）

志賀直哉　勁直のリズム

志賀直哉の没後、文体感覚と言語意識を探る作家訪問を雑誌に連載し、瀧井孝作・尾崎一雄・網野菊ら直哉をとりまく文士の肉声にふれた。仮に志賀訪問が実現できたとしても、表現技法の話など出なかっただろう。鎌倉雪ノ下の自宅で小林秀雄は志賀文体を「見たものを見たっていうふうな率直な文章」と評した。そんな単純な文章がなぜこれほど長く名文でありつづけるのだろう。この批評家が『美を求める心』のなかで説くように、あるがままにものを見ることは存外むずかしい。志賀直哉がものをきちんと見ることができたのはまことに稀有なことといわねばならない。いくつかの作品を読みなおしてみて、今あらためてそういう思いを強くする。

晩年に『白い線』という作品がある。その冒頭近くに坂本繁二郎が「若くて死んだうまい画描きの絵を見ていると、みんな実にうまいとは思うが、描いてあるのは何《ど》れも此方《こっち》側だけで、見えない裏側が描けていないと思った」と語った話を紹介し、自分が若いときに書いた『母の死と新しい母』という小説も例外ではないとして、当時は見えなかった裏側を何とか描きだそうとする。初めての子に二年八ヵ月で死に別れ、二番目の子の直哉も二年何ヵ月で舅姑《きゅうこ》に取り上げられ、十二年ぶりでやっと妊娠すると、「悪阻《つわり》になって、その児を腹に持ったまま亡くなった」母。自分の娘に置き換えてみて今ようやく母のさびしさがわかる。病がつのり少し頭にも来かかっていた母が直哉の顔をじっと見ながら、「色が黒くても、鼻が曲って居ても、丈夫でさえあればいい」ととぎれとぎれにつぶやいたことばの意味を自分がそれまで誤解していたことに思いあたる。

「尻を端折《はしょ》り、白い腰巻を出し、四這《よつんば》いになってよく縁側を拭いていたが、そのふくらはぎに」「白い太い線のあった事」が、幼くして別れて暮らしたその母に関するほとんど唯一の記憶だという。若くして世を去った実母の思い出をこんなふうに淡々とつづる潤いのある小説だ。現実をまっすぐに見すえる眼、その奥にある事実を見抜き心理的背景を描きとる能力を、この作家が生まれつきそなえていたなどと言うつもりはない。資質を磨き鍛えあげ次第に深めていったのだろう。

処女作のひとつ『菜の花と小娘』あたりでは、童話ということもあってか、「夕日が新緑の薄い木の葉を透かして赤々と見られる頃になると」といった程度の描写にとどまる。同じく『或る朝』でも、眠いところを祖母にくりかえし起こされる気持ちを、「沈んで行く、未だ其底に達しない所を急に呼び返される不愉快」ととらえる正確さ、『網走まで』でも、「母に抱かれたまま眠入《ねい》った赤児の一寸許《ばか》りに延びた生毛《うぶげ》が風におののいて居る」と描く細かさが目立つぐらいである。

『鳥尾の病気』では、朝目が覚めながらなかなか起き上がれずにいる間の時間の経過を「軒の影が障子のさんを一つ〳〵伝って降りるのを眺めて居る中に八時近くになって」と感覚的に描きとり、貧血を起こして倒れた友の顔をのぞきこみながら「此友が死んだあと、自分が何となく孤独を感じつつ亡き友を想う時の事をマザ〳〵と頭に浮かべた」と心理をたどる。

『剃刀』では、「熱気を持った鼻息が眼の下まで被っている夜着の襟に当って気持悪く顔にかかる」とか、「薄暗いランプの光はイヤに赤黄色く濁って、部屋の隅で赤児に添乳をしているお梅の背中を照らして居た」とかと、風邪で寝込んだ男の感覚をなぞる。この床屋が剃刀をにぎり客の顔を剃りはじめたが、「咽の柔かい部分がどうしてもうまく行かない」。「肌理《きめ》の荒い一つ〳〵の毛穴に油が溜って居るような顔を見て居ると」、「其部分を皮ごと削《そ》ぎ取りたいような気がした」。と、そのとき「刃がチョッとひっかか」り、「若者の咽がピクッと動いた」。男が思わず見つめる小さな傷をこの作家はこう描く。

薄く削がれた跡は最初乳白色をして居たが、ジッと淡い紅がにじむと、見る見る血が盛り上って来た。彼は見詰めていた。血が黒ずんで球形に盛り上って来た。それが頂点に達した時に球は崩れてスイと一ト筋に流れた。

「縁《へり》のない、やけて赤くなった畳に晩春の穏かな光が一杯に差し込んでいる。その陽の当っている処に、蠅が群って騒いで居る。流れの音、鶯の声、これらが絶えず聞える。日を背にした彼方《むこう》の山の側面が煙ったように紫色をして居ます。風もなく、妙にぼわんとした、睡たげな朝です」――これは『濁った頭』で畳屋の錐《きり》をにぎり女の咽を刺した男が、翌朝はっと我に返って見た宿屋の風景だ。ディテールが感覚的に描きこまれている。

初期作品に部分的に光り出たこういう筆力は、中期になって心理的にも深化したように思う。

『いのち』と題する『城の崎にて』の草稿で「昨年の八月十五日の夜、一人の友と芝浦の涼みにいった帰り、線路のワキを歩いていて不注意から自分は山の手線の電車に背後から二間半程ハネ飛ばされた」と始まる五枚近くの文章を、のちの『城の崎にて』では「山の手線の電車に跳飛ばされて怪我をした、其後養生に、一人で但馬の城崎温泉へ出掛けた」という驚くほど簡にして要を得た一文にまとめた。そして、「自分には蜂の死が如何にも静かな平安なものに感じられた。然《しか》し何所《どこ》か心淋しい」から「実際こう思う事は自分にも心淋しい。然しそれに穏かな平安が含まれて感じられるのである」に至る草稿も、決定稿では「それは見ていて、如何にも静かな感じを与えた。淋しかった。他の蜂が皆巣へ入って仕舞った日暮、冷たい瓦の上に一つ残った死骸を見る事は淋しかった。然し、それは如何にも静かだった」という緊迫した文章に改められた。

後期になると、動植物の生態をとらえる筆がいっそう精密になる。『虫と鳥』では「形のいい、赤味のある蟇蛙《ひきがえる》が沢山いる。蟷螂《かまきり》の孵《かえ》りたての幼虫が、客と話している膝の上で未だ羽根のない小さなからだを反らして、飛廻る蚊を狙っている」と観察し、『蝦蟇と山楝蛇《がまとやまかがし》』では、「蛇は苦しげに口を開き、蝦蟇をはなしたが、蝦蟇は逃げようともせず、血に染まった片足を後に延ばし、動かずにいた。四五寸の長さに断られた蛇の首は、大きく口を開き、その太い切り口から血をたらしながら、それだけで、右に左に転がった。それが触れると、蝦蟇は身体を斜めに、その側を少し下げた」と冷静に見届ける。その翌日、「死んだ山楝蛇の胴体と首とを地面の上で繋ぎ、計って見た。曲尺《かねじやく》で四尺五寸あった」という箇所などは、まるで解剖医のようなすごみを感じさせる。

旧稿に対する手の入れ方にも、そういう正確さに迫る神経が漲っている。『蝕まれた友情』では初出に「快活な四十雀の群」とあったのを新書判全集で「四十雀を一羽まじえた日雀《ひがら》の群」と訂正する。『自転車』では初出で単に「小さな」となっていた形容に「尖った」と加筆し、自転車で四歳ぐらいの子供をはねたシーンをこう書く。

前輪で男の児を仰向様に突き倒した。裾が下腹までまくれ、小さな尖ったチンポコが露われると、子供は泣きもせずに噴水のように一尺程の高さに小便をした。

事実が過不足なく描かれており、ここにも作家の覚悟を見る思いがする。

随筆『リズム』の冒頭に「偉れた人間の仕事」にふれると何かが響いてきて「精神がひきしまる」とある。「いい言葉でも、いい絵でも、いい小説でも本当にいいものは必ずそういう作用を人に起す」。この作家はそれを「リズム」ということばで説明し、「作者の仕事をしている時の精神のリズムの強弱——問題はそれだけだ」という。『雪の日』の末尾——「時々窓をあけて見る。雪は止んだ。星が出ている。ランプの光で見ると、前の梅の枝に積った雪が非常に美しかった」といった一見何でもないような流れなど、まさに「見たものを見たっていうふうな率直な文章」でありながら、感電するような高圧のリズムが脈打って、この作家の文体を響かせているかもしれない。

（「勁直のリズム」『図書』一九九八年一一月号　岩波書店）

個人技の冴え

永井龍男『道徳教育』
幸田文　しゃきっとした文章
幸田文のオノマトペ
阿部昭　文体のことなど

永井龍男『道徳教育』

処が、今年もまた下の川から食用蛙は入ってきた。

夕方から、朝から、人間を無視した大声を発する癖に、チラリと人影をみとめれば、すいれんの葉かげへ、たちまち身をひそめてしまうのである。

この前のかい掘りで、痛めたすいれんは、恢復に二年かかった。今年またそれを繰り返す勇気は私にはない。
二、三日考えて、とにかく釣ってみることにした。あの悪党が、そう易々と釣り針にかかる筈はないと思ったが、ものはためしである。
夕刻晩酌をはじめた処へ、出入りの者が釣り竿を持ってきてくれた。

庭にはまだ、夕日が残っている。

晩酌のさかなの一鉢は赤貝である。奴が、赤いものを好むということは、この前の時の親切な手紙で知っていたから、取りあえずその一片を餌にして、私はすいれんの葉の上にそれを垂らした。

そのくせ、自分のしたことの効果を、私は少しも信じてはいなかった。私は虫のおさまらぬ気分で、ムッツリと独酌を続けた。

今夜もまた、辺りはばからぬ奇声を発するに相違ないのである。

処が、天の助けというものであろうか、それからものの二十分もしたと思う頃、池辺にさし込んだ竿に異状を感じて飛び出してみると、見事に彼は釣られていたのだ。

なんと簡単に、勝負に勝ったものか。

「どうだ、こいつ」

私はひとり言をいい、二、三度重い釣り竿の反応を宙でたのしんでから、暗くなった芝生に犯人を坐らせると、その上からバケツをかぶせ、重しの石をのせた。

処分は、明日のことだと、ゆうゆう一息つくと、どうしたものかふと私は瑞泉寺の住職の顔を思い出した。

すると、バケツの中で、

「私は学校で、道徳教育を教わりませんでした」

と、食用蛙が呟いているような気がしてきた。

昭和三十六年一月から一年間、雑誌『家庭画報』に『カレンダーの余白』と題して連載した随筆のうち、八月号掲載分の一編からその終わりの部分を抜き出したものである。

名文家に数えられて久しいこの作家は、小さいときから作文が好きだったらしい。「そのほうが高級に聞えるのか、綴り方なんか大嫌いだったと言う小説家が多いですね。ホントかいと言いたくなる」ほどだから、「私の場合はとっても好きだったです。綴り方の時間はほんとに夢中になって、こんな楽しい時間はないと思いましたね」という当人のことばに掛け値はないと見ていい。

事実、講談社版全集の月報に載っている小学時代の文章を読むと、「或る日どこからともなく風におくられて来た一片の紙はあちらこちらへ白い鳥のように吹き廻わされ、直に通の方へ飛んで行った。／之を見たとなりの子猫はねらいをさだめて紙をめがけて、転びながらかけた」（『此の頃』）とか、「よっぱらいがよろよろと歩くはずみに桜にぶつかってちらちらと花の雪を降らせた」（『桜の咲く頃』）とか、表現のうまさよりもなによりも、ものを見る眼が通っていることに感心する。

数え年の十七歳には短編『活版屋の話』が文芸誌の懸賞小説に当選する。その頃、人にさげすまれる職種だったという「活版屋の職工」が、五年間皆勤のため年末賞与として金五円也という「涙の出るほどの大金」を社から給与され、妻子を連れて五年ぶりに寄席の木戸をくぐる。そのうちに高座では芝居話が始まり、役者の真似をした後、客のつもりで「音羽屋」「成駒屋」と声をかけた瞬間、それまで噺家の口をじっと見つめていた息子が突然「活版屋！」と大声で叫んだ。あまりの気恥ずかしさ、みじめな気持ちに居たたまれず、中入りを待って外に出てしまう話である。

文壇的処女作の位置を占めるのは『黒い御飯』で、菊池寛に認められて雑誌『文藝春秋』大正十二年七月号に発表された。これも満年齢では十代のうちである。小学校に上がるにあたり、通学用の衣装に困る。次兄の古い色あせた紺がすりがあるが、ちょっとひどすぎる。「曲がった事の出来ない（しかし道で拾ったぽっちりの金ならば、そっと了っておくような）ほんとうの小人」であった父親が、それを丸染めにしてくれる。が、翌日、「綺麗好きの母が、あれ程よく洗った釜で炊いた、その御飯はうす黒かった」。誰かが「赤の御飯のかわりだね」と言う。そんな話である。

どちらも、庶民の生活のひとこまをやわらかい視線でとらえ、そこに人生の哀歓をつづるこの作家の詩情をひそめた筆致が、こういう十代の作品にもすでにうかがえる。

引用した随筆では、食用蛙があたかも市井人として登場した趣がある。

ある夏、家の池に食用蛙が入り込み、その傍若無人の鳴き声に閉口する。折から、ある出版社の月報に近況報告の執筆依頼があり、次のような返事を出した。

「目下、食用蛙対策に苦心しています。右の者は、下の川から小宅内の池へ潜入したものでありますが、夜半より夜明けにかけて特に大声を発し、一家の安眠をさまたげますので、池辺に眼覚し時計を置くなどして、種々彼らの反省を求めていますが、一向に態度を改めません。

当方としては、最後の手段として実力を行使する決意ですが、姿に似合わずなかなか敏捷な相手なので、慎重を要します。食用蛙捕獲に就いて、熟練された方々の協力を求めます」

文中にある「眼覚し時計を置いたのも事実だし」、「章魚《たこ》突きに用いるヤスというヤリ状の竹竿を小脇に、ほとんど徹夜で食用蛙を監視した月の夜もあった」という。

この一文が週刊誌のゴシップ欄に「尾ひれをつけて」転載されると、読者から退治方法を詳細に記した手紙が数通舞い込んだ。しかし、そんな細かい手数をかけるような心の余裕がもてぬまでに激怒したこの作家は「池のかい掘りを決行して、一挙に彼らを捕縛した」が、そのために「すいれんをそこね、魚達に迷惑をかけた」、として引用部分に流れ入る。「それを繰り返す勇気は私にはない」というのは、すいれんがなかなか元に戻らないので、かい掘りにはすっかり懲りたからである。

憎《にっく》き食用蛙に向けられたライバル永井龍男の視線をしばらく追ってみることにしよう。

その敵がこの随筆に初めて顔を見せた一行に、もう「傍若無人な鳴き声」と出てくる。「傍若無人」という四字漢語は、「傍《かたわら》に人無きが若《ごと》し」、つまり、まわりに誰も居ないのと同じように、他人の迷惑など一切おかまいなしに勝手気ままなふるまいに及ぶ意であり、本来ならば人の思わくを気にするはずの、人間の態度について用いるのが普通だろう。

月報に載った一文中にある「彼らの反省を求めていますが、一向に態度を改めません」のあたりは、求めに応じて反省し、態度を改めることが期待できる相手を想定しているわけであり、完全な人めかしである。「極度に腹を立てていた」時とは信じかねる余裕たっぷりの筆致ではないか。

その後に出る「一挙に彼らを捕縛した」の箇所も、縄でぐるぐる巻きにしたか、少なくとも手錠ぐらいははめたような大げさな感じがある。

この好敵手は、それ以後も人間の待遇を受けて登場する。「あの悪党が、そう易々と釣り針にかかる筈はない」と、「悪党」という大物になるかと思うと、「奴が、赤いものを好む」と、「奴」として扱われる。

「辺りはばからぬ奇声を発する」という言いまわしなど、なんの変哲もないように見えながら、こういった表現文脈に沿ってあらわれると、「傍若無人」と同様、的確な状況判断のもとに時には辺りをはばかるような配慮も当然あってしかるべきだと思う相手に対する不満のように読める。「見事に彼は釣られていた」という一見奇妙な用法がある。「見事」なのは「釣る」ことであり、「釣られる」ことではない、という理屈をこねているうちに、そこに宿敵を仕留めえた感動が映っているような気もしてきた。そういう表現下の気持ちが脈打って、次の「なんと簡単に、勝負に勝ったものか」という感嘆文を誘い出したのだろう。

どう書くかという表現過程は、何を書くかという選択に始まる。文章の効果はその段階で大半が決まるように思う。「どうだ、こいつ」と、つい声に出してしまう。そして、「二、三度重い釣り竿の反応を宙でたのしんで」というところなど、いかにも得意そうに鼻の穴をふくらました顔が目に見えるようだ。

それまで情報を思うがままに操ってきた大仰な手つきのせいだろうか、「暗くなった芝生に犯人を坐らせる」というあたりから、人格化された食用蛙の背景として、血気旺んな若殿が、縛りあげられた狼藉者を手打ちにすべく槍をしごいている場面を浮かべる読者もあるだろう。

この随筆の最初のところに、水仙と梅の名所として名を知られだした鎌倉瑞泉寺が、おかげで園内が荒らされて困る、という話が出ている。住職の言によれば、「垣を破り、裏山に上って樹木を折ったりするのは、ほとんど高校生ばかりで、見かねて注意すると」、彼らは申し合わせたようにこう言うのだそうだ。

「ぼくらは学校で、道徳教育をうけませんでした」

作品の末尾で、「私は学校で、道徳教育を教わりませんでした」と、バケツの中から食用蛙が呟いているような気がするのは、むろん、その高校生並みの処遇にあたる。が、「処分は、明日のことだと、ゆうゆう一息つ」いたところで、なぜ、禅坊主の風格をそなえた住職の顔を思い出したのか。いつ、どこで、何を思い出すかは、当人の自由にはならない。しかし、何を捨て何を書くかは作者の自由である。頭でなく体で書く感じの永井文学の名人芸は、いつもそういう大事なことを拾いあげているような気がする。

「夕刻晩酌をはじめた処へ、出入りの者が釣り竿を持ってきてくれた」という一文段落と、「晩酌のさかなの一鉢は赤貝である」で始まる小段との間に、「庭にはまだ、夕日が残っている」という一文をさしはさまなくてはならない論理的必然性はなにもない。しかし、それは、「ほとんど徹夜で食用蛙を監視した夜もあったが」とせずに、「月の夜もあったが」としないでいられない、いわば生活的必然と通じ、その世界に不思議な味わいを置き去りにするこの作家の文体感覚のいたずらだったのかもしれない。

（『文章設計』二号　一九八六年六月　ＮＨＫ学園）

幸田文　しゃきっとした文章

ぜひ一度お目にかかって直接お話を伺いたかった作家である。年輪を加えてもなお一向に清楚さを失わないしゃきっとした着物姿や、立居振舞のしなやかな勁さへの憧れも、気持ちのどこかにあったかもしれない。が、それよりも何よりも、ぴんぴんした感覚できっぱりと描ききる、あのしゃきっとした文章に驚いた。

昭和五十年頃だったろうか、作家訪問の企画が舞い込んだ。文章に関するいわば密室の肉声を聴きだす一年間の連載だという。まるで夢のように、月ごとに網野菊、井伏鱒二、尾崎一雄、小林秀雄、永井龍男、円地文子、庄野潤三、吉行淳之介らとの対談の機会に恵まれた。が、望みながら叶わなかった夢もある。ちょうどオリンピックの年で、安岡章太郎はたしかモントリオールに出かけていて連絡が取れないという話だった。

もうひとり実現しなかったのが、この幸田文訪問である。自分の文章について格別話すことなどないから勘弁してほしい、そんな御返事だったと、担当編集者から聞いたような気がする。あるいはその頃、折悪しく体調を崩されていたこともあったのかもしれない。ことばに関する雑談で結構ですからと、重ねてお願いしてみたらどうだったろうか。なぜか今頃になってしきりに気にかかる。

編集者は潔さを大事にした。若かった自分にそんな再交渉の知恵が浮かぶはずもない。後悔してもはじまらないが、何か取り返しのつかぬことをしてしまったように思えてならない。

『名文の変り方』という一文に、幸田文みずからの名文観が披露されている。「い丶文章だという快さだけが印象にのこって、とくべつ記憶にくっつくことばや文章のないのが名文」なのだという。昔の朗々誦すべき名文の、舌に乗り移って離れなくなるあの調子をうるさく感じ、とまどう気持ちは実によくわかる。だが、もしも名文というものをそういう「特別なものを感じさせないで行く文章」に限るなら、この作家自身の文章はそれとはちょっと違うような気がする。

舌に快い調子の高さをほとんど唯一の条件とした往年の名文は今、その多くが美文として、真正の名文から遠い位置にある。これこそが名文という一つの決定的な姿はもうない。まさに多様な名文が今はある。技巧の限りを尽くした絢爛たる文章、嫋々《じょうじょう》と余韻をひきずる文章、哀切の心情を淡々と語る文章、真情を不細工に切り取って吐露する稚拙で真直ぐな文章、吹かれるままに飄々と流れる仙人じみた文章……。幸田文の主張する「特別なものを感じさせないで行く文章」も、そういう一つのスタイルに過ぎないのだと思うからだ。幸田文の文章ははっきりとそういう「特別なもの」を感じさせるのである。

『名文』という著書に、幸田文の『おとうと』の書き出しを引用した。むろん、名文の例としてだ。そこに「……と云いたいのだが、……追いつこうとするのだが、……」といった文が出てくる。接続助詞の「が」を何度も使うと流れがくねくねして文意がたどりにくいから、一つの文に一回だけと文章作法では教える。そういう意味では悪文の一要素になりかねない例だ。また、初期の作品『菅野の記』には「焦土二年の悲しい暑さが、あの年の夏だった」といった一文が現れる。「暑さが……夏だった」という構文には無理があり、前衛的と見るにしても舌っ足らずな感じは拭えない。こんな素人じみた文章がなぜ名文となるのか。めっぽう素人くさい文章の武者小路実篤は、あのからりとした無頓着さ、桁外れの率直さによって、奔放自在な独自の世界を開いた。その点、幸田文はいったい、ことばをどう生かすことでそこに文学的なかおりを吹き込んだのだろう。そのあたりを具体例でじっくりと考えてみたい。

幸田文の特に初期の作品を一読してすぐに書き手の「特別なもの」を感じるのは、まずは、はっとするオノマトペに出合った時だろう。「くりっともとの姿勢にかえって」(『みそっかす』)、「わらわらさあっと、お祭の若い衆が乗りこんで来た」(『糞土の墻』)、「ざわざわきんきん、調子の張ったいろんな声が筒抜けてくる」、「暗い小路のさきからとどろとどろと大きな響が伝わってきて、眼のまえのガードの上を国電が通る」(以上『流れる』)、「わやわやと不安でもあるし」(『受賞者の言葉』)、「浮くようにふわふわと睡くなった」、「瓦のうえにひろがる空は斑のない鼠色にぼってりとしているし」(以上『雨』)といった創作的な独自のオノマトペが続出する。これらの生き生きとした用例は、その独特のしなやかな感性のとらえた実感に裏づけられている。読者も一瞬遅れて感覚的に納得し、発見の悦びを共有する。

「春のように皮膚が若やいで、節々に寄っていた冷たさがほどける」、「愚劣な予期ははずれてばかばかしいまぬけさがたゆたっていた」、「こくりと、胸の奥の遠いところから、納得が響きあがってきた」（以上『雨』）といった例も、「冷たさがほどける」、「まぬけさがたゆたう」、「納得が響きあがる」という結びつきなど、いささか奇を衒っているかに見えながら、容易に他の表現に置き換えがたい感覚的な必然性がある。

同じ随筆に「檐《のき》近くにも点々と明るく熟れた実がなっている」という叙述がある。「明るく」は「熟れる」とのつながりに微かな摩擦感を漂わせつつ「実がなっている」へと流れることで、「明るく」の直後に読点を付したように、暗い軒下を蜜柑がほんのりと明るくする印象を表現の奥ににじませる。文法を超えて、そういう二重の働きを利かせた玄妙な筆致と読者には映る。

「手近い処に親爺が八方睨みの目を光らせて、でんとすわっている。トルストイがお祈りしようと、モーパッサンがいちゃつこうと、そんな遠いところまで手がまわらない」（『あとみよそわか』）とか、二匹の猫の「どちらもボンという名にしたかったから、いちどに二ツとも呼びよせたいときは「ふたつボン」と呼んだ」（『ふたつボン』）とかというあたりも、執筆時の作者の心の動きをなぞって、読者は思わず頬がゆるむ。この作家の文体を語るなら、こういうたくまざるユーモアにもふれたい。

「家族のくらしかたは二ツしかない。家長のしていることに興味をもつか無関心かという二ツである」、「父の時間割は午前と午後に分けてあった。午前は「勉強」、午後は「本を読んでる」だった」（以上『結ぶこと』）という明快な思考、あるいは、「私は鏡のなかに納まりすぎるくらい納まっている。鏡の余白は憎いほど秋の水色に澄んでいる」(『余白』)という景情一如の描写に、潔いこの作家の覚悟を、きっぱりとした思いを見る気がする。

「桜の幹もいくぶんてりを持ちはじめたかなという気候」という観察、「雪が降るからこそ湯気の鍋よりむしろ潔く青い野菜などが膳へつけたかった」(以上『蜜柑の花まで』)といった美意識、「朝飯のまえに飲むお茶の茶碗の、いかにも使いなれてつるんとしているなあなどと思わせられると、秋」(『えんぴつ』)といった季節感など、その表現にはすごみさえある。枕草子をさらに繊細にしたような美感の深みを思わせて、作品の清新な印象を誘う。

地の文にさえ「とっとと」、「惨めったらしい」、「なまじっか」といった口頭語を駆使し、「なみに歩いて行け」、「ま、きたないのなんの」といった内言を溶かしこんで展開するあの俗っぽい文章が、しかし、作品の品位を少しも損なわなかった事実をはっきりと見定めておきたい。それは筆勢の中に生活のバックボーンがきちんと通っているからではないか。

武者小路実篤のあの一種の言文一致体が天窓を開けて大正の文壇に新風を吹き込んだように、幸田文の文体は円熟した昭和の文学界に清爽な自然の風を送り込んだ。おしゃべりに堕することのない、しゃきっと「話すように書く」文章の一つの到達点であったかもしれない。

(「しゃきっとした文章」『幸田文全集』一一巻月報　一九九五年一〇月　岩波書店)

幸田文のオノマトペ

井伏鱒二に『点滴』と題した随筆がある。日常生活で「点滴」などということばを聞くと、つい病院を連想するが、ここは水の滴りの意で、注射とは関係がない。人は水の音に無関心ではいられないことを詠んだ詩の引用から始まる。「友人」と宿屋で葡萄酒を飲んでいると、洗面所の水道栓のパッキンがばかになっていて、きつく締めても水が垂れる。友人は一秒半に一滴、自分は四秒に一滴の間隔を、それぞれ滴りの理想の音と考えており、その水音をめぐってひそかに物言わぬ対立をくりかえしたという。自慢にもならぬ人生のこんな些事を描く形で、亡友太宰治を偲ぶすっとぼけた鎮魂歌だ。この作家の耳は、分速四十滴を「ちゃぽ、ちゃぽ」、十五滴を「ちょッぽん、ちょッぽん」という擬音で写生している。

水音の響く林の中のタダ同然の傾斜地に庵を結び、今年も信濃追分で一夏を過ごした。庵にテラスやバルコニーはおかしいから露台ということにしておくが、そこで欅《けやき》や落葉松《からまつ》を眺めながら朝食をとるのを夏の楽しみにしてきた。眼下に、やがて千曲川に注ぐという噂のある細い谷川が流れている。家の中にいると雨音と区別しにくいが、屋根つきでもさすがに露台に出ると、鳥や蟬の声の背景となって、せせらぎらしい音を絶えず奏でている。「滔々《とうとう》」というほどの水量はなく、「潺潺《せんせん》」

というほどなめらかな音でもない。「さらさら」ですめば簡単だが、のどかな春の小川よりごつごつした感じのその音とは違う。少し粗っぽく「ざらざら」としてみても、耳に響く現実の川音とはだいぶ隔たりがある。

こんなふうに擬音語に悩んでいたら、文学作品の独創的なオノマトペが浮かんできた。画集の「ガチャガチャした色の階調をひっそりと紡錘形《ぼうすいけい》の身体の中へ吸収してしまって、カーンと冴えかえっていた」という梶井基次郎の『檸檬』の感覚。「あらしの中で、電線がほえているような」と形容した山本有三『路傍の石』の「ヴォーム」という音も耳に残る。中勘助の『銀の匙』に出てくる「円くあいた唇のおくからぴやぴやした声がまろびでる」という表現も今なお余韻を残している。

こういうオノマトペの使い方で読者をはっとさせるのは、北原白秋や中原中也の詩、そして散文ではやはり幸田文あたりだろう。岩波版の全集の月報に書いたとおり、ぜひともインタビューして独特の比喩とこのオノマトペについて尋ね、あの潔くしゃきっとした文章の舞台裏を探りたかった。それが叶わぬ今は、いつかお嬢さんの青木玉にでもそのヒントを伺えたらと思うばかりである。

小説『流れる』では、置き屋から往来に筒抜けてくる音響を「ざわざわきんきん」と書く。「ざわざわ」で部屋の中の物音を、「きんきん」で芸者たちの調子を張った甲高いしゃべり声を暗示し、猥雑な雰囲気をぴしゃりと描いたオノマトペだ。玄関の格子戸を開けかけた瞬間、音はぴたりと止み、奥から「どちら?」という声がする。「あどけなく舌ったる」い言い方だ。訪ねて来たのが女中志願の女だとわかると、奥のその声は「糖衣を脱いだ地声」に変わる。

声だけではない。屋根の上の猫の争いを「どすどすという喧嘩」ととらえ、「トタンがごぼごぼと鳴った」と書く。着替えの折には「ずさっと帯が足もとへ解ける」し、電気を消す三つのスイッチは「ぴちぴちぴち」という音だ。「げへっ、げへっという咳が出」、氷嚢の氷が溶けかかると「破片は身じろぎをはじめ」、「からっと音を立てて離れる」。

聴覚でとらえきれない感じでも、「あわびみたいな型」の髪は「まんなかだけてろっと素直な毛だ」し、「新しい着物はふっくりしていて、着る人をもふっくりさせる」。「みりみりと骨が痛んでいる」ときもあれば、「駒下駄の前鼻緒から浸みあがる、つめたいじくじくをこらえ」ることもある。熱い息が出て代わりに冷気が入ると、胸の奥で「ちりりとする」。かと思うと、「ひりひりした心細さ」を痛いまでに感じたりする。

あらゆる感覚、時には心情さえも、こんな独特のオノマトペですぱっと切りとる。粋で端正な挙措、桜の蕾がふくらむ前に幹が照りをもつことに気づき、鏡の余白に映る秋の空の色を「憎いほど」澄みきったと感じとる心、雪の降る日こそ鍋物より青い野菜を膳につけたいという潔さ、幸田文のオノマトペはきっとそういう暮らしの中の実感だったのだろう。

（「幸田さんのオノマトペ」『星座』二〇〇五年一一月号　かまくら春秋社）

阿部昭　文体のことなど

この作家の文章を読んでいると、「小雨もよいのその朝、父の遺体は藤沢火葬所の「い」号焼却炉というもので、九時半から約五十分間かかって処理された」（『訣別』）というようなところが出てきて、どきりとすることがある。「い号」とか「五十分間」とかという書き方は何かの記録のようで、文学作品としてはひんやりした感じが漂う。

小説に筋は要らない、筋のない人生そのものが小説の筋なのだと、チェーホフは考えたらしい。そっくりの習作を書くほどチェーホフに染まっていたマンスフィールドは、長い時間をかけて人生を眺めることが芸術家にとって何よりも必要だと手紙に書いているという。『短編小説礼讃』でそういう話を紹介する阿部昭自身も、すぐれた文学が読者の心に喚び起こすのは「これが人生というものか」という感動の声にほかならないことを確信している。しっかりと我がものとした人生の感動を的確に表現するには、充実した生活体験と自分の眼で洞察する力が欠かせない。

『父と子の夜』に父親参観日のことが出てくる。リトプスはどんな形をしてどんな場所に生えているか、「バネのようにさっと立ち上がって、よどみなく答え」る生徒と違って、息子は当てられてもにこにこしているだけだ。父親は「見たことも聞いたこともないそんなサボテンの名前や恰好をすらすら言うな」と心の中で呟く。「医者のように冷静に、情容赦もなく、見るべきものは見届けなくてはならない」と考えるこの小説家の、それは創作の骨法でもあっただろう。

物体と化した父親がさらに白骨と化してゆく過程を、焼却炉の番号や所要時間まで明記するのは、作家としてのそういう覚悟を見る思いがする。要領が悪く万年大佐に終わった敗戦軍人の父親は新しい環境への適応力に欠け、ぶざまな戦後を送る。癌に冒されてもしばらく「まだ生きている人間として」「茶の間のいつもの居場所に家長然と陣取って」(『司令の休暇』)いたが、やがて「まだ生きている自分を裏切るように指の先から死にはじめている手」を眺めるようになり、ついに「死者が運び出される専用口」(『大いなる日』)から担架で出て行く。そのとき、「二つの足首は、生者の場合にはあり得ないと思われる具合に、すなわち、左右の足の甲が思い思いのちぐはぐな角度にねじれて、まったく力なく傾いて」いるのを非情に見てとる眼があることに、読者ははっとする。

「さよならだ。永かったつきあいも、これでさよならだ。僕はいちばん古い友達をなくした」というのは、『訣別』によれば「父親の死こそは、息子への最大の贈り物だ」と「哀傷にも憐愍《れんびん》にもまぎれることのない不思議な歓喜をもって」呟いた実感の声だという。重く心にひっかかっていた父親という存在からの解放感は嘘ではなかろう。が、あえて「友だち」と呼び、不当に軽快なリズムで語り出すこの冒頭は、ことばとそれが伝える厳粛な事実とが軋《きし》り合い、かえって悲痛に響く。

「新樹の繁みが日ましに緑の重さと飴色の光沢とを増しながら」(『子供部屋』)と、初期の短編ですでに描写の深みをのぞかせていたが、ニュアンスに表現の命をかけて繊細な筆を進めるマンスフィールドを愛読したこの作家は自らも、「枕カヴァーに落ちている彼女のヘアピンをみつけた時」（『おふくろ』）、こんな生活を続けていいのかと考えてしまうといったディテールを大事にする。「殻を押して豆を口の中へひょいと飛び込ませる」のが枝豆であり、「莢《さや》から出てしまった枝豆を見ると、なんだか悲しくなる」（『単純な生活』）という感覚的・感情的な発見も読者を納得させる。

精神面の観察も思いがけない奥まで届く。父親が病を得て「あと何ヵ月何十日一緒にいられるかわからぬという時」（『司令の休暇』）にも相変わらず飲み歩いていた心理を、「自分に欠けているのは、肉親のやさしさではなくて、ある種の勇気」だったと振り返る。「おやじが地上で見る最後の夏」という目で景色を眺めると、「一切が終ってしまったように思われ、つい壁一枚へだてたそこの部屋におやじがひっそりと寝ていることのほうが幻のように見え」ると語る。なすところなく兵学校から戻った次兄が、敗戦をどういう気持ちで迎えたか、その心の痛みを語ろうとしないことにふれて、「彼は書かず、私は書く、というその一事は、目に見えぬ負い目として一生私につきまとうであろう」（『青葉』）と襟を正す。いずれも微妙な心の襞をえぐって、読者をはっとさせる。

鋭く彫りつけるだけではない。『子供の墓』という短編に「ここにやすんでいるのは／生まれるとすぐまた眠りについた子ども／この子に花を撒いてやって下さい／けれどこの子の上にある／土は踏みつけないようにして」という英詩が引用されている。初期の作品など深刻な題材を扱ったものも多いが、全体を通じて阿部文学の救いとなったのは、底を流れているこういう優しさに対する感動だろう。同棲に近い交際を続けているうち、女が妊娠する。堕胎するよう説得されて諦めはするが、いつまでもぐずぐずしている。「どうして一日のばしにするんだ」と男が問い詰めると、女は「一日でも多くこのままにしていたいの。だって、あと何日かの命ですもの」と答える。このことばが男の脳天をどやしつけた。

こういう重い話だけ並べると、阿部昭の文体について誤った印象を与えるだろう。この作家は重い話をむしろ軽く語る才能の持ち主なのだ。成熟するにつれてユーモラスなタッチがその色を深めていった事実にもふれておかねばなるまい。息子が高校に合格したらお祝いに赤飯を炊こうと用意した母親が、結果を聞いて「せっかくだから、やっぱり炊いちゃおう」と言った話は、理屈で説明しにくい心理を巧みにとらえていて微笑を誘う。

笑うに笑えず、それでもおかしい文学的な笑いとなれば、「父と子の夜」のこんな例だろうか。目の前に横たわるこの病人のように物が食えなくなったらおしまいだと思いながら、病室に詰めかけた家族たちが腹ごしらえしようとしている時に、父の容態が急変した。

父が息をひきとるのと、ソバ屋の出前持ちが病室のカーテンごしに威勢よく声をかけるのとがほぼ同時だった。

「お待ちどおさま！」

（「文体のことなど」『阿部昭集』一一巻月報　一九九二年三月　岩波書店）

凜とした描写

藤沢周平　抑制の利いた潔い文章

藤沢周平の表現風景十二章

《風》《姿》《女》《剣》《心》《食》

《顔》《笑》《喩》《視》《始》《終》

藤沢周平　抑制の利いた潔い文章

卓抜な心理描写

『暗殺の年輪』で直木賞に輝いたこの作家は、そのために大衆文学、通俗小説と呼びならわされている側に位置づけられる。が、井伏鱒二が直木賞、松本清張が芥川賞を受けた事実に象徴されるように、純文学か否かという区別は本質的に成立しない。編者を務めた『集英社国語辞典』でも、初版刊行後の物故作家として井伏鱒二や安部公房・吉行淳之介らいわゆる純文学の大家たちと並んで、当然この藤沢周平の名も第二版に登録されることがきまり、すでに自分で原稿を書いた。

純文学と不純な文学があるのではない。作品の文学的価値、文学か否かが問われているのだ。心に響く作品と感覚をくすぐり感情をもてあそぶ作品、きびしい文章とあまい文章という線で分けるなら、この作家はむろん前者だ。「さいわいなことに人生にはいずれ終わりがあり、数数の悔恨の記憶もやがては空無に帰する」という「ありがたい救済にめぐまれているのに、わざわざ悔い多き生涯を書きのこすのは愚か」だとし、小説家である以上、好むと好まざるとにかかわらず作品の中に自分という人間が反映しており、「それだけでも鬱陶しいのに、その上自伝めいたことなど書きたくない」（『半生の記』）と考える。含羞の作家にふさわしい、抑えの利いた潔い文章である。

ちくま新書『文章工房』で『麦屋町昼下がり』を取り上げ、季節の推移を光の感触でとらえる主体化した表現を軸に、自然描写が人物の心理を映し出す効果を論じた。講談社ソフィアブックス『美しい文章　輝ける言葉』（現在はちくま学芸文庫『現代名文案内』）では、浮いた噂ひとつなく嫁に行くのは何か物足りない気がする娘の「胸の中にほんの少し不逞な気分が入りこんで」くる『おぼろ月』の卓抜な心理描写に言及した。ここでは書き出しと結びの巧みさを指摘する。

作品世界の中へ

「おしづは途中からその話を上の空に聞き流した」（『夜の雪』）、「とっさに背を向けたが間にあわなかった」（『晩夏の光』）、「信蔵は焦りと苛立ちではらわたが焼けるような気がしている」（『日暮れ竹河岸』）……作品はこんなふうに唐突に始まる。そこには華麗な比喩も、はっとするような奇抜な表現も見あたらない。だが、読者はどうしてもその先を読まずにはいられない。いきなり作品世界の中に引き込まれてしまうのだ。

忠兵衛が妾宅から持って来たにちがいない種から、妻が精魂こめて育てた朝顔。「以前は風情もなかった土蔵裏の一画が、はなやかな色につつまれている」。が、「毒々しい精気に溢れ」（『朝顔』）て見え、一編はこう終わる。おうのは「無表情につぎつぎと花をむしり、つぼみも摘んで捨てた」。「日がさらに高くのぼり、誰もいない土蔵裏を白日が照らしたとき、そこにはむき出しに、異様な狼藉が行なわれた痕があらわれた」。

奥を流れる善意

『驟り雨』は、盗っ人が八幡神社の軒下にひそみ、「地面にしぶきを上げる雨脚が、闇の中にぼんやりと光るのを眺めながら」、忍び込もうとしている問屋のようすをうかがっている場面で始まる。入れかわり立ちかわり雨やどりに訪れる人びとがつかのまくりひろげる人間模様。弱り切った母親が子供に手を引かれ、よろけながら出て行くと、盗っ人のはずの嘉吉が飛び出して背中を貸す。そこで作品は終わる。「女を背負い、片手に子供の手を引いて、細ぼそとした提灯の明りをたよりに歩いていると、嘉吉は前もそんなふうに、三人で夜道を歩いた」気がする。「ついさっきまで、息を殺して大津屋にしのびこむつもりでいたなどとは、とても信じられなかった。雨はすっかりやんで、夜空に星が光りはじめていた」。こうして抑制の利いた文章で作品が過ぎ去ったあとに、はげしい余情がひとしきり読者の心に降り注ぐ。嘉吉は女房に病死されて叶わなかった小さなしあわせを思い返しているのだろうか。ちょっとした偶然で運命を変えてしまう人間の、その奥を流れている善意に、心洗われる思いで、読者は何も言いたくないほのぼのとしたひとときを味わう。

時代物も通俗小説もない。素材を文学と化す端正な文章。市井の哀歓、人情の機微を、おもねることのないストイックな文体で描く。それが藤沢周平の世界である。

（「抑えの利いた潔い文章」『山形新聞』一九九八年一月二八日）

藤沢周平の表現風景十二章

《風》

文章力が純文学・大衆文学という区別を無意味にする。『集英社国語辞典』の編者として「藤沢周平」という項目を立て、「下級武士と江戸庶民の哀歓を端正な文体で描き、時代小説に新境地を開いた」と評したことがある。トピックごとに表現を味わいたい。風景・風光の描写から入ろう。

『武士の一分』などという、ひょっとすると作者の意に反するかもしれない題で映画化された原作『盲目剣谺《こだま》返し』は、盲目ゆえに鋭くなった感覚で「縁先から吹き込む風」の運んで来る「若葉の匂い」をかぎ、老僕が薪を割る音、くしゃみの音、前に離縁した妻のけはいを間近に聴きながら「茶を啜《すす》っている」場面で静かに終わる。盲目の剣士が嗅覚的にとらえた風だ。くしゃみの音が生活感をかきたてる隠し味となっている。

『暗殺の年輪』には「時おり庭を通り過ぎる風」が縁先に溢れている「夏の名残りの眩しい光」を乱し、茅の穂や小菊の花をゆする描写が出る。『麦屋町昼下がり』にも、「若葉が不意にさわぎ立って一斉に日をはじく」のを見てかすかな風を感じる箇所がある。『橋ものがたり』中の『小さな橋で』にも、風が吹いて葭《よし》がざわめき、その穂が「乱れて日に光った」という表現がある。風という空気の流れを聴覚や皮膚感覚ではなく、いずれも光の揺れとして目でとらえた例だ。たしかに視覚的に風を感じる経験が現実には多い。

「濁った水面に、昼過ぎの日が映っている。日はほとんど静止して見える水の上にまるくうかんだかと思うと、つぎの瞬間には小さな渦に形を掻き乱されて、四方に光をちらしてしまう」が、また「まるく眩しい光の玉」となる。『三月の鮠《はや》』では、水に映る日が絶え間なくそういう動きを繰り返すことを描きながら、読者に川の流れを感じさせる。

「傾いた秋の日が、蜜柑いろの力ない光を深川の町町に投げかけて」いるころ、荷を積んだ小舟が通り過ぎる。「船頭が竿をあやつるたびに、竿からこぼれる水と掻き乱された掘割の水が、きらきらと日をはじく」と、『消息』でも水の動きを光でとらえた。

『溟《くら》い海』に「夜の底を、ひそひそと雨が叩いている」という描写がある。「夜の底」という表現は芥川龍之介の『羅生門』にも川端康成の『雪国』にも出てくるからオリジナルではないが、それを「ひそひそと叩く」と展開させたこの一文は感覚的に納得させる。『密告』に出る「日が落ちたあとの気だるいような光が町を包んでいる」という一文も、春の花の香もし「自分の命を狙うものがひそんでいるとは信じられない、穏やかな日暮れ」と、作中人物の心理をからめて描きとることで印象に残るのだろう。『麦屋町昼下がり』に出る「満月に近い月は、まだ寒かったひと月前には人にも物にももっと荒涼とした光を投げかけていたのだが、いまはためらうような光を地上に落としている」という一文は、季節の推移を光の感触の差でとらえ、「ためらう」という擬人化で風景に体温を与えた。

『江戸おんな絵姿十二景』中、前稿でもふれた『朝顔』の残酷な末尾は特に忘れられない。取引先にもらったという朝顔の種を女は大事に育て、みごとな花を咲かせた。が、その種は夫が妾宅から持って来たものだと知る。昨夜も夫はいそいそと妾の家に出かけた。そう思って見ると毒々しく見える。「無表情につぎつぎと花をむしり、つぼみも摘んで捨てた」。そして内面には一切触れず、この作家は「日がさらに高くのぼり、誰もいない土蔵裏を白日が照らしたとき、そこにはむき出しに、異様な狼藉が行なわれた痕があらわれた」と作品を閉じた。

「寒ざむとしぐれてはわずかに白い日が枯野をわたる。そういう日日を繰り返したあとで、空はついに黒い雲に閉ざされ、やがて乾いた音を立てて霰《あられ》が降る。その下で人も家も背をかがめ、次第に寡黙な相を深めて行く故郷」、この作家が『債鬼』にそう記した古里に自分も住んでいた半世紀前を思い返してみる。たしかにあのころ、人も家も背をかがめて寡黙に過ごす季節だった。雨上がりの青空の下で犬が大きなあくびをする東京武蔵野の午後である。

《姿》

「指でも触れたら、一緒に皮がむけて来そうな」（志賀直哉『暗夜行路』）赤ん坊の唇、小さな女の子の「こましゃくれて見えた」（平林たい子『鬼子母神』）乳首といった例に出合うと、はっとする。

感覚的で心理的なこういう描写には、どこか危うい魅力がある。

藤沢周平の描写は堅実で、けれんみを感じさせない。初期の『溟い海』に描かれる北斎はこうだ。夕暮れが近づき人の往来がはげしくなったせいで、じっと動かない北斎の大きな軀《からだ》がよけい目立つとして、「手織の粗い紺縞の木綿着」の上に「柿色の袖無袢纏《そでなしばんてん》の色あせたものを羽織」り、と身にまとったものから入り、「肩幅は広く、胸も厚い」と体形を記し、「人なみすぐれて大きい耳と鼻、顎はがっしりと張って、細い眼に、刺すような光がある」と顔の細部に筆を進める。日の沈みかけた両国橋にたたずんで風景に見入る姿を、あたかもズームレンズのように次第に接近しつつとらえた描写である。そして、それを「見るからに一癖ありげな老人」と一括する。

場所が違い角度が変われば、同じ人物も別の姿として目に映る。雨の日、自宅で絵筆を執る北斎はこう描かれる。「障子を開け放した庭に向かって、畳の上に背をまるめ、しきりに焼筆《やきふで》を動かしている」と客観的に叙述したあと、「巨大な蟇《がま》が蹲《うずくま》っているように見えた」と比喩的なイメージで印象を描きとる。北斎を後方からとらえたこの視線は、同時に「白菊が花盛りで、その一画だけに冷えた明るさが漂っている」と、その先にある庭を眺める。明るい花を背景にした蟇の後ろ姿だ。

『用心棒日月抄』の主人公青江又八郎の姿はこんなふうに描く。「長身で、彫りが深い男くさい顔」であり、「痩せて見えるが、肩幅は十分に広く、精悍な身体《からだ》つきをしている」と客観的に概括したあと、「人を斬って国元を出奔し、世を忍んできた月日が、二十六歳の風貌に若干の苦味」を添えていると主観を加え、印象的にしている。この人物に「まつわりついている一種憂鬱げなかげりに気をひかれ」、女たちが振り返るのだという（『犬を飼う女』）。

短編連作『橋ものがたり』中の初編『約束』に「石のように表情を失った背だった」という一行が出てくる。ものに感じないさまを「石」のイメージに託す表現は珍しくない。だが、ここは、五年前の約束どおり幸助と再会し、所帯を持とうと言われたお蝶が、「うれしい」とささやいたあと、家の借金のために体を売る境遇に落ちたことを訴え、突然背を向けた場面だ。幸助にとってまさに「表情を失った背」で、その後ろ姿が「おぼろな闇に消える」のを茫然と見送るほかはない。平凡な比喩が文脈の力で読者にしみる瞬間だ。

『隠し剣孤影抄』の第二話『臆病剣松風』の主人公瓜生新兵衛は不思議な男だ。痩せて顔色も悪く、ちょっとしたことにすぐ怯え、真っ青になって歯の根もあわない情けなさ。剣の相当な使い手というのが信じられないほどのありさまだが、「青くなるのは、瓜生の性癖に過ぎ」ず、腕は確かだからと警護役に推奨される。若殿が襲われた場面、「二人の刺客の攻撃にさらされて、右に左によろめくように動く」姿が印象的だ。「風に吹かれる葦のように」頼りないが、「躱《かわ》し、受け流し、弾《は》ねかえし、ことごとく受けて」一歩も退かず、その間に腰が「粘りつくように坐り、背は強靱な構えを見せ」、「一枚の柔軟な壁と化」す。そして最後に、斬りこませては「反転して躱しながら」鮮やかに斬り下げる。

『三屋清左衛門残日録』の末尾に、杖をついて今にも転びそうに傾きながらそろそろと辛抱強く歩いている老人の姿が描かれる。中風をわずらった小心な男が懸命に歩行訓練を始めたのだ。死が訪れたらそれまで生かしてくれた万物に感謝を捧げて生を終える。その日まで命をいとおしみ、力を尽くして生き抜く。早春の光の中、見ている方がつらく汗ばむような大塚平八のぶざまな姿から、老主人公はそういう教訓を学び、胸が波打つ。

《女》

樋口一葉『たけくらべ』に肥満、短軀《たんく》、才槌頭《さいづちあたま》、短い首、出額、獅子鼻、反っ歯、色黒の肌、おどけた目つき、愛敬のある笑くぼ、福笑いのような眉というふうに身体各所の特徴を列挙した人物描写がある。夏目漱石『草枕』の女の描写もそうだ。藤沢周平の初期作品『溟い海』にも「頬のあたりに、少し悴《やつ》れが見える細面に、やさしげに睫《まつげ》が翳《かげ》り、形のよい鼻から小さめな唇にかけて、男心をそそる色気がある」というふうに、お豊の総合的な像を刻む一節がある。特徴をまとめて描くこの筆致は、一点だけを印象的に描く近現代小説の傾向とは違い、古風な安定感がある。

藤沢作品の人物描写は、外見上の特徴にとどまらず、性格なり感情なり内面の在り方を映すかたちで神秘的な魅力を印象づける手法が目立つ。『疑惑』のおるいは、「黒眸《くろめ》が大きく、口もとは小さい」と道具を簡潔かつ客観的に説明したあと、「薄く化粧した顔が、内側から光が射《さ》すように艶《つや》がある」と展開する。「内側から光が射すよう」という比喩の導入で肌の艶に深みが増す。『喜多川歌麿女絵草紙』のうち『さくら花散る』のおこんは、着物を着ていても裸同然の薄っぺらな女と違って、「一枚一枚衣装を剝《は》いでいって、最後に裸があったというようなものです」と歌麿は滝沢馬琴に奥深い魅力を説明し、「その裸の奥に、まだ何かありそうだ」とさらに掘り下げる。「裸の奥」となれば当然、内に秘めた美しさにつながる。

同じ作品のうち『赤い鱗雲』のお品については、「青白かった顔に、もも色の血の色が浮かび、瞳はきらめき、時おり深い息をして胸が動くと、そのあたりから生ぐさい生気のようなものが寄せてくる」と官能的に今を語るが、その前に「全身を皮膜のように覆い包んでいた、もの悲しいいろは消え」と書く。「顔は白っぽく粉を吹いたように荒れている」と目の前の現実を写生する前に、「肌が内側からどよめくようだった輝きが消えて」と前置きする。今は失われたと否定する形であれ、どちらも内面を映す外見、肉体に反映する精神にふれる。

抑制した筆致でさまざまな女性を描いてきた藤沢作品から、対照的な女を取りあげる。

一人は『用心棒日月抄』シリーズの佐知で、主人公の青江又八郎を襲う刺客として登場する。その場面では「ややきつい顔立ちながら美貌」で、「眼《め》には、抑制された意志が、静かな光を沈めている」と描かれる（『最後の用心棒』）。表情の硬い落ち着いた物腰ながら、ある話題になると「内側から射す羞恥心に照らされて、不本意に女らしい表情になる」（『孤剣』）。「いつもの表情の少ない顔でそう言っていたが、声には真情がこもっていた」という記述も、音という現象の奥に内面の情を感じとる表現だ（『恫し文』）。「一瞬激情につき動かされた」ことを「あたかも忘れたかのように振る舞える」「抑制の強靭さ」があり（『凶盗』）、内面の献身的な協力の気持ちを、「つつましく、ひかえめに」行動に移せるところに、この女の「なみなみでない勁《つよ》さがある」（『凩の用心棒』）。

もう一人は『蝉しぐれ』の小柳ふくだ。主人公の牧文四郎に夜祭りに連れて行ってもらえると知ったとき「顔ばかりでなく、全身で喜びを現」すほどの無邪気さ。「罪名を着て腹を切らされた」父の遺体を載せた車を引きながら上り坂で精根尽きて喘《あえ》いでいる文四郎を見つけて寄り添い、「無言のままの眼から涙がこぼれるのをそのままに」「一心な力をこめて梶棒《かじぼう》を」ひく一途《いちず》な姿もある。

江戸屋敷に奉公に上がり、藩主の手が付いて男児を産み落とす。藩主の一周忌を機に仏門に入る決意を固め、その前に一度会いたいと文四郎を呼び出す。骨細の手、気弱そうな微笑、か細くふるえる声、ふくよかな肉づき、細く澄んだ眼、小さな口元といった頼りない外見の奥に、運命にもてあそばれた不幸な事情を背負うとはいえ、服喪中の側室が昔の恋人に忍び逢うという大胆な行動力もある。「文四郎さんの御子が私の子で、私の子が文四郎さんの御子であるような道はなかったのでしょうか」という名文句はこの最後の逢瀬《おうせ》で生まれた。ことばの粋というテーマで小津安二郎監督の映画をふりかえった著書『小津の魔法つかい』（明治書院）の中で、この抑制の利いた愛の婉《えん》曲《きょく》表現を、お福さまの気品を示すと同時に作家藤沢周平のたしなみを映し出すシャイな日本語の一景として紹介した。

ひきしまった肢体の佐知と、ふくよかな姿のふく、外見の対照的な二人の静かな女の底を一途な心情が流れている。いざとなれば男を導く積極性と、きっぱりと思いを断ち切る潔さ。藤沢好みのヒロインたちはそういう芯の勁さを秘めているように思われる。

《剣》

講談の世界だと、群がる相手を餅のようにちぎっては投げ、ちぎっては投げする豪傑が登場して痛快だが、現実には命を懸けた斬り合いも出てくる。

森鷗外『阿部一族』に、武士として遇されない無念を晴らすために屋敷にたてこもった阿部弥五兵衛が、討っ手として差し向けられた隣家の柄本又七郎と図らずも槍を交える場面がある。その昵《じっ》懇《こん》の間の立ち回りは、「弥五兵衛の胸板をしたたかにつき抜いた」という簡潔な記述で終わる。田宮虎彦『落城』でも、「肩口を斬られてひるんだところを胸もとを射ぬかれて前のめりに倒れた」のように経過を略述し、「首筋に尖矢《とがりや》がつきささって咽喉《のど》仏《ぼとけ》にぬけていた」と結果を要約する。池波正太郎『剣客商売』では、「刀身と刀身が嚙み合う音が闇を二つに割り、ぱっとはなれた二人は息もつかせずに、またもたがいに斬って出た」と読者の眼前で立ち合うように描くが、一人が「刀を落し、くずれ折れるように倒れた」として、すぐ勝敗の決する例が多い。

藤沢周平作品の読者は手に汗をにぎり、息苦しい時間に耐える。

それは事実、長時間に及ぶ緊迫した決闘が描かれるせいもある。『蟬しぐれ』では、殺到して来た相手の最初の一撃をゆとりを持ってかわし、反撃に転じようとした瞬間、「真っ黒な身体が視野いっぱいに迫」り、「下段からはね返った竹刀が、目にもとまらぬはやさで胴を打って来た」と最初の応酬を描いたあと、「文四郎も動かず、興津も動かないままに時が移った。日はやや沈んで杉の梢《こずえ》の陰に回った」と時の経過を記し、「肩を狙って来るはじめの一撃はむしろ虚で、下段から襲いかかる切り返しが実である。返しの竹刀が神速を帯びるのはそのためだ」と悟り、「総毛立つ思い」の一瞬の差できわどい勝負を制するまでを克明に記述する。

勝敗の帰趨《きすう》が知れない白熱の立ち合いを描くせいもある。『好色剣流水』では「左腕を深く斬られ、肩と脾腹《ひばら》にひと太刀ずつ浴び、何合目かに斬り合って擦れちがったときに、腿《もも》を斬られていた」という劣勢から、「一閃《いっせん》の剣を飛び込んで来た服部の肩に振りおろした。撥《は》ねず、かわさずただ相手の動きに乗り、捉えた一瞬の隙《すき》にむかって放つ流水の剣。ほの暗い宙空に、服部の右腕がとぶのが見えた」と逆転勝ちに見せながら、「そう見えたのは、服部の一撃に腹を斬り裂かれて、地に仰のけに倒れたからである」と解説し、やがて「灼熱の痛みが、暗黒を運んで来た」と死を暗示して一編を結ぶ。

読者の感覚に直接訴える筆致であることも見逃せない。『暗殺の年輪』では、「夜気を裂いて、はじめて二つの気合いが交錯し、躰《からだ》が烈《はげ》しい勢いで擦れ違った」と書いたあと、「左の上膊部《じょうはくぶ》に鋭い痛みを感じたが、そのまえに斬り下げた刃先が、鋭い肉の手応えを把えていた」と書くことで、斬られた痛みと斬った手応えを読者に実感させる。『又蔵の火』で、「丑蔵の剣先が左の中鬢《びん》から頰のあたりの皮膚を削」り、又蔵の顔面の左半分が次第に血に染まると書き、「半ば斬り放たれた己れの腕をみた。創口《きずぐち》はざっくり口を開き、白い骨と溢れ出る血が視野を掠めた」と記すのも同様である。『風の果て』にある「山岸の剣はすれ違いながら隼太の肩の肉を削り取って行った。焼けるような痛みを手で押さえながら振りむいた眼に、山岸の身体が地にのめるのが見えた」という箇所も類例だ。

惨状に目を背けず、凝視したものを残酷なまま読者に伝える筆は生々しい。『死闘　御子上典膳』で、「空中に舞い上がった黒い物がある。手首から斬りはなされた善鬼の左手だった」とか、「肩から斬り放された右腕が、刀をにぎったまま、最後の微光がただよう空中に高く飛んだ」とかと書くのはその好例だ。「傷口からほとばしる血が、芒《すすき》の株の上に音を立てた」と同作で誇張ぎみに記すのも、『孤剣』（『春のわかれ』）で、「剣を握った片腕が空に舞い上がり、相手の身体が地響き立てて、傍の土塀に当たって落ちる」と描写するのも同様だろう。「一閃の剣で」頸《くび》を撃たれ、青眼に構えたまま剣を落とした静馬が、又八郎を見て声を立てずに笑い、「酒に酔った人間のように、右に左に大きく揺れ、ついに地面に膝をつ」くと、うずくまったまま体がはげしく痙攣《けいれん》する。斬られた人間の姿を見すえ、刻刻を追って描き、その最期を見届ける『孤剣』の筆の非情さに、読者は思わず目を見はる。

《心》

昔、國語學會の全国大会で講演するはめになって、山形市の中央公民館ホールに入ったら、山形大学の学長が挨拶で「旬花酒湯」ということばを使った。旬の食材、四季の花、酒、温泉という県の恵みを並べ、「春夏秋冬」という音を響かせた造語だ。この県の場合は「花」は「果」でもぴったりする。同窓会誌の求めで「旬花酒湯そして情」と題する小文を寄せた記憶もある（『日本語の美』二七四頁）。

東京に住みながら時にはビールの親友としてだだちゃ豆を賞味し、ごくまれに民田茄子《みんでんなす》の塩漬けで炊きたての「はえぬき」を過ごす日もある。そういう満ち足りた気持ちを、なぜか素直に人に語れない。藤沢周平も『日本海の落日』という短文を、「庄内平野と呼ばれる生まれた土地に行くたびに、私はいくぶん気はずかしい気持で、やはりここが一番いい、と思う」という一文で始め、落日の大観に行き合うと「胸の中では、こんなうつくしい風景がよそにあろうか、とつぶやいていた」といくぶん照れぎみに結んだ。庄内人はどこかにためらいがあって、古里のなつかしさを他人に向かって率直に表現するのが苦手なようだ。

尾崎一雄は『擬態』で「じんじんと音を立てて沸き上がる怒り」と、激しく蒸気のように吹き上がる憤懣を体感的に伝え、上林暁は『極楽寺門前』で「不興がいぶる」妻の態度を「ぷすんと黙ったきり」と、「ぶすり」とは違う擬態語の差で描き出した。感情表現にも作家独自の工夫が見られる。藤沢は微妙な心情やその変化、複合感情を巧みに写す。

『現代名文案内』（ちくま学芸文庫）という著書で、『おぼろ月』と題する藤沢作品を取り上げ、親に逆らったことのない娘が、親の意に沿う縁談を受け入れたものの、浮いた噂一つないまま嫁入りするのを何となく物足りなく感じる複雑な心にふれた。偶然出会って親切にしてもらった見知らぬ男と、短時間一緒にいるだけで「胸がとどろくよう」ながら、「ちょっぴり得意な気持もまじって」

おり、「では行きますか」と男に声をかけられると、誘われたと勘違いして「どこへ」と応じ、赤くなる。そして別れぎわに相手が「あっけなく背を向けた」と感じるほど、「胸の中にほんの少し不逞な気分」が兆す。心理描写の白眉と評したが、ここにくりかえすことは控え、別の作品から微妙な感情を扱おう。

『うしろ姿』は、酔うと誰彼の見境なく家に連れ込んで泊めるという奇癖がもたらす悲喜劇だ。翌朝になると大方の者は「ばつが悪そうに退散する」のに、小柄な汚い婆さんが居ついてしまい、息子が迎えに来ていやいや連れ戻される。縁もない人間に居座られて迷惑に思っていた女房が、その婆さんの「不満を隠した、淋しそうな背」を見ながら、息子である亭主を頼って来た姑を邪険に追い返した昔を思い返し、亭主が帰って、婆さんが消えたのに驚いても、二人の後ろ姿が似ていたことは言わずにおこうと思うところで作品を閉じる。

『雪明かり』で、血のつながりのない茶屋勤めの不幸な妹をいたわったことを、養母とその娘である許嫁《いいなずけ》に「理詰めで高圧的」に詰《なじ》られ、内部で出口を求めて荒れ狂う苛立ちを描く。三十五石の実家から二百八十石の家に養子に入った身分では反論しても自分がみじめになるだけと思う憤懣が、その場にふさわしくない哄笑となって噴き出すのだ。あまりに不謹慎な反応に、相手も思わず笑い出すが、「笑いやんだあとに、寒ざむとした沈黙が訪れ」、「女二人は猜疑心と軽侮を、菊四郎は屈辱と自嘲を」取り戻すのである。

『橋ものがたり』中の『約束』では、茶屋奉公に出ることになったと幼なじみに別れを告げに来た娘が、相手の表情から、いかがわしい店かと心配していることを察し、急に「顔を赤らめて早口に」なるところや、そのやりとりで「話の接ぎ穂を失い、ぎこちなくおし黙っ」てしまう若い二人の別れなど、ことばにできない心が表現されて、言いがたい感じがある。

『驟《はし》り雨』は、身ごもった女房が病死してから盗人になりはてた研ぎ師の嘉吉が、ある夜これから忍び込む大店《おおだな》のようすを探りながら八幡神社の軒先で雨宿りをしている場面で始まる。すぐ近くで人殺しを目撃しても、殺された人間に同情する気など起きず、「ひとの稼業のじゃましやがって」と腹を立てる。そこに腹を空《す》かせた幼女が病気の母親を介抱しながらやって来る。粗末な身なりの親子は一休みしてのろのろ歩き出すが、弱った母親がよろめいて地面に膝をつく。と、思わず嘉吉が飛び出して助け起こし、「その女を背負い、片手に子供の手を引いて」歩き出す。さっきまでよその家に忍び込むつもりで息を殺していたことなど嘉吉には信じられない。人の心に残る善意を描く藤沢作品の結びにふさわしい。

『三屋清左衛門残日録』でも、隠居することで悠悠自適への解放感がわくはずだったのに、実際に襲ってきたのは「世間から隔絶されてしまったような自閉的な感情だった」と書く。早稲田大学を定年退職したばかりの身には、その「奇妙な気持ちの萎縮」が痛いほどよくわかって困っている。

《食》

作家の小沼丹が英国滞在中に、庄野潤三の手紙に悩まされたと聞く。小説で読者の口に唾液《だえき》がわくほど食べ物をうまそうに描写する庄野は、手紙でも同じらしく、鰻屋《うなぎや》に行った話などを読みながら、小沼は店の前で鰻の匂いを嗅がされている気分になり、「白焼は芸術品」というくだりで、すぐ帰国したくて溜め息が出たという。その庄野潤三が『山田さんの鈴虫』に「愛用している山形の酒の「初孫」を飲む」と書いている。

藤沢周平の作品の場合、酒の味についてはあまり言及がないが、食べ物のほうは『三屋清左衛門残日録』だけでも種類が多く、記述も具体的だ。

「蕗《ふき》のとうの味噌はちょっぴりほろにがい独特の風味が珍重される」と早春の味覚にふれる。夏風邪をひいて食欲の衰えた清左衛門のために、息子の嫁の里江が「蕪《かぶ》の酢の物、小茄子《こなす》の浅漬け、金頭《かながしら》の味噌汁、梅干しをそえた白粥《しらかゆ》」を載せた膳を運んで来る。藤沢周平の生家近くの民田でとれる小茄子の塩漬けを氷水に浮かせた一品を、東京で夏の風物詩のように思い出すこともある。

涌井《わくい》という小料理屋では「三屋さまのお好きな風呂吹き大根」も出るし、その清左衛門のわきで、奉行の佐伯が「この赤蕪がうまいな」と漬物に手を出す。当然地元の温海かぶらだろう。これは今、東京でも手に入る。涌井のおかみが「このあたりでクチボソと呼ぶマガレイの焼いた」のを膳に配する場面もある。

朝日新聞社の週刊『藤沢周平の世界』に「海坂の食卓」を連載した鶴岡の老舗旅館坂本屋の主人石塚亮によれば、旧庄内藩主酒井家十七代の当主忠明《ただあきら》は、この鰈《かれい》と鱒《ます》は素焼きにして醤油をかけるのを好んだという。佐伯が「ハタハタがそろそろじゃないのか」と問いかけると、清左衛門は

「みぞれが降るころにならんと、海から上がらぬ」と説明し、なめこ汁をすする秋の宵だ。おかみが「まだ足を動かしている蟹《かに》」を「茹《ゆ》でますか、それとも味噌汁になさいますか」と尋ね、清左衛門が「味噌汁の方が野趣があっていい」と答えるのは晩秋に近い季節だろうか。

　小鯛《こだい》のうまいのが入ったばかりなので、それの塩焼きはどうかと、涌井のおかみが清左衛門に勧めることもある。ここの「小鯛」は小ぶりの鯛ではなく、真鯛のように大きくならない「血鯛」「花鯛」などと呼ばれる種類をさし、真鯛の子である「鯛《たい》子」よりやわらかくて味がよいとされる。あるときは「豆腐のあんかけ、山菜のこごみの味噌和《あ》え、賽《さい》の目に切った生揚げを一緒に煮た筍《たけのこ》の味噌汁、山ごぼうの味噌漬け」が運ばれて来、作中に「筍の味噌汁には、酒粕を使うのが土地の慣わし」という説明もある。小学生の時分、遠足で金峰山《きんぽうざん》に登ると、きまって寺で孟宗汁《もうそうじる》をふるまわれた。あのうまさは忘れることができない。なお、こごみは味も香も淡白なので、和えものには胡《くる》桃《み》が合うそうだ。

　ある日の涌井は「鱒の焼き魚にはたはたの湯上げ」という豪華版であり、「茸《きのこ》はしめじで、風呂吹き大根との取り合わせが絶妙」とある。そこに「小皿に無造作に盛った茗荷《みようが》の梅酢漬け」も添えられる。「はたはたは、田楽にして焼いて喰べるのもうまいが、今夜のように大量に茹でて、大根おろしをそえた醤油味で喰べる喰べ方も珍重されている」という解説や、「ぶりこと呼ばれるはたはたのたまごを嚙む音」の描写もあって、冬に向かう季節感をかきたてる。「今度は鱈汁《たらじる》などを用意いたしましょう」という涌井のおかみの声に送られて、「みぞれが降るような寒い日に来て、熱い鱈汁で一杯やるか」と客は上機嫌で店を出る。寒鱈の身だけでなく内臓も胴殻《どうがら》もみな入れるので「ドンガラ汁」という名で親しまれ、その味噌味の濃厚な旨味と熱燗の酒で、雪国の寒さをしのいできたのだろう。

この作品以外にもさまざまな味の楽しみが語られる。『凶刃』には「醬油の実」が登場し、「醬油のしぼり滓《かす》に糀《こうじ》と塩を加え直して発酵させ熟成したもの」という説明がついているほか、身欠き鰊《にしん》の煮物、鶴岡でカラゲと呼ぶエイの干物の甘辛煮、干し若布《わかめ》入りの味噌汁、山の雪どけのころに出る山菜ぜんまいの煮物、茗荷の紫蘇《しそ》漬け、餡《あん》かけ豆腐などが出てくる。『三ノ丸広場下城どき』には「里芋とこんにゃくの煮つけ、ほっけの塩引き」が出、「醬油とおかかの味がよくしみたこんにゃく」という説明がつく。

『孤剣』（『債鬼』）には「大根の味噌汁に冷や飯を炊きこんだ、故郷ではおなじみの雑炊」、『風の果て』には里芋や干しぜんまいの煮付け、『まぼろしの橋』には蕗の煮つけ、『ど忘れ万六』には塩《しよ》引《び》きの鮭、鮒《ふな》の甘露煮、菊の花の酢の物が出るし、『祝《ほ》い人《と》助八』には「棒鱈《ぼうだら》と呼ぶ鱈の干物」、『蟬しぐれ』には「青菜《せいさい》のゴマ和え」が登場する。『よろずや平四郎活人剣』（『宿敵』）には焼きたての芋田楽が出、焼いた油揚げに醬油をかけると「いい匂いを立てた」とある。当時も葱《ねぎ》か生姜《しようが》をそえたのだろうか。今でも手軽な酒のさかなにぴったりだ。

庄野潤三が「薄《すすき》の穂が光っていた」、「赤くなった烏瓜《からすうり》」といった表現を作中に〝季語〟としてはさんだように、藤沢周平の味の描写はなつかしい郷土の季節感を喚《よ》び起こす。

《顔》

「うどんのような縒《よ》れたかお」（室生犀星『愛猫抄』）もあれば、「薩摩芋のようにいびつに赤肥りした大きな顔」（上林暁『薔薇盗人』）もある。「舐《な》めまわすような、疑りぶかい湿った眼」（吉行淳之介『原色の街』）があり、「アタリの空気マデガ清冽ニ透キ徹ッテ見エル」（谷崎潤一郎『鍵』）白くて美しい耳があり、「眼、口、其他《そのた》の諸先生と何等の相談もなく出来上った」（夏目漱石『吾輩は猫である』）ばかでかい鼻もある。「陰気なおそろしいえくぼ」（幸田文『流れる』）があり、貝のような形のいい顎が「ふくふくとうごく」（中勘助『銀の匙《さじ》』）こともある。人物描写にも作家の個性が反映し、独特の文体を形づくる。川端康成は『雪国』で、「雪に浮ぶ女の髪もあざやかな紫光りの黒を強めた」と、鏡をのぞくヒロイン駒子を、そこに映る自然を背景に描き出した。

藤沢周平の描写には読者がはっとするほど感覚的に生々しい例は少ない。『山桜』で、「眼は男にしてはやさしすぎるほど、おだやかな光をたたえている」と、手塚弥一郎のまなざしを、粗暴なところのないその人物の性格と結びつけ、また、桜の花から「野江に、問いかけるように移した眼はやさしかった」と、手塚の母の心理を映す表情として描く。

女湯をのぞく芳平は「しわだらけの顔」で「赤くてらてらして猿に似ている」（『失踪』）し、「おそろしく頑固」な嘉兵衛は「頬骨が出た馬のように長いごつごつした顔」（『娘ごころ』）であり、「犯罪の匂いを嗅いで回る」密告者の磯六が「額が狭く、落ち窪んだ眼に蛇の眼の光を沈めている」

（『密告』）など、皆それなりの顔をしている。

が、主人公は顔も姿もよく、悪役は一目でそれとわかる憎たらしい顔つきで登場する通俗的なドラマとは違って、「凄腕《すごうで》の岡っ引」として恐れられた『黒い縄』の治兵衛は「頰の豊かな円顔《まるがお》は艶があって、表情は商人のようにもの柔か」だし、『三ノ丸広場下城どき』にも「色白でやや軽薄な感じをあたえる男だが、実際にはいわゆる切れ者」とある。人はしばしば見かけによらない。人それぞれにいろいろな面をもっている。人間離れした英雄や根っからの悪人を描かない藤沢作品では、人物描写も当然そういう複雑な現実を映し出す。

『紅の記憶』の香崎左門は「肉の厚い丸顔」だが、「眼がぎろりと大きいあたりに、藩政を左右すると言われる才人らしい面影」があるし、『よろずや平四郎活人剣』（『娘ごころ』）に出てくる煮豆屋のおやじは、その商売には「似つかわしくない、色白の品のいい顔に、てこでも動かないかたくななないろがうかんでいる」。こんなふうに役柄と外貌の一致しない点、あるいは容貌の中の不釣り合いな点を描き込むことで、登場人物の画一化を防ぎ、通俗性を脱却する例も多い。

最初にふれた手塚のやさしいまなざしも、「長身で幅広い肩」という肉体的特徴との軽い違和感をにじませる。「濡れているような赤い唇をし」「鼻筋がとおって、女のように華奢《きやしや》な細面だが、眼に尋常でない光が隠されている」という『溟い海』の鎌次郎もそうだし、「浅黒い顔に眼鼻がきりっとした男ぶりのいい若者」が「顔色が少し青ざめ、疲れた眼をしている」という『小ぬか雨』の例も同様だ。

『吹く風は秋』には「色白でおとなしそうな顔をした女だったが、弥平の袖をにぎった手は、てこでもうごかない力がこめられていた」とある。『怠け者』の旦那は「商人には不似合いな」「巾《きん》着《ちゃくき》切りのような」「けわしい眼をした色の黒い小男なのに、おかみの方は、色白でふっくらとした大柄な女」で、そんな「旦那には釣りあわない、おっとりした品がにじみ出て」おり、「顔立ちも娘のように若わかしい」。顔も真っ黒で、物言いも男の子のようだった『女難剣雷切り』のおさとも、一年後には「顔は浅黒いなりに内側からかがやくように滑らかなひかりを帯び、物言いも立ち居もいつの間にか女らしく」なっている。たしかに、人は一色ではないし、時とともに変化する。世間も単純に色分けされていない。それが現実だ。

『おとくの神』（『霜の朝』）では、亭主よりも背丈があり、腕などはその倍もあって強そうに見える大女のおとくが、「眉が垂れて眼が細く、口はおちょぼ口」で、「まるで娘のようなかわいらしい小声でしゃべる」。『おふく』のおふくは「笑いを含んだような細い眼」だが、同じ細い目をしていても、『黒い縄』のおしのの表情には「愁いのような翳」がある。「黒目だけしか見えない細い眼をした」『幼い声』（『時雨みち』）のおきみは「男を刺して牢に入っ」っているし、同じく「黒目しか見えない眼」をした『冬の日』の飲み屋の女は「ひっそりした色気を感じさせる」。

『鬼』のサチは「髪はちぢれた赤毛」で「唇はそり返ったように大き」く、「円い眼に太い眉毛が迫って」「鬼を連想させる」ほど「並はずれて不器量」だが、それでも「鼻だけはちんまりとかわいい」。それが救いであり、この作家の優しさでもある。善玉も悪玉も美玉《びだま》も醜玉《しゅうだま》もない。どこか矛盾感を抱えた数々のそんな描写が作品に現実味を添える。

《笑》

「マドンナだろうが小旦那《こだんな》だろうが」（夏目漱石『坊っちゃん』）のように無意味な類音語を響かせると滑稽な感じが出る。「ゴムホースを輪切りにしたような鼻の穴」（安部公房『他人の顔』）といった突飛な比喩もおかしい。キャバレーのホステスが本居宣長について論じ出し、客があわててノートを取る（井上ひさし『吉里吉里人』）といった奇妙な場面設定も笑わせる。藤沢周平の作品でも時折地味ながら笑いを誘う表現に出合う。

『踊る手』に、夜逃げのように姿を消した家について、「まるっきりカラッポということはないでしょ?」と聞かれた大家が、「いや、それが何もない」と答え、「鍋釜も布団も、位牌もない」と説明するのに不思議はないが、「残っているのは、寝ているばあさんだけだ」と続くその清六の言い方に、集まった近所の女たちは思わず笑う。取り残された「干柿みたいにしなびたばあちゃん」は憐れだが、どこか滑稽な眺めでもあるのだろう。

『証拠人』では、「心配いらぬ。夜這《よば》いは、それがしが防いで進ぜる」と本気で申し出た武士が、心ならずも自分で夜這いをかけてしまう皮肉な結末を迎える。『嚔《くしゃみ》』にはそのタイトルどおり、緊張すると嚔が連発するという奇癖に悩まされる武士が登場する。「指一本動かすのも憚《はばか》られる厳粛な」席で、その前兆である「鼻腔《びこう》にくすぐられるような掻痒感《そうようかん》」を覚え、「眼をつぶり、鼻を曲げ、口をゆがめて、出かかる嚔を押し殺そうと」必死にこらえる場面に、読者は思わずあの感覚を喚び起こされ、鼻がむず痒《がゆ》くなる。

『臍曲がり新左』の治部新左衛門は「稀代《きだい》の臍曲がり」で、その顔は、「顎が横にがっしりと張っている」のだが、それを「くぼんだ頬の肉を埋め合わせるかのよう」ととらえる発想もおかしい。その新左は、娘と好き合っているらしい隣家の若侍に何かとけちをつけてきたが、いつか婿として考え始めている自分に気づき、少々いまいましい。使用人に「お似合い」と言われ、照れ隠しに「渋面を作った」ものの、燃え残りの薪《たきぎ》が消えて「庭が闇に包まれると、不意に相好を崩してにやりと笑」う。読者もつられてにやりとするだろう。

『一顆《いっか》の瓜』では、「先日屋敷に呼んで酒を飲ませ、塩鮭半尾を贈った。彼は味方だ」と、わずか「塩鮭半尾で味方した大目付」が「てきぱきと始末をつけ」る。また、「命を張っての」「めざましい働き」をした下級武士が加増をあてにするが、何の沙汰もない。そういえば騒動の直後に真桑瓜《まくわうり》が一個届いたが、「まさか、あれがご褒美ではあるまいな」と不安になる場面もある。どちらも収支決算があまりにアンバランスでおかしい。

壮絶な斬り合いを間一髪で制した初老の武士が帰宅する。重傷を負ったかと心配して出迎えた女が、かすり傷とわかって安心し、思わず「熱狂的に抱きしめ」る。その怪力の女の「万力のような抱擁」で「メキメキと骨が鳴った」と記す『三ノ丸広場下城どき』のラストシーン。男が小声で「骨を傷めぬように」と頼む念入りの誇張がおかしい。

「もと用心棒に似つかわしい、あごがはずれるほどの大あくびをした」という『用心棒日月抄』（『最後の用心棒』）のラストシーンも、「あごがはずれるほど」という誇張がユーモラスだ。「両の手であくびをぐつとさし上《あげ》る」という江戸時代の『誹風柳多留拾遺』の川柳を思い出す。『よろずや平四郎活人剣』の『過去の男』という章も、平四郎が「腕をさし上げて、大きなあくびを」する結びだ。「一緒に浅草寺参りをする相手もいないのだから、あくびでもするしかしようがない」という注釈も読者の笑いを誘う。

同じ『よろずや平四郎活人剣』に「いくらしゃべっても減りそうもない厚い唇」（『浮気妻』）という主観的な描写が出る。おしゃべりするたびに両唇が接触して次第に薄皮がはがれるという科学的なデータはないようだ。仮にほんとに摩滅するとしても、あれが薄くなるまでには何世紀もかかりそうと思わせる唇なのだろう。肉厚の唇が偉容を誇る雰囲気に、読者の唇がほころぶ。「さほど高くもない鼻をうごめかす」、「そうでなくとも尖っている口を不満そうにとがらせている」（『浮草の女』）と、余計な口を挟んでからかうタッチは漱石の『吾輩は猫である』の語り口を思わせる。借金を返さない明石半太夫の、額などてらてら光っている血色のよい顔を見て「厚かましく肥え肥っている」と感じ（『走る男』）、気弱な彦六を若い女が「かわいいおじさん」と評するのを聞いて「かわいいのは彦六より金だろう」（『逆転』）とその魂胆を見抜く皮肉な筆致も同様だ。

『三屋清左衛門残日録』で、小料理屋「涌井」のおかみの周辺に「男の影らしいものはちらりとも射さない」という世間の評判を清左衛門自身も「何となく信じていた」と述べたあと、作者は

「そう信じる方が酒がうまいという事情もある」という一文をつぶやく。論理を心理で言いくるめる、いかにも人間味のあふれた一行がしみじみとおかしい。

《喩》

「地蔵まみえ」「げじげじ眉」という連想は自然に起こるが、「じゃがいものような大きな目」となると日本人の発想とは思えない。比喩には民族の生活と文化が反映し、個人の感じ方や考え方も透けて見える。「輪郭のはっきりしない、何となくわんわん吠えている様な大阪駅」（『特別阿房列車』）と不思議な感覚でとらえる内田百閒と、「浅草で育った者には、銀座なんかの輸入品と違って、どこかに手織りのいい味があるんだ」（『浅草悲歌《エレジー》』）と生活感覚で心に分け入るサトウハチローとでは、ユーモアの感触が違う。

佐藤春夫は「白銀の頭蓋骨だ」（『田園の憂鬱』）と月に頭蓋骨を連想し、川端康成は「月はまるで青い氷のなかの刃のように澄み出ていた」（『雪国』）と刃ととらえ、永井龍男は「貝がらのようにほの白い夕月」（『風ふたたび』）と貝がらに喩える。女性作家でも円地文子は「眉を逆さにしたような繊月」（『女坂』）、林芙美子は「マシマロのように溶けてしまいそうに柔かい月」（『女性神髄』）、向田邦子は「あの月、大根みたいじゃない？　切り損った薄切りの大根」（『大根の月』）と、連想がそれぞれ異なる。

昔『日本語の文体』（岩波書店）という著書で、川端康成の比喩表現の調査結果を分析し、抽出された〈光〉〈水〉〈匂《におい》〉〈幼〉〈小動物〉〈神秘〉〈怪奇〉〈抽象〉という八系統のイメージ群が、自ら《孤児の感情》と呼んだ独特の自意識や感受性と結びつき、《稲妻》に象徴される非現実的な川端文学の美の世界を支えていることを指摘した。

藤沢周平の比喩表現には、この作家のどのような関心や生活感情が映っているのだろう。まず目につくのは〈魚〉の連想、広くは〈水〉のイメージだ。「頬も瘦せて、小茄子《こなす》を口の中で動かすたびに、しなびた頬の皺《しわ》がのび、眼だけぎょろりとしているので、水中の魚の顔のように、剽軽《ひょうきん》な表情になる」（『ただ一撃』）、「行き交う人びとは、回游《かいゆう》する魚のように、無言でいそぎ足に通りすぎて行く」（『山桜』）といった例がその典型で、男の手がふれた瞬間の女の姿態の動きも、「腿の傷《きず》痕《あと》にふれたとき、不意に魚がはねるようにしがみついて来た」（『孤剣』）と、魚のイメージで描きとる。

『よろずや平四郎活人剣』（『盗む子供』）では、平四郎をじろじろ見て、嫂《あによめ》が「そなた、少し瘦せたそうな」と町方の暮らしぶりを案じ、平四郎が「これでも世の荒波に揉まれていますからな。多少は身もひきしまります」と慣用的な表現で応じると、すかさず嫂は「海の魚のようなことを言う」と笑う。

魚類と概括せず、「水面に躍り上がった三月の鮠《はや》のように、若若しく凜《りん》としていた葉津の姿」（『三月の鮠』）、「仄暗《ほのぐら》い地面に、まぐろのように横たわって気を失っている」（『小ぬか雨』）、「いろが白く平目のように肉のうすい顔」（『約束』）というふうに具体名が出る例も多い。水の縁で「海坂藩」を持ち出すのはこじつけだとしても、「ひっくりかえされた亀の子のように」（『よろずや平四郎活人剣』の『消えた娘』）、「蛸《たこ》のようにしなだれかかって」（『よろずや平四郎活人剣』の『燃える落日』）、「蟇《ひき》のように尻でいざって」（『かが泣き半平』）、「立ちのぼる気泡のように湧いて来た考え」（『風の果て』）、「堆積した沈殿物のように」（『相模守は無害』）といった例など、水や水辺に縁のある喩えが豊富だ。

穿《うが》って見れば、「母親の腹の中にいるような平安」（『決闘の辻』の『二天の窟《あなぐら》 宮本武蔵』）も羊水に浸っている状態だし、「顔の奥から、ゆっくり笑いが滲《にじ》み出て来た」（『隠し剣孤影抄』の『宿命剣鬼走り』）の動詞「滲む」も水分と縁が深い。腕の立つ武士は相手の鋭い剣先を「波に浮かぶように柔らかく身体を屈伸させて」（『一顆の瓜』）受け流し、不義密通の町人は「翻弄される小舟のように欲望の暗い海の中をただよい流された」（『海鳴り』）と、水のイメージは続く。

時代小説が圧倒的に多いため、「発泡スチロール」や「出会い系サイト」「ナントカ還元水」「メタボリックシンドローム」などを比喩に使うわけにいかず、おのずとイメージ制限はあるにしろ、比喩に使われるのは〈水〉関連以外でも、狸・蝙蝠《こうもり》・鶏・鼠・蛇・蝶・蓑虫《みのむし》、山あじさい・ゆりの蕾《つぼみ》・桃・干し柿・へちま・松の枝、そして、草いきれや風など、そのほとんどが自然に材を得たイメージだ。それがこの作家の文学世界である。

「厚い肉の下に潜んでいるしたたかなものに爪を立てるように」（『溟い海』）、「とっくに投げ出した筈の人生に、まだもう一度撫でさすってみたい部分が残っていた」（『帰郷』）といった抽象的な対象の触覚的な把握、「時おり風が吹きすぎると、光は中空で弾《はじ》け合い、力強くきらめいた」（『うぐいす』）、「日没前の光が溢れていて、光を蹴ちらすようにして、勢いよくひとが歩いていた」（『遠い別れ』）、「星もない闇に、身を揉《も》み入れるように走り込む」（『暗殺の年輪』）といった感覚的な発見も楽しい。

「闇がもの言うような、微《かす》かな風の音」（『溟い海』）の例には擬人的な恐怖がある。「そこまで来ている夜と、しばらくはじゃれ合いながら、ためらいがちに姿を消して行く」（『おぼろ月』）という擬人的な隠喩の例は、春の日暮れの質感を描く白眉だろう。

《視》

円錐は真横から見れば三角で、真上から見れば円い。富士の姿もカメラの位置によってさまざまに映る。はるかな上空から俯瞰した地図はかなり客観的だが、写真には主観が入る。大岡昇平の『武蔵野夫人』に「道子の恋は一歩退いていた。これはそれだけ勉の恋が進んだためにほかならず、道子は自分が退いても、勉との距離が依然として変らないのに安心していた」という一節がある。困難な情事での女の恋は過度には至らないという傾向を、すべてを知り尽くす神に近い視点で、いわば地図のように描きとった文章である。

「彼の眼に映ってくる男たちの扁平《へんぺい》な姿、ゆっくり動いていた帽子や肩が、不意にざわざわと揺れはじめた」という吉行淳之介『驟雨《しゅうう》』の一文は違う。三人称小説だが、「彼」の眼をとおして対象をとらえる。男たちの姿が扁平で、にわか雨にあわてる通行人の動きが帽子や肩の揺れに見えるのは、彼が真上に近い高い場所から見下ろしているからだ。

坪田譲治の『風の中の子供』に「柿の木の下へ行って見ると、そこにお母さんの大きな下駄がぬいである」という地の文が出てくる。母親の足が特別大きいのであれば「大きな下駄」という表現は客観的だが、ここは母親が木登りしている場面ではない。弟の三平が母親の下駄をつっかけて庭に出て柿の木に登っていると判断した善太が、普通サイズの女物の下駄を、頭に浮かべた小学一年生の小さな足と不釣り合いに感じて「大きな下駄」と表現したものだ。作者が善太の視点に立った形容である。こう書くことによって読者は善太の身になって読むことになり、子供が生き生きと描かれていると感じるのだ。

藤沢周平の作品はほとんど三人称小説だから、基本的に客観的な描写がベースとなる。「老いた渡世人はその時まだ知らなかった」といった『帰郷』のタッチは、宇之吉のすべてを心得ている立場からの解説だし、「うしろの空に月がのぼって、それがまた見たらびっくりするような、赤くて大きな月だったのだが、むろんおさとは気づかなかった」という『おぼろ月』の冒頭場面も同様だ。作者はたしかに作品世界の外から見ている。

が、時にこの作家は実にさりげなく作中人物の内側に視点を移す。『溟い海』は「お、先生じゃねえか」という会話で始まる。誰の声かは次のページまでわからない。冒頭の独立したその会話の直後に、「一度行きすぎた足音が戻ってきて、そういうのを聞いた」という地の文が続く。改行後に「北斎は、聞えないふりをした」とあって、聞いた人物はすぐ判明する。行きすぎたり戻ってきたりという判断には、そうとらえる人間が必要で、ここは北斎の認識をそのまま映したものだ。読者も自らを北斎に重ねて読むことになる。

『おふく』に出てくる「肥った男は愛想のいい声で言ったが、その眼はぞっとするほど冷たいいろを帯びて造酒蔵《みきぞう》をみた」といった表現も同じだ。「愛想のいい」の部分は客観的ともとれるが、「ぞっとするほど冷たい」の部分はそう感じる人物、つまり肥った男に見られた造酒蔵の恐怖を映し出している。「背後から音もなく風が吹き抜けた。冷ややかな秋風だった」という『紅の記憶』の末尾も、文脈上「背後」が綱四郎の背後を意味するため、「冷ややかな」という判断も綱四郎の感じと解するのが自然だろう。いずれも、「その眼の冷たさに造酒蔵はぞっとした」とか、「秋風を背に受けて綱四郎は冷ややかに感じた」とかと、人物を外から観察する表現にしたのでは読者の感情移入は起こりにくい。

「市兵衛は不快な気持ちが募ってくるのを感じた」という『冬の潮』の一文は、不快な気持ちが募ること自体は神に近い全知視点からとらえることも可能だが、「募ってくる」と感じるのは当人なので、市兵衛側に立った地の文と言える。『三屋清左衛門残日録』の「気持ちが若返る感じがする」、「新しい世界がひらけそうな気もして来る」といった現在形止めの心理描写、『枯野』の「ちょうどいい時刻かも知れなかった」、「びっくりしたようである」、「気づいたらしかった」といった断定を回避して推測する形にした文末表現、同じ作品の「向島にあるこんな寺で」といった「こんな」というコソアドによる現場指示の表現なども、読者に作中人物の視点を感じさせ、当事者らしい臨場感を高める働きをしている。

『盲目剣 谺《こだま》返し』は、今なら労災でも下りそうな事故で視力を失った、盲目の剣士の話である。「近づいて来る足音がした」という箇所は、果たし合いの相手島村の足音を「て来る」ととらえる三村新之丞の側から描いている。「島村は身仕度をしているらしかった」という地の文も、「らしい」という推測は全能の視点にはふさわしくないから、やはり新之丞の思考内容をそのまま伝えている。「そこから急に忍ぶような気配になって、ゆっくり近寄って来た」ととらえる文も同様だ。「暗黒の中に構えた剣のむこうに、かすかに身じろぐものの気配がある」という一文も、「むこう」と認識する新之丞の受けとった感じを伝える地の文である。

こう書くことで、読者は新之丞と一体化し、見えない敵と対決する緊迫した気分に誘われて、思わず息をのむ。「島村はそこで立ち止まったようである」、「島村は馬場の柵を背負った筈だった」、「重いものは虚空から降って来た」と、新之丞となった読者は、見えない眼で一瞬一瞬の気配を感じとってゆく。

やがて「重いものが地に投げ出された音」がして勝負は決する。読者も「徳平が走って来る」気配に気づき、ほっと息をつく。文章の視点のふるまいがもたらす迫力である。

《始》

小説の書き出しと結びは作家が特に神経をつかうところらしい。「吾輩は猫である」と読者の意表をついて猫が尊大な調子で語りだす夏目漱石の有名な冒頭文は作品名にもなった。「木曾路はすべて山の中である」という島崎藤村の書き出しは、『夜明け前』という長編の幕開けにふさわしい雄大な一文だ。「或日《あるひ》の暮方の事である。一人の下人が、羅生門の下で雨やみを待っていた」と、くっきりと額縁におさめる芥川龍之介の『羅生門』の始め方もあれば、「その白い哀れな生きものは、日に日に痩せおとろえてゆくばかりで、乳も卵もちょいと眺めただけで、振りかえりもしなかった」と、猫であることさえ明記せずにぼんやりと作品世界に誘い込む室生犀星の『愛猫抄』の入り方もある。

「一九四五年八月十五日の日暮れ」と〝時〟から入る宮本百合子『播州平野』、「歌島は人口千四百、周囲一里に充たない小島である」と〝所〟から入る三島由紀夫の『潮騒』、「仙吉は神田の或《ある》秤屋《はかりや》の店に奉公している」と〝人〟から入る志賀直哉の『小僧の神様』が普通だが、「死のうと思っていた」という物騒な一文で始める太宰治の『葉』、「みると靴が埃で白っぽいのだ」と唐突に始める堀辰雄『土曜日』の例もある。いきなり「そして」という接続詞で始める、人をくった宇野浩二『蔵の中』のような作品もある。「今日は、陸軍大臣が、おとうさまのお部屋を出てから階段をころげおちた」と始める武田泰淳『貴族の階段』などは、読者がその先を読まずにいられない冒頭文だ。

そんな気取りを感じさせることもなく、藤沢周平は読者をさりげなく作品世界へといざなう。『潮田伝五郎置文』は「霧がある」という短い一文で突然始まる。主語なしに「よく笑う女だった」と書き出す『さくら花散る』も唐突な幕開きだ。『しぶとい連中』は「熊蔵は足をとめた」と始まる。何か異変に気づいたからだと、読者は息をのんで次を読む。「事件が知れたのは、その夜四ツを過ぎた頃である」と始まる『闇の顔』も、「日が暮れかけているしぐれ町二丁目の通りを、おさよははだしで歩いていた」と始まる『乳房』も、いったい何が起こったのかと、読者は落ち着かない気持ちで先を急ぐ。ちょっとしたサスペンス効果である。

『密告』は「さてと」というつぶやきを独立させ、「定廻《じょうまわ》り同心笠戸孫十郎は、茶碗を盆に戻すと腰を上げた」という地の文を添えて場面に引き込む。『虹の空』は「いい家だったわねえ」という会話を投げ出し、次の行に「おかよは、お茶を飲みながら、まださっき見てきた家のことを言っていた」と、その声の主を登場させる。「まだ」とあるので、読者は場面の途中から見せられたような唐突感を覚える。冒頭文に「さっきから思っていた」とある『闇の穴』も、「あたりはまた暗くなった」とある『泣かない女』も同様だ。

「裏口の戸を閉めに行ったおすみは、思わず叫び声をたてるところだった」と始まる『小ぬか雨』は、実際には叫び声をあげていないだけに、おすみという女の内側から描いた感じが強い。「突風に思わず目をつむったとき劇痛を感じた」と書き出す『恐喝』も、登場人物の感覚でだしぬけに幕を開ける。「信蔵は焦りと苛立《いらだ》ちではらわたが焼けるような気がしている」と、感覚を現在形の文末表現で記す『日暮れ竹河岸』の冒頭はさらに臨場感がある。

「誰かに見られている、と思った」と始まる『おつぎ』、「気配に気づいたのは、大名小路を抜けて、虎の御門外の御用屋敷に帰る途中だった」と始まる『相模守は無害』など、感覚や認識の主体が示されない入り方も、読者を作中に引き込みやすい。

「戸が倒れるような物音がし、間もなくただならない人の叫び声がした」と始まる『宿命剣鬼走り』も、音を耳にした人物が明記されず、読者はやはりその現場に投げ出され、渦中の人となる。

「おしづは、途中からその話を上の空に聞き流した」と始まる『夜の雪』のように、最初から何を指すかわからない「その」という指示詞で書き出す作品もある。『冬の日』も「その店に入る気になったのは」と始まり、『市塵』も「その日新井白石は」と始まり、『飛鳥山』も「その小さな女の子と目が合ったとき」と、いきなり「その」で始まる。

「大家の六兵衛に聞いた家は、きてみると古びたしもた家だった」と始まる『用心棒日月抄』で、作者が主人公の側からものをとらえていることは、主体を明記せずに「きてみると」と記す空間把握にあらわれている。『うぐいす』は「軒下の洗濯物をとり込んでいると、うしろでお六の声がした」と始まり、『おぼろ月』もいきなり「うしろの空に月がのぼって」と書き出される。「うしろ」などというものは客観的には存在しないから、だれかの後方なのだが、読者は明記されていないその人物の位置に自分を重ねて読むことになる。

この作家は『晩夏の光』を「とっさに背を向けたが間に合わなかった」と書き出した。誰が誰に背を向けたのか、何に間に合わなかったのか、そういう肝心の情報を待機させて作品は始まる。情報の空白を追って読者は身を乗り出す。つまり、これら一連の冒頭文は、語り手の中継なしに、作中人物の認識をそのまま映した書き方なのだ。外から冷静に観察している筆致ではない。それぞれの表現に応じて、読者は主人公とともに悩み、剣をふるい、ほっと息をつき、ひかえめに人を愛し、その人物になりきって物語の中を凜然《りんぜん》と生きてゆく。

《終》

高田保の『ブラリひょうたん』に、選挙の立候補者を馬にたとえて皮肉った一文があり、政治家は馬にたとえられたからといって怒る筋はない、自分で「出馬」と言っているではないかと結んでいる。コラムでは、こんなふうに落ちをつけて終わるのも切れがあって面白い。が、小説は違う。昔、雑誌の企画で帝国ホテルの一室に吉行淳之介を訪ねた折、「短編で一番いけないのは、ストンと落ちがついて終わるもの。あれは作者の衰弱でしょうね」とこの作家は言った。一回ギュッと締めてフワッと放してふくらませるのがコツだという。

夏目漱石は随筆『硝子戸《ガラスど》の中《うち》』を一度結んだあと、鶯《うぐいす》、春風、猫という点景を書き加え、「家も心もひっそりとしたうちに、私は硝子戸を開け放って、静かな春の光に包まれながら、恍惚《うっとり》と此稿《この》を書き終るのである」と書き足して結び、再び「そうした後で、私は一寸肱《ちょつとひじ》を曲げて、此縁側に一眠り眠る積《つもり》である」という一文を添えて作品を閉じた。このあたりはさしずめ、吉行の意図する「フワッと放す」部分のひとつの典型であり、絶妙の結びと言えるだろう。

事件が解決して作品が終わったあとも、主人公たちは生きて暮らしてゆく。末尾にそんな雰囲気をチラッと見せて終わると、作品に余韻が漂う。藤沢周平はその種の臨場感を大事にする。

『おふく』では「小名木川の水も、造酒蔵《みきぞう》の背も赤い光に染まっていた」と、「胸をひたひたと満たしてくる哀しみ」とともに歩き去る主人公の後ろ姿を描いて作品を閉じる。『夜の橋』は、提灯《ちょうちん》の光に浮かぶ二人の影が人気《ひとけ》のない町を遠ざかる場面で幕が下りる。「どこかで夜廻りの拍子木の音が微かにひびき、雪は音もなく降り続けていた」という最終文は、横網町へ向かう民次とおきくの感覚を思わせる一文を書きすてたものであり、そこでともに暮らす日々に読者の思いを誘う。

『驟り雨』は、神社の軒先で雨宿りしていた男が、病気の母親を気遣うけなげな幼女に心ひかれ、さっきまで忍び込む先のようすを探っていたことなど忘れてしまう、そんなほのぼのとした幕切れだ。「雨はすっかりやんで、夜空に星が光りはじめていた」という末尾は、外から男を包む風景であると同時に、作品の現場でその男が見た光景でもある。また、男の内面をひとしきり雨のように驟《はし》り去った盗み心を象徴するシーンのようにも読める。

『二人の失踪人』は、雫石村の二人の失踪人のうちの一人、弟の丑太は父親の敵を討って武家身分になったことを記し、「もう一人の失踪人、丑太の兄安五郎がどうなったかは、記録にない」と結んでいる。この作品が史実にもとづいてリアルに描いた小説であるかどうかは知らない。が、殺人のあったのが「文政十二年四月十四日のことである」という点は記録にあったとしても、それが「樹の芽が浅黄いろに煙るように見えた日暮れだった」というのは脚色だろう。江戸に着いたのが「十四日の日暮れに近い七ツ刻《どき》」だとか、源竜という山伏に姿を変えた敵の村上源之進の顔が「高く張り出した頬骨の下に、頬は抉《えぐ》ったように陥没し、鷲《わし》の嘴《くちばし》のように鼻がとがっている」とかいう記録があるはずはないから、多くは作者の創作にちがいない。ある部分について記録にないと記すこの末尾は、読者に作品全体を実話と思わせる働きを強化する。

『遠ざかる声』は「額に汗をうかべたままじっと闇を見つめている」、『ただ一撃』は「行火炬燵《あんかこたつ》の中で、すでにうつらうつらしている」と結ぶ。中期以降、末尾でこのように現在形文末を採用して臨場感を漂わせ、読者をその場に引きとめる作品が増えた。『浦島』も「ひさしく触れていない妻女の柔肌を思い出し、今夜あたりは、冬の夜のつれづれに手をのばしてみようかと、怪《け》しからぬことを考えている」として終わる。もしかすると孫六に誘われて読者も怪《け》しからぬことを考えるかもしれない。

『紅の記憶』は「背後から音もなく風が吹き抜けた。冷ややかな秋風だった」として終わり、『吹く風は秋』も「少しまぶしすぎるほどの日が、弥平がいそぐ小名木通りの真向かいにかがやいていた」と過去形で結ぶ。前者は風を背に受けて「冷ややか」と感じる綱四郎の、後者は真向かいから日を浴びて「まぶしすぎる」と感じる弥平の、それぞれ作品世界での実感を記して幕となる。読者はその雰囲気をひきずり、しばし余情にひたることとなるだろう。

そこが現在形になると、読者は作中に置き去りにされた感じになり、まだしばらく小説の中で人物たちと時を過ごすような感覚がいっそう強まる。「由亀が茶が入ったと呼んでいる」という『用心棒日月抄』の末尾で、読者は又八郎とともにその声を聞き、「さまざまな音を聞きながら、新之丞は茶を啜《すす》っている」という『盲目剣谺返し』の末尾では、自分も目を閉じて茶を啜っている気分になる。「小春日和の青白い光が、山麓の村に降りそそいでいる」という『たそがれ清兵衛』の末尾では、清兵衛とともに読者もその光の中を歩き続けるだろう。

親に逆らったことのない娘が親の気に入っている縁談を受け入れ、浮いた噂ひとつないまま嫁入りしようとしていたある日、往来でものにつまずいて下駄の鼻緒が切れかかり、通りかかった男の世話になるラストシーンで、「おさとは、胸の中にほんの少し不逞な気分が入りこんで来たのを感じている」という一文で幕を下ろす『おぼろ月』を読みながら、読者はいつかその気持ちがひとごとでなくなっている。一読者として作者の力量にまいったなあと思う瞬間だ。こんなふうにじっくりと表現を味わうなど、それこそ不逞の読み方かもしれないが、それもまた藤沢文学の楽しみのひとつである。

（『山形新聞』二〇〇七年一月〜一二月）

はにかみの芸

井伏鱒二『鯉』の表現
井伏鱒二からの宿題
テープ供養
井伏鱒二という文学

井伏鱒二『鯉』の表現

私は鯉を早稲田大学のプールに放った。

夏が来て学生達はプールで泳ぎはじめた。私は毎日午後になるとプールの見物に通って、囲いの金網に顔を寄せながら彼等の巧妙な水泳ぶりに感心した。私は最早失職していたので、この見物は私にとって最も適切なものであった。――日没近くになると学生達は水からあがって、裸体のままで漆《うるし》の木の下に寝ころんだり、また彼等は莨《たばこ》を喫ったり談笑したりする。私は彼等の健康な肢体と朗かな水泳の風景とを眺めて、深い嘆息をもらしたことが屢々《しばしば》であったのだ。

学生達が最早むらきに水へとびこまなくなると、プールの水面は一段と静かになる。そして直ぐさま燕が数羽水面にとび来たって、ひるがえったり腹を水面にかすめたりする。けれど私の白色の鯉は深く沈んでいて、姿を見せはしない。或は水底で死んでしまっているのかもわからないのである。

或る夜、あまりむし暑いので私は夜明けまで眠れなかった。それ故、朝のすがすがしい空気を吸おうと思って、プールのあたりを歩きまわった。こんな場合には誰しも、自分はひどく孤独であると考えたり働かなければいけないと思ったり、或はふところ手をして永いあいだ立ち止ったりするものである。

「鯉が！」

この時、私の白色の鯉が、まことにめざましくプールの水面近くを泳ぎまわっているのを私は発見したのである。私は足音を忍ばせて金網の中に入って行って、仔細に眺めようとして跳込台の上に登った。

私の鯉は、与えられただけのプールの広さを巧みにひろびろと扱いわけて、ここにあっては恰《あたか》も王者の如く泳ぎまわっていたのである。のみならず私の鯉の後《うしろ》には、幾ひきもの鮒《ふな》と幾十ぴきもの鮠《はや》と目高とが遅れまいとつき纏《まと》っていて、私の所有にかかる鯉をどんなに偉く見せたかもしれなかったのだ。

私はこのすばらしい光景に感動のあまり涙を流しながら、音のしないように注意して跳込台から降りて来た。

冷たい季節が来て、プールの水面には木の葉が散った。それから氷が張った。それ故、すでに私は鯉の姿をさがすことは断念していたのであるが、毎朝プールのほとりへ来てみることは怠らなかった。そして平らな氷の上に幾つもの小石を投げて遊んだ。小石は軽く投げれば速やかに氷の上を滑って冷たい音をたてた。若《も》し力をいれて真下に投げつけると、これは氷の肌にささった。

或る朝、氷の上に薄雪が降った。私は長い竹竿を拾って来て、氷の面《おもて》に絵を描いてみた。長さ三間以上もあろうという魚の絵であって、私の考えでは、これは私の白色の鯉であった。絵が出来上ると、鯉の鼻先に「………」何か書きつけたいと思ったがそれは止して、今度は鯉の後に多くの鮒や目高が遅れまいとつき纏っているところを描き添えた。けれど鮒や目高達の如何に愚かで惨めに見えたことか！　彼等は鰭《ひれ》がなかったり目や口のないものさえあった。

私はすっかり満足した。

以上、井伏鱒二の初期の短篇『鯉』から、後ろの三分の一ほどを選んでみた。この作品は、このところ、教科書にとんと姿を見せない。それは、別に、「深く沈んで」「水底で死んでしまっている」のでもなんでもなく、これにはちょっとしたわけがあるのだ、と聞いたことがある。

引用箇所の最初の一文ですぐに判るように、この小説には、処遇に困って鯉をプールに放す話が出てくる。一説によると、どうも、それがいけないということらしい。

消毒用の塩素が濃すぎて鯉のからだに障るから、といった動物愛護の精神に発する批判だと考えるのは、ちと無理だろう。鯉と同居する側に病原菌感染の心配がふえるから、という人間愛護の精神から出たということのほうなら、ありうるかもしれない。あるいは、鯉に住居無断侵入を教唆し、他人の所有物をみだりに使用させた不法行為をとがめているのか。そのへんのところはどうもよく判らない。

いずれにしろ、プールに鯉を放すのがけしからんというようなことは、文学にはなんの関係もない。が、文学にはなんの関係もない読み方が起こっても不思議はないほど、この作家は肝心なことをわざとよけ、細かいことばかり丁寧に書く癖がある。大正何年の高田牧舎のライスカレーの値段がどうのこうの、といったような、一見どうでもいいようなことが、あきれるくらい熱心に書き込んである。そういう世の中の些細な雑事をとおして、人が生きているという愚かないとなみを、冷静に観察し、記述する作者の心を読みとるのは、これは容易なことではない。

しかし、平談俗語のとぼけた表情に、人間をいとおしむ心を感じとることができないと、井伏作品は少々ばかばかしい。

「私の白色の鯉」、「私の鯉」、「私の所有にかかる鯉」と、しきりに繰り返すのはなぜか。

薄雪におおわれた氷の面に描かれた「鮒や目高達」に「鰭がなかったり目のないものさえあった」のはなぜか。

このあたりをしっかりおさえていない通りすがりの読者には、広びろとしたプールの水面を、「幾ひきもの鮒と幾十ぴきもの鮠と目高」を従えて「恰も王者の如く泳ぎまわってい」る鯉を発見し、その「すばらしい光景に感動のあまり涙を流しながら、音のしないように注意して跳込台から降りて来た」主人公の挙動が理解できず、常軌を逸した変態行為と映って、思わず失笑しないとも限らないのである。

井伏文学の愛読者となるには、ある資質といくらかの年季が要る。それは、主として、虚と実のあわいを行く書き方と、その屈折した感情表現に、波長を合わせなくてはならないからだろう。

この作家に『無心状』という作品がある。時折「郷里の家から臨時の送金を求める必要があっ」て、兄貴あてに長文の手紙を書く。ところが、早稲田の文科に入学したばかりの予科一年のとき、作家の吉田絃二郎が担当する科目でレポートを提出する際に、間違えてその無心状を渡してしまい、あわてて取り返しに行く話で始まる。

庚申塚の家をさがしあてたものの、どう切り出したものか、なんとも間がわるい。まず、「レポートを他の原稿と間違って提出しました」と言ってみたが、なんとなく嘘に近い気味があって、「他の原稿」の箇所を「私の兄に出す原稿みたいなもの」と言い直す。が、それでも気になって、ついに「原稿というよりも手紙です」と告白するのだが、嘘の混合比が五割から三割になり、やがて一割に漸減するさまが、微妙な言いまわしでほとんど連続的に感じられる点に注意したい。どこまでが本当でどこからが嘘なのか、それはちょうど、この作家の小説と随筆との関係のように、その境界が渾然と融けこんでいるのである。

無心状の文面のほうも、「嘘と本当の兼ね合いのところで話を進めて行く」。『荻窪風土記』によれば、「少し高踏的でもあり衒学的でもある」表現で、脅迫じみた効果をあげたらしい。もし送金を断れば、井伏青年は詩作を諦め、左翼運動に身を投ずる、そうは書かれていないが、なんとなくそう読めるような、隠微な迫力が感じられて、家族である読み手の実兄にとってはいかにも不気味であったろう。

作品『鯉』の主人公は、はたして、自分を「ひどく孤独であると考え」、「ふところ手をして永いあいだ立ち止っ」たのだろうか。そんな場合には誰しもそうするものだという一般的な傾向を述べているだけで、その主人公がそうしたとは書いていない。引用文をじっくりと読んでみると、〝虚と実のあわい〟という奇妙な存在形態の一端がとらえられるような気がする。

この作家は、およそ人が詩情など感じそうもないことを題材にして詩作する。晦日《みそか》に借金取りから逃げるために屋根に避難する『歳末閑居』もその一つだが、なんといっても、煙管《きせる》のやにを飲まされた蛙が自分の胃の腑を吐き出して田圃の水で洗うというあの『蛙』と題する詩は、この作家のそういう資質をよく物語る。

『鯉』の引用箇所に至る部分は、ざっとこんな話である。

「私」は学生時代に親友の青木南八から、「真白い一ぴきの大きな鯉」をもらい、大事にすると誓って、とりあえず下宿の瓢箪池に放つ。その後、素人下宿に移ることになり、八日間もかかってやっとのことで釣りあげる。釣りあげてはみたものの、引っ越す先には池がない。やむなく、南八の愛人の家の池に預かってもらう。その際、もてあまして手放すのではなく、あくまで預けるのだから、「魚の所有権は必ず私の方にあることを力説」すると、南八はそれを「追従《ついしょう》だと思つた」のか、ただ一度の「疎ましい顔色をした」。

ところが、「それから六年目の初夏、青木南八は死去した」。南八が亡くなってみると、その愛人と「私」との関係はまことに奇妙なものになる。そこで、預けた鯉を返してくれるように手紙を書き、許しを得てその邸内に忍びこむ。時折そばに生っている枇杷《びわ》の実を叩き落としては失敬したりしながら、夕方までかかってようやく「私の所有にかかる鯉」を釣りあげることができた。

しかし、もとよりその鯉の安住の地など、もはやまったくあてはない。そこで一行あきにし、万策尽きてその鯉を大学のプールに投げこむ、という引用箇所へと流れ入るのである。

いくら「失職していた」とはいえ、学生達の「巧妙な水泳ぶりに感心」するためにだけ毎日プールに通って来るのは、やはり異常に映る。すぐ判るように、目的は「私の鯉」を見定めることだ。

毎日通って行く。秋になってプールが閑散となっても。鯉が水底で動きを止める季節になっても。そして、冬になる。水面は氷が張って、その姿を目にする期待がまったくなくなると、今度はその上に大きな鯉の絵を描いてみる。それにつき纏う鮒や目高達が惨めなのは、無論、惨めに描いたからだ。それによって〝わが鯉〟は王者の如く君臨する。

この作家は、緩んだ水道の蛇口からしたたる水の音は分速何滴のときが最も美的かをめぐって無言の対立を見せたことを描く『点滴』のかたちで、愛弟子の太宰治を偲ぶほかはなかった。鯉の英姿に涙する——それが親友青木南八に捧げる鎮魂歌としてぎりぎりの素直さだったかもしれない。

（「井伏鱒二『鯉』」『文章設計』一号　一九八六年四月　ＮＨＫ学園）

井伏鱒二からの宿題

このあいだ必要があって井伏鱒二宅訪問の折の録音を聴きなおしてみると、どうやらあの日あこがれの作家から宿題を出されていたらしい。「世間に出たあとで、しまった、こう書きゃよかった、と思ったような御経験は？」と水を向けると、こんな話を持ち出した。『山椒魚』が教科書に載ったら、産卵する蝦《えび》を「彼」と書くのはおかしい、「彼女」の間違いではないかと問い合わせが来た。たまたま読んだ明治期の少年文庫に「彼女」という文字が出てきてハッとしたが、よく見ると「かれ」とルビが振ってあった、「かのじょ」ということばが日常さかんに使われだしたのは大震災以後じゃないかしらと井伏当人は言う。『山椒魚』の原型である『幽閉』を書いたのは大正の七、八年で、あの頃は男でも女でも「彼」でよかったのだ、雑誌にちゃんとそう書いといてくれと注文しているようなのだ。しかも、そのときテープのインタビュアーは、平仮名で「かれ」と書いて横に小さく「彼女」と振り漢字をしておけばよかったですねなどと、あの丸顔の文豪に向かって生意気な口を利いているではないか。

大きな国語辞書を引くと、西欧語の三人称女性代名詞の訳語としての「彼女」という字面はかなり早くから見られるらしく、坪内逍遙の『当世書生気質』や木下尚江の『火の柱』の例と並んで、夏目漱石の『彼岸過迄』の例があがっている。（カノジョ）と読みが示してあるのは、「かのじょ」という項目の例だから当然だ。が、漱石の自筆原稿を底本にした岩波書店の新しい全集で確認すると、第七巻の二一三頁最終行にその「彼女の態度は全く一変する」というくだりはあるが、そこにはルビがついていない。辞典では省略されているその前の行にも「彼女自身の記憶」という箇所があるが、そこにもルビはない。この作品をはじめから見ていくと、「女」「其女」「後姿の女」などとあり、「彼女」という文字はなかなか現れないが、初出と思われる六七頁に「かのをんな」というルビつきで出てくる。一一六頁には四箇所も集中的に現れ、どれも「かのをんな」という読み仮名が振ってある。印がないから編集部の補ったルビではない。他の多くのルビ同様、原稿にあった振り仮名と思われる。とすれば、「彼女」は「かのをんな」という優美なことばの表記であり、男なら「かのダン」となるような、「かのジョ」などという奇妙な語を当時の漱石が用いたことにはならない。もっとも江戸末期には「手ごはェぢょ」のように「女《じょ》」が単独で名詞として使われる例もあったそうだから、「かの」と「ジョ」との結びつきも今よりは違和感が少なかったろう。

井伏が産卵する蝦を「彼」と書いたのは、無論『彼岸過迄』よりだいぶ後になってからだ。『幽閉』が発表されたのは大正十二年七月の『世紀』創刊号だが、大正八年に親友の青木南八に見せているようだから、実際の執筆時期は当人の記憶どおり大正の七、八年と考えていい。たしかにその頃は男でも女でも「彼」でよかったのだろう。ところが、『幽閉』では「えび」「車えび」「小動物」「肉片」とあるだけで問題の「彼」が出てこない。となると、その部分は『山椒魚—童話』として

『文藝都市』に発表される昭和四年五月までの間に書かれたと考えざるをえず、問題は微妙だ。「かのじょ」という語が一般に普及するのは大正年間とされ、井伏が蝦を「彼」と書いた時期に「彼女」という語はある程度広まっていたことになる。大正六年に早稲田大学高等予科に編入して以降の東京暮らしのなかで、「カノジョ」という音を井伏青年も実際に耳にしたかもしれない。

しかし今でさえ、女が交じっていようが、いや女だけの時でさえ「彼ら」で間に合わせる。特に意識する場合に「彼女ら」と言うにすぎない。ましてその頃は、「彼」が男でなければならない道理はなかっただろう。それにしても教科書というものは、文学作品を不思議な角度から教えるものだとつくづく思う。

「かのじょ」の生誕から約百年が経過した。外国語の考え方を日本語に移すためにまず「彼女」という表記が生まれ、「じょ」の単独用法の下支えで「かのおんな」「あのおんな」から「かのじょ」へと読みが変わり、それが話しことばに広がり、普及して日常語となり、単なる女性の三人称から「恋人」という意味が加わり、世紀末には若い世代に頭高と平板というアクセントの違いで両用法を区別する過渡的な傾向が生じた。

多様な要因が働いて、新しい世紀もことばはこんなふうに変わってゆくだろう。流れは言語変化の法則を蛇行し、一部はねずみ花火のように。

（「彼と彼女のなれそめは」『日本語学』二〇〇一年一月号　明治書院）

テープ供養

古い手帖によると昭和五十年十二月十三日の昼さがり、荻窪駅に降り立った。雑誌『言語生活』の企画で、筑摩書房編集部の持田鋼一郎、速記の福岡隆ともども杉並区清水町の井伏鱒二宅を訪ねるのだ。北口を出て足取りも軽く青梅街道を歩きながら、いつかこの憧れの作家に玄関でにこやかに迎えられる自分を思い描いていた。写真の印象から勝手にそう思ったものらしい。

ところが、この原稿を書くにあたり作品を読み返そうと全集を二、三冊手に取って何げなく写真を見ると、どれも笑顔とは言えない。こんなはずではなかったと手元にある全集本を片っ端からめくってみたら、意外な事実が判明した。筑摩書房の十四巻本では笑顔と認定できる写真がわずか二葉に過ぎないのである。高村規の撮った自宅の書斎での一枚と、石井幸之助が秋川渓谷で撮影した一枚がそれだ。前者は昭和三十九年七月、後者は昭和四十年七月の写真だが、まさかその時期だけ暇さえあれば笑っていたとか、毎年七月になると定期的に笑い出したとかということはあるまい。

行きがかり上、今刊行中のこの決定版全集も調べてみた。既刊分十四冊のうち、はっきり笑っている写真は鞆ノ津で濱谷浩の撮影した一枚ぐらいのものだ。小型の漁船に乗り込んだ井伏が大きな網で目の下一尺もあろうかという鯛か何かを掬い上げている図で、これはいかにも嬉しそうな笑顔である。そのほか微妙なものが二枚ある。一枚は節代夫人との間に立っている二人の子供達の方を向いて（実はその隣の節代夫人も目に入る）、もうほんとに目の中に入れても痛くないといった表情で目を細めている家族写真、もう一枚は『集金旅行』が映画化された折に撮ったスナップ写真のようで、佐田啓二・岡田茉莉子と並んで照れくさそうに視線を落としている。どちらもはっきり笑顔と断定できる写真ではない。ほかにも写真集が二、三冊あるが、こちらはそこまで統計にとるほど酔狂ではない。

写真で見るかぎり、井伏鱒二はいつも笑顔を絶やさない方ではないらしいのだ。それなのになぜ笑顔で温かく迎えられる図を脳裏に浮かべていたのだろう。それとも、安岡章太郎と飲んでいる時の一枚とか、破顔一笑のどの写真かが脳細胞に強烈な印象を残した結果なのだろうか。この機会にその折のインタビューの録音テープを聴き直したら、井伏鱒二の声はいかにも笑みを湛えているように高く、喜寿を迎えた人とは思えない艶がある。が、これから会いに行く荻窪駅の自分が無論そんなことを知るはずはない。あの時あらかじめ井伏鱒二に地蔵のような慈しみを感じたのは、ひょっとすると読んだ作品から伝わって来る作者の不思議な体温のせいだったかもしれない。

ともかくその日いたって気軽に、「井伏」と無造作に書いた紙を表札代わりに貼った木の門の前に立った。玄関で奥様に御挨拶し、いそいそと上がり込んだ。書斎の方へ案内され廊下から声を掛けたが、返事がない。少し声を大きくしてもう一度呼んでみた。それでも返事はない。部屋の内部で何かしら音はするのだが、それは声というよりは人の気配に近く、とうてい言葉と言えるような明晰な存在ではなかった。

部屋の襖《ふすま》が少し開けてあって、炬燵《こたつ》に入っている当家の主らしい人物の姿が見える。その右後ろから声が二度すぐ近くに聞こえたはずだ。念のためもう一度声を掛けてみたが、後姿がかすかな身じろぎを見せただけで、声の方を振り向く様子はない。こんにゃく問答じみてきたところで、頃合いを見計らって一同「失礼します」と部屋に踏み込んだ。右脇を擦り抜けて座敷の奥に通る間も、こちらとの角度が変化するだけで、あの姿勢は崩れない。聞き手を務める役柄の関係で自分がその主人の真向かいに坐ることになり、互いに顔を見合わせる客観情勢は整った。

ちらと見ると間違いなくあの井伏鱒二の丸い顔だ。と、そう思った瞬間、井伏鱒二の顔は今度はさっと横を向き、同行した編集者と何やら挨拶めいた言葉を交わす。この企画の件か何かで前にちょっと接触があったのだろう。当方とは正真正銘の初対面だ。こちらも知らない人としゃべるのが苦手だが、まるで格が違う。クライマックスを迎えようとするところで水を差すあの文学と同じ、大仰なはにかみなのだ。一瞬、人見知りのひどい赤ん坊を連想し、これからの一時間半が大変だと思ったが、無論そんなことはおくびにも出さない。

対談に入っても初めのうちは話がぎくしゃくして、案の定うまく流れない。しばらくして夫人がお盆を持って現れ、アップルパイが並べられた。そのせいでもあるまいが、腫れぼったい雰囲気は見る見るほぐれ、もう自分の正面には、紅茶を啜りながら冗談を飛ばすあの井伏鱒二のいたずらっぽい笑顔があった。それから先は独演会の趣を呈するほど、この作家は丸顔で雄弁に語った。勢い余って、戦争讃美の短歌など五七調は悪いことをしてきた、釣り好きは助兵衛だ、将棋から碁に鞍替えした奴はみな癌で死んだ……そんなところまで話が飛んだかもしれない。「あんた、碁をやりますか、将棋にしなさいよ」と言われたのをはっきり覚えている。

その三ヵ月後に鎌倉雪ノ下の永井龍男邸を訪問して辞去する際に、玄関まで送って出られた永井が、「あの井伏が君によくしゃべったね、将棋や釣りの話なら別だが」と、さも感心したように言われる。自分の文章について他人に語りたがらない作家だと初めて知り、これは稀有なことと、井伏家でのあの時間を改めて貴重なものに思った。

ちなみに、この録音テープは「そりゃ要らんよ」という井伏鱒二の一言で切れている。「まことに少額で恐縮なんでございますけど」と持田編集長がインタビューの謝礼を差し出した時、間髪を入れずに応じたこの作家の反応である。このあと現場ではそれを遠慮と誤解した持田との間で二、三回押し問答があった。井伏は頑として受け付けない。それどころか表情が次第に険悪になる。俺は物書きだ、しゃべった代金なんか受け取れるものか、とでもいう潔さが感じられた。

気配を察して会社側が引き下がったからいいようなものの、もう少し粘っていたら結果はどうなっただろう。このインタビュー記事は世に出なかったのではあるまいか。それほどの雰囲気だった。しかし、その部分はテープに残っていない。

（『井伏鱒二全集』二一巻月報　一九九八年五月　筑摩書房）

井伏鱒二という文学

庄野潤三が『文学交友録』のなかで井伏作品に親しむようになったきっかけにふれている。最初に買ったのは新潮社の昭和名作選集の一冊『丹下氏邸』だという。たまたまわが家にもその本があるので庫から取り出してみたら、なるほど「昭和十五年二月十五日発行、定価壱円」と奥付にある。興味深いのはその本を買う気になった動機だ。誰かから奨められたわけでもなく、ひょっとすると口絵写真に惹かれて読んでみたいと思ったのかもしれないと、庄野は当時を振り返る。

「荻窪清水町のお宅近くの野原に坐った和服姿の井伏さんのいい写真」とあるので、早速手もとの本を開くと、たしかに「まだ頭の髪が黒くて、それもたっぷりある」。まん丸い眼鏡の奥で、心地よさそうに目を細めている。一目見て庄野は「どことなくのんびりしていて、風流なところのありそうな」作風を感じとったらしい。

『丹下氏邸』という書名も「井伏鱒二」という作家名も好もしい、などと庄野は暢びやかに筆を進める。科学万能の世の信奉者には、このあたりの呼吸が禅問答めいて訳がわからないだろう。が、自分の井伏体験を顧みても、写真の風貌と切り離せない作風として、まさにそんな雰囲気だったと思う。

昔ある雑誌の作家訪問の連載企画で、清水町の井伏邸を訪ね、温雅な丸顔を間近に眺めながらお話を伺うという夢のような贅沢な時間を味わった。その連載が終わって本にまとめる折に、武者小路実篤・里見弴・尾崎一雄・小林秀雄・円地文子・吉行淳之介ら訪問した作家たちの原稿を表紙のカバーにちりばめて文学的雰囲気を出す案が持ちあがった。ところが、そんなインタビューを受けたことをよく覚えていない、という信じがたい理由で断られ、結果として井伏鱒二の文字が表紙から漏れている。

それから間もなく、中央公論社の編集者から電話があり、中公文庫に入る『珍品堂主人』の解説を書くようにという話が舞い込んだ。覚えていないはずの井伏鱒二本人の名指しだと聞いて思わず耳を疑った。井伏文学における虚実皮膜の笑いを骨身にしみて感じたのはその頃からである。

このインタビューが雑誌に載ったときは何事もなかったが、それが単行本となって世に出るや、最後の十数行を消すようにと人づてに指示が届く。いかにも井伏鱒二という面目躍如たるその発言を身を切る思いで削除し、文庫入りの際もやむなくその重版の形を継承した。

その頃、この井伏対談を再録したいと他社から申し出があった。井伏先生がよろしいとおっしゃればと当方は諾意を伝えたが、結局それは実現しなかった。しばらく経って小学館の『群像日本の作家』の一冊として井伏関連記事がまとめられる折にも同様の返事をしたが、なぜかこちらのほうは実現した。その本の掲載箇所をよく見ると、前に削った箇所もそっくり復活している。今度は耳でなく、思わず目を疑った。むろん井伏鱒二存命中のことで、どういう訳かわからない。

石原八束の随筆にこんな逸話が紹介されている。阿佐ヶ谷会の文士がそろって甲府に出かけた折の自筆署名が、井伏の定宿梅が枝の座敷に額入りで飾ってあった。その中に「三好達治」という文字を見つけて、自分で書いた覚えのない当人が首をひねったら、三好もいないと淋しいから俺が書いたんだと井伏が白状したらしい。きっといたずらっぽい顔で照れくさそうに笑ったことだろう。その場の空気が目に見えるようだ。

小沼丹『埴輪の馬』のモデルになった埴輪の馬が、縁あってわが家の床の間に鎮座し、その斜め上方に井伏鱒二の『紙凧』の詩の色紙が見える。原詩の「舞ひあがる」がなぜか「舞ひ狂ふ」と書いてあり、「はるかなる紙凧一つ」の「一つ」が消えている。当人の記憶違いだろうか。それとも、執念の『山椒魚』同様、これもまた、あの改稿なのかしらん？

お地蔵さんの雰囲気の漂うこの作家の写真をつくづく眺めると、井伏鱒二という存在そのものが文学に見えてくるから不思議である。

（『山梨県立文学館館報』八二号　二〇一〇年九月）

時を悼む笑い

小沼丹『喧嘩』の表現

バスを待っていたら、傍の歩道で子供が喧嘩《けんか》を始めた。片方は三人組で、男一人に女二人である。もう一方は五人組で男二人に女三人である。三人組の方がパチンコ屋の前に坐り込んで何かしている所へ、五人組が難癖を附けにやって来たものらしい。何れ《いず》も五、六歳の子供である。

五人組の親分と覚しき子供は、茶色のジャケツに茶色のズボンを穿《は》いている。丸顔の頰の赤い子供で、ジャケツもズボンもひどく汚いが、両手をズボンのポケットに突込み肩を怒らせて莫迦《ばか》に威勢がいい。

――おい、おめえ。

と、ふんぞり返った。

これに対する三人組の親分は、背恰好《せかっこう》は前者と同じぐらいだが、貫禄の点では大分見劣りがする。青い襯衣《シャツ》に青いズボンを穿いていて、それが汚れて、繕《つぎ》だらけの点は前者と大差無い。ただ、惜しむらくは洟《はな》を垂していて、何やらぽかんとした顔で相手を見返した所は、どう見ても親分の貫禄に乏しい憾《うらみ》がある。

――おい、おめえ、何黙ってんだよ、やるか？

五人組の親分が云うが、洟垂れ親分は何やら浮ぬ顔で何も云わないから、益《ますます》頼りない。威勢のいい親分の子分達も威勢がいい。口ぐちに何か悪態を附いているが、洟垂れ親分の子分の女の子二人は、ひそひそ何か囁《ささや》いている。相手にならずに退却しようと勧めているらしい。するると、五人組の親分は徐《おもむろ》にズボンのバンドをはずすと、手でぶらぶらさせながら、

――おめえ、やってやろうか？

と云ったのには驚いた。しかし、もっと驚いたことは、威勢のいい親分がそのバンドで引っぱたこうとでもするらしく進み出たとき、洟垂れ君がいきなり相手のバンドを引ったくって地面に叩き附けたのである。

無論、二人は即座に取組合の喧嘩を始めた。ところが最初の広言に似ず五人組の親分の方が旗色が悪い。咽喉《のど》をぐいぐい押されて、仰《あお》向けに首を振上げながら、

――おめえ、よせよ。こんな所でよせよ。

と云い出した。他愛《たわい》も無い話である。更に二、三米、首を振りながら押されて行った五人組の親分は、

――よせよ、人の見てる所でよせよ。

とか云いながら、漸《ようや》く相手を振り切ると一目散に逃げて行った。無論、子分連中も――その一人の女の子は素早く親分のバンドを拾い上げて、親分の後を追った。すると洟垂れ君の家来

らしい女の子二人は、

——こんなとこにいないで、もう行こうよ。

と親分に勧めている。勝った親分は一向に嬉しそうな顔をしていない。相変らず浮ぬ顔をして洟を啜《すす》った。それから、ズボンを一、二度たくし上げると、つまらなそうに、

——うん、行こう。

と云って歩き出した。

僕の知人に、いつも浮ぬ顔をして、人生は一向に面白くないとでも云いたげな表情を浮べている癖に、たいへんな働き者がいる。洟垂れ親分を見ていたら、この知人を想い出した。彼も子供の時分からいつも浮ぬ顔をしていたのかしらん、と余計なことを考えていたら、洟垂れ君も満更赤の他人でもないような気がして来たから妙なものである。

テクストは昭和五十一年に小澤書店から出た随筆集『小さな手袋』に依った。昭和三十二年に発表された小品で、これが全文である。その辺にいくらでもころがっている素材で、事新しく取り立てるほどの事件ではないが、子供たちの姿が生き生きと迫ってくる。作者四十歳の目のぬくもりと潤いに、人生のひとこまとして戯画化された幼児群像が、しっとりと描きとらえられている。

子供の小ぜりあいどころか、まるで関ヶ原のいくさでも勃発しそうな空気がある。そういう大げさな手つきを、しばらく表現に即《つ》いて確かめてみよう。

まず、「三人組」「五人組」という決めつけが目につく。学級とか、土木建設業などの会社名とかのほか、「秀才組」「落第組」というふうに共通の性格をもつ者たちをまとめてとらえる際にも「組」という語を使う。この場面では実際、三人のグループと五人のグループとに分かれて争っているので、同じ目的のもとに一緒に行動する仲間どうしということで、まさに「組」という語があてはまる。しかし、作者はその子たちをおそらく初めて見かけたのだろう。彼らがいつもそういう組み合わせで行動している事実をつかんでいるわけではあるまい。とすると、たまたま目撃した状況で、小学校にも行っていないような子供たちをつかまえて「何人組」と称するのは、やはり誇張して取り立てたことになるはずだ。そういう表現のしぐさのせいで、喧嘩を売り買いしているチビ連中があたかも博徒か遊興の徒のようにやくざっぽく映る。

そういう印象を補強するのが「難癖を附け」るといった言いまわしだ。こういった文脈をうけて、「親分」ということばが、「と覚しき」という威厳をつけて登場する。両手をズボンのポケットに突っ込んだまま、肩を怒らせ、「おい、おめえ」と、ふんぞり返る威勢のいいその子が、いかにも手に負えない感じがするのは、そういうお膳立てが効いているからだろう。

「三人組」のほうでも「親分」となるのは、当然のバランスだ。「惜しむらくは」と威厳をつけ、「貫禄に乏しい」と気ばり、「憾《うらみ》がある」と堂々と締めたのも、行きがかり上、ごく自然のことだ。

そして、その種のいかめしさを、「ひどく汚い」「繕《つぎ》だらけ」の衣服というマイナスイメージでひっかきまわし、「ぽかんとした」という通俗的な形容でアンバランスなおかしみを醸出する。「何やらぽかんとした顔」という箇所を仮に「どこかうつろな表情」とでも置き換えてみると、そのあたりの奇妙な味わいが表現の言語的な在り方に支えられていることが容易に納得できるだろう。

次に目をひくのは「洟垂れ親分」という命名である。この場合は、まず、このことばの構成自体に滑稽な感じがある。芥川龍之介の『或阿呆の一生』に「不幸な幸福」という例があり、尾崎一雄の『毛虫について』に「音のない音」という例があり、井上ひさしの『青葉繁れる』には「炊きたての冷飯、瘦せぎすの肥っちょ」といった矛盾した修飾関係が九回も連続する箇所が見られる。これらはレトリックのほうで「対義結合」とよばれる修辞法だが、この「洟垂れ親分」ということばの成立にはそれと共通の原理が働いたように思われる。「親分」という偉そうな存在が「洟垂れ」というだらしない小児じみたイメージと結合することによって生じる滑稽感なのだろう。それが述語の「頼りない」を形象的に補強する効果をはたす。

トップを「親分」とよんだ関係上、それぞれの仲間は理の当然として「子分」ということになる。次の「退却」という用語も、「逃げる」などと比較すると、やはり事を大げさに構えたという語感が鮮明になる。

その次の行にある「徐に」という用語についても、似たようなことが言えるだろう。この場合は、圧倒的に優勢な五人組の強そうな親分が、獲物をじわじわ威嚇しながら、しかしもったいをつけて、すぐには実力行使に移らず相手をじらしているようすが、例えば「ゆっくり」といった副詞を用いるより、いかにも真に迫って感じられるのは、はたして気のせいだろうか。「徐に」というもったいぶった用語でリードし、続いて、はずしたベルトという武器を手でぶらぶらさせながら、射すくめられたはずの相手側をねめまわしている悪漢ぶりを印象づける。

「洟垂れ親分」は「洟垂れ君」に格下げされる。この降格は、「いきなり相手のバンドを引ったくって地面に叩き附けた」という意想外の展開を記す文の中で突然命ぜられる。それまでいじめられていた側がみじめに見えれば見えるほど、この思いもかけぬ一瞬の逆転劇はいっそう痛快さを増すことになる。

そして、あれほど威勢のよかった親分が、「おめえ、よせよ。こんな所でよせよ」と、むやみに逃げ腰になる。さらに、すっかり戦意を喪失して、「人の見てる所でよせよ」とくりかえす。ここの「こんな所で」とか「人の見てる所で」とかというせりふが二重に効いているように思う。

まず、今その親分が「こんな所」「人の見てる所」と言っている、まさにその場所で、当の親分自身がその目の前の相手をひどいめに合わせようとしたではないか、何を今さら、と読者に思わせる。つまり、その親分の身勝手さを強調することで、読者を快哉の気分に誘う効果をあげている。

と同時に、四人の子分のてまえ、そういう筋の通らない発言によってまでプライドを守ろうとする〝落ちた偶像〟の姿をも描き出している。「全面的によせ」とは言っていない。「人の見てる所では」という限定を設けた敗戦宣言なのだ。このことばはきっと小さな声でもらしたのだろう。五、六歳の子供にも、そういう形で体裁をつくろわねばならぬときがある。一瞬前までバス停に君臨していた小君主の気位というものだろう。読む者の微笑を誘うのは、そういう人間くささである。

勝った親分のほうも、凱旋《がいせん》などという感じからはほど遠い。「一向に嬉しそうな顔をしていない」どころか、「相変らず浮ぬ顔をして洟を啜った」とある。「ズボンを一、二度たくし上げると」という叙述は、そういうイメージをいっそう具象化する方向に働いている絶妙の無駄ではないか。

そして、そこにもう一つの像が重なる。これは、この作家の文章の本質的な部分をなすと言ってもいい。随筆集の冒頭としてこの作品の直前に置かれた佳編『猿』でも、「木の丸椅子《いす》に坐って、何やら憂鬱そうに空を仰いだりしていた」猿の姿から、「その星ひとつを求めていた……」というリフレーンをもつ詩を思い出し、その作者である昔の知人の詩人をイメージとして重ねる形で、その猿をなつかしむのである。

『喧嘩』では、つまらなそうに歩き出した小さな英雄の後ろ姿に、「人生は一向に面白くないとでも云いたげな表情を浮べている癖に、たいへんな働き者」であったある知人の映像を重ね、さらに、その知人の子供の時分の表情をも思いやる。そういえば、自分の高校時代にもそんな人物がいた。そう思わせるのは作品の力だろう。城趾公園にある市立図書館でよく見かけたものだが、いつ会っても、人生これ憂鬱の塊といった顔つきで熱心に本を読んでいた。この作者の口ぐせをまねれば、――あの男は今でも苦虫を嚙みつぶしたような顔で精勤しているのかしらん？

（「小沼丹『喧嘩』」『文章設計』三号　一九八六年八月　ＮＨＫ学園）

万物と語らう

小沼丹の文学の世界を映像化してみたら、どんなぐあいになるかしら？　時にそんなことを思う。井伏鱒二の『貸間あり』という作品が映画化された折に、それを見て愕然とした小林秀雄のとまどいを知ってからだ。

薄汚い貸間や間借り人の男女の狂態が長々と映し出される画面の暴力に閉口し、いくら商売第一とはいえ、ここまで程度を下げて制作しなければならないものかと、小林はほとほと呆れたらしい。原作者はさぞ辛い気分になるだろう。小林は嘆きながら、こんなふうに続ける。もしも一緒にその映画を見たら、井伏当人は案外気を取り直して、「井伏鱒二という小説家は、聞きしに優るエロだなあ」と目をパチクリさせるかもしれない。

なるほど古風なアパートに住む妾も闇屋も文士もオフィスガールも原作の中に出てくる。現実の社会生活はたしかに狂態で充満している。だが、井伏はそんな汚れた世間の様態をリアルに描写しようなどと、詰まらぬ考えを起こしたわけではない。作中のあの薄汚い世界は、「作家が、言葉だけで、綿密に創り上げた世界であり、文章の構造の魅力を辿らなければ、這入って行けない世界」なのだと小林は説く。だからこそ薄汚いままに美と真実という力を得たのであり、井伏はそういう力を発揮する文章の面白さを創出したのだと。

ことばが指し示すあるがままの現実のほうではなく、そういう創造的なことばの働き自体に美的価値を置くものを、小林は「純粋な散文」と呼んだ。そのあたりを小沼作品の具体的な言語事実のなかに探ってみたい。

前稿で解説したように、随筆『喧嘩』に五、六歳の男の子が出てきて、一人は「五人組の親分と覚しき子供」、もう一人は「三人組の親分」と紹介される。後者は「惜しむらくは洟を垂していて」、「どう見ても親分の貫禄に乏しい憾《うらみ》があ」り、「洟垂れ親分」「洟垂れ君」とくりかえされる。これを映像として見れば、男の子が二人いてそのうちの一人が洟を垂らしているというにすぎない。「組」も「親分」も「覚しき」も「惜しむらく」も「憾がある」も、また、「洟垂れ」という形容が「親分」や「君」と結びつく意外性も、どれひとつ映像にはなじまない。読者が思わずにんまりするのは、伝達される映像よりも、そういう言語表現の力だったことに気づく。

随筆『猿』では、最初に素知らぬ顔で「役者」として登場させた猿が、「妙な横眼で」、「ちょいと視線を外して」、「頗る不満らしい顔を見せた」、「この野郎とでも云うように」、「知らん顔をして蚤を取る恰好」、「何やら憂鬱そうに空を仰いだりしていた」といった人間くさい表現で描かれる。「僕もお猿の真似をして空を仰いで見ると、星が疎らに見えて何だか憂鬱になった。どう云う訳か判らない」と続くのだが、これもまた、映像というよりほとんどが表現の妙味である。

この作家にあって、人間くさいのはむろん猿だけではない。小説『タロオ』では犬だ。「人の好さそうな――いや、犬の好さそうな顔」、「ベッドに臥ている大寺さんを見習った訳でもあるまいが、いつもごろんと地面に寝そべって居眠りばかりしていた」、「怠者《なまけもの》であることには変りが無い」、「申訳無さそうに頭を低く垂れて、悲しそうな声を出した」と人めかして描き、「タロオに、事情を説明する訳にも行かない」と人間扱いする。「タロオ、元気かい?」という問いかけに、犬を預かった相手がつい敬語交じりに「お元気です」と答えるのも同じだろう。

随筆にもある。『犬の話』では、「少し静かにしたらどうだと、注意したい気がする」、「止した方がいいぜと忠告したい」、「本人、ではない本犬の同意を得たかどうか」と人間並みに待遇し、「犬と長いこと話をしていたそうですね」と言われる始末だ。『駅二、三』でも、直立不動の姿勢で立っている駅長の足元に小さな犬が坐っているのを見ると、「何だか犬も、気を附け、のつもりでいたように思われる」と書かないではいられない。

小説『黒と白の猫』の猫は、さらに徹底している。「素知らぬ顔でお化粧に余念が無い」あたりはまだいくらか映像化できそうだが、「その旨を猫に伝えた訳でも無いのに、猫の方は何やら心得顔に」、「細君なぞ歯牙にも掛けぬ風情を示した」、「感心したのが、猫に聞えたのかもしれない」、「猫自身は勘当されたと思っていない」、「猫の方は我家か別荘と思っているらしいから、厚顔《あつかま》しいと云われたら心外千万と云うかもしれない」、「猫は礼も云わずに」、「その後何の挨拶も無い」というふうに、ほとんど映像化できない表現の連続である。随筆『濡縁の小石』で、「猫の奴はやれやれ見附かったかと云う顔」をし、「ちょいと此方を振向いて、横柄な態度で殊更ゆっくり歩いて行く」と描き取るのも同様だ。

随筆『トト』には、自宅で酒を飲むときに、それぞれ酒場の女の名前をつけた「五匹の猫を傍に侍《はべ》らして好い気持になってい」て、「前に新宿にいたけど、いま銀座らしいよ。此奴は頭が悪くてね」と言いながら、マリと名づけた猫の頭をぴしゃんと叩くフランス語の大学教授が登場する。

ちなみに、小説『エジプトの涙壺』では逆に、甘党のドイツ語教授を「酒に縁のない魚や蛙の仲間」と分類して人間失格を言い渡す。小説『懐中時計』で、荒田老人が碁の形勢が悪くなると「黄色い甲高い」「突拍子も無い奇声をあげる」のを聞いて、「不思議な鳥が啼いた」と思うかもしれないと横道に逸れるのも、同じく人間と動物との交流だ。「かもしれない」では映像にならない。

随筆『長距離電話』には、酒場の椅子に掛けた「たいへん顔の長い紳士」を見かけ、「何だか眼の前に馬が坐って、独酌で盃を傾けているような気が」する場面があり、ここでは人間に馬のイメージを重ねる。

最晩年の小説『水』には、驢馬が擦り寄って行くと山羊が変な声を出して離れるシーンがある。それを作者は、驢馬が「ねえ、小父さん」と親愛の情を示そうとすると、山羊が「止せよ、うるさいな」と取り合わない風情に見えると脚色する。方向は反対だが、どちらも人間と動物とのイメージの交流で、それが文章に趣を添えているのだが、そのまま映像化すれば三流の漫画に堕してしまうだろう。

こういう擬人的空想癖はこの作家の文体的特質であり、相手は哺乳類にとどまらない。随筆『小鳥の話』では、「茶目の悪戯者」の山雀《やまがら》が「早く南京豆を寄越せ、と催促する」し、「有頂天」になったり「お伺いを立てた」り「好い気になって見物していた」りもする。「隣の頬白はぼんやり考え事をしているように見える」。『頬白』で「音感教育を受けなかった」頬白に「一筆啓上仕《つかまつ》り候《そうろう》と啼くのだと教えてやる」かと思うと、『鶯』には「小鳥達は啼き止めて、何だか耳を傾けている風情であった」とある。「音感教育を受けなかった」という否定表現は映像にならないし、「風情」も絵にはならない。

随筆『巣箱』などは、全編がそっくりそんな調子で描かれている。四十雀《しじゅうから》について「二羽で来るから夫婦と思っているが、どっちが亭主でどっちが細君か知らない」と書き、その夫婦間のやりとりを想像し、「どうだい？　この家？」「満更悪くないわね」と相談しているものと勝手に解釈する。さらに、「猫に狙われるような場所に家庭を持つなんて、真平御免と思うに相違無い」から、巣箱に「貸家の札を貼っても、借手はないだろう」と書き、「空家の儘で塞《ふさが》ったことが無い」と続ける。鵯《ひよどり》のことも自分で「試食してやろう、と思ったかどうか知らないが」と人間扱いだ。「思ったかどうか知らない」ことを映像化はできない。しかしそういう無駄口が文章に潤いを与えているのだ。『鵯の花見』での「きっと親子で花見に来たんですよ」という見立ても同様で、河原鶸《かわらひわ》のようすを「井戸端会議を開いているようにも見える」と書いた箇所もある。どちらも画面では子供だましの漫画にしかならない。

晩年の随筆『郭公《かっこう》とアンテナ』では、「近頃の郭公のやることだから気にすることは無いよ」と、鳥がまるで「近ごろの若者ときたら」という老人の口癖みたいな調子で話す。「近頃」という時間も、鳥の老人めいた口癖も、カメラには苦手な被写体だろう。作者は「一体、どう云う料簡でひょっこりアンテナに止まったのか、郭公に訊いてみたい」と相手をまさに人間並みに待遇して一編を結ぶ。作品の主潮である「訊いてみたい」という心の交流も、レンズではとらえがたい。

　随筆『山鳩』では、「パンを千切って投げたら、二羽の山鳩は何か誤解したらしく」、「相棒がいなくなって淋しい」、「山鳩の奴は沓脱石《くつぬぎいし》の上で暫《しばら》く考えていた」と山鳩を人並みに扱い、「早く縁に上がれ、と見ていて焦《じ》れったい」と続ける。そこで、麻の実を掌に載せて「石の地蔵さんになった気分で凝っとしていたら、山鳩は怖る怖ると云う恰好で」ようやく啄《ついば》んだらしい。それからは夜明けに「ぼう・ぼうと云う声を聞くと山鳩が、お早う、と挨拶しているような気がし」たという。「誤解」も「気分」も映像にはなりにくい。

　随筆『庭先』に出る「山鳩の夫婦や鶫も庭の常連だ」ぐらいなら、あるいは他の作家でも書くかもしれない。が、この作家は「近頃は梅が咲いても訪ねて来なくなった」鶯を相手に、「先方にどんな都合があるのか知らないが、そこを何とかして貰いたい」と呼びかける。そして、「目出度く伴侶を見附けた」山鳩が「二羽で挨拶に来た」り、その「亭主」が「細君に挑み掛る」と「細君はさり気無く逃げて」、まるで「お止しなさいな、みっともない、人が見てますよ、と云っているように思われる」というところまで具体化する。まさに言語表現の独擅場で、これが小沼丹の世界なのだろう。

作者からこういう待遇を受けるのは、ペットになるような鳥獣ばかりではない。同じ作品に「テラスで午睡している」蜥蜴《とかげ》も出てくるし、二匹の蝦蟇《がま》を見かけるとすぐに「夫婦だろうと思う」。それどころか、「店子《たなこ》の蝦蟇はちゃんとその下に蹲踞《うずくま》っていて、止して下さいよ、と云う顔をした。非道《ひど》い大家だと思ったかもしれない」と発展する。

同じく『庭先』と題した別の随筆では、蜻蛉《とんぼ》について「以前ちょいちょい遊びに来ていた」という調子で紹介し、つくづく法師や蜩《ひぐらし》に対しても、「この連中とも疾《と》うに縁が切れてしまった」と述べる。ここにも蝦蟇が登場し、「蝦蟇はその后《ご》元気ですか?」と挨拶されたり、「あれは親子ですか」「いいえ、夫婦です」という対話が交わされたりする。「澄して坐ってい」たり、「何を誤解したのか」、「気紛者だから気に懸る」といった待遇も例のとおりだ。随筆『梅と蝦蟇』にも当然のように顔を出すが、この蝦蟇などは「じっと坐って、哲学者みたいな顔をして」おり、「深刻に考え込んでいる風情」を見せたかと思うと、「かくて世は事も無し、とでも云うらしく歩いて行く」。「とでも云うらしく」では、物理的な映像が結ばない。

小説『蟬の脱殻』では、「鬼やんまが何か勘違いしているのだろうと考え」、頭を池の水に漬けてやるのだが、それを「マラソン選手が頭を水で濡らす」のに見立てる。「蟬の脱殻を壁に竝《なら》べて置かれるので、蟬の方でも何か考えたんですかね」と蟬を人格化し、パンツに止まった蟬を「ちょいと失礼、と云う気持で」追い払うと、「蟬も納得したらしく」茂みに消えたという。ここも、「気持」や「納得」は絵にならない。

小沼作品で擬人化されるのは動物とは限らない。揺籃期の小説『千曲川二里』にすでに「朽葉」自身が「俺の一生はいま考えればなかなか多彩なものであった」と長々と追想する場面が現れる。随筆『つくしんぼ』には「土筆《つくし》と杉菜は兄弟分」で、土筆について「袴《はかま》を取る」「スカートを脱がせる」といった表現を用い、「こう簡単に杉菜が顔を出しては面白くない」と感想をもらす前に「先方の都合もあろうが」と前置きする。

『枇杷《びわ》』では、狭い庭にやたらに木が植えてある状況を「定員超過」と評し、「頼みもしない奴が飛入りで勝手に顔を出」すのは迷惑だとして、「順にお詰め願います」と言いたい気分を述べる。この「気分」を目に見えるように描くために、満員電車の風景をダブらせるようではドタバタ喜劇になってしまう。

『夏蜜柑の花』にも、「夏蜜柑の木は素直に云うことを肯いた」が、石榴《ざくろ》の木は「花の頃になっても何の挨拶も無」く、「強情で云うことを肯かない」という記述がある。『むべ』で、むべが実を附けたのを見て近所の人が「どうぞ、お大事に」と挨拶をするのも人間待遇に近い。『梅檀』でも、慎しく咲いている梅檀の薄紫の可憐な花に目をとめ、「色香を含んだ風情で、羞らいがちな女性を見る気がし」、しばらく見とれて好い気分になる。『月桂樹』で「呼吸困難の月桂樹の気持が判るような気がする」のも同様である。

この作家が人間扱いするのはこういう動植物にとどまらない。随筆『古い地図』には「汽車も嘸《さぞ》、あんなものを引張って骨が折れるだろう」と「機関車に同情し」たり、機関車が煙や湯気を出していると「汽車が暑がっていると解釈し」たりする見物客が現れる。

鳥獣虫魚でなくとも、汽車はまだ走るから擬人化してとらえたい気持ちもわからないではないが、まったく動かない物体が人間並みの待遇を受けることさえある。随筆『白樺』で「朝晩水を撒いて地面と睨めっこしている」と書くのは「地面」を人間扱いしたことになるし、『炉を塞ぐ』に出る「自在鉤は天狗の部屋で無聊《ぶりよう》を託《かこ》つ風情であった」というあたりは、自在鉤を擬人化するさらに彫琢した一例といえるだろう。

随筆『珈琲の木』には「巴里土産の珈琲挽は疾うに草臥《くたび》れて隠居して、いまは三代目の頑丈な鉄製の奴に変っている」とある。「草臥れる」「隠居」「三代目」といった擬人化のネットワークの中で、今では慣用的な「奴」という語まで活性化して立ち上がる。

こんなふうに、この世で出合うほとんどの対象が、この作家の交際範囲に入る。しかしこれは無論、自然界のあらゆる事物に霊魂が宿ると考えるアニミズムとは違う。むしろ、万物を相手として豊かに生きる発想が、おのずとこのような表現を産み落としたのだろう。

亡友玉井乾介を偲ぶ随筆『筆まめな男』の中で、外国で日本語を教えていたその友人からこんな便りが届いたのを紹介している。野良犬がすっかりなつき、いつも「宿舎の戸口の所で待って」いて、「学校に行くときに随いて」来て、教室の中まで入っておとなしくしているらしい。ここまでは映像化できるだろう。が、手紙の主はそれを、「教室の隅っこに坐って聴講するようになった」ととらえ、「犬の聴講生を持った」と解釈する。小沼丹はこういう生き方を大事にした。

この部分は映像にとらえにくい。強引に運べばナンセンス漫画になって、ほのぼのとした味わいなどとうてい期待できない。優れた擬人法はみなそういうものだろう。これもまた、言語表現が存分にふるまう、純粋な散文の一つの在り方だったことを思う。

生活の雑事をこんなふうに考えてみる並外れた擬人的発想により、人生に潤いが生じ、この世に生きている悦びを味わう。読者もそういう至福のおこぼれにあずかり、ひとしお充実感の増す思いがする。

早く花をつけろと珈琲の木のてっぺんを軽くつまみながら、「子供の頭を撫でて、いい子、いい子をしてやる気分に似ているかもしれない」とつぶやく随筆『珈琲の木』のフィナーレに象徴されるように、この作家の擬人的文体は、行き逢う人の、犬の、鳥の、花の、あるいは、共に生きている街並みや、時代というものの頭を撫でながら、過ぎ行く人生をいとおしんできたような気がしてならない。どういう訳かしらん？

（『ＣＡＢＩＮ』一二号　二〇一〇年九月）

随感　ゆりかごの小沼丹

一九五四年から五五年にかけて『村のエトランジェ』『白孔雀のゐるホテル』『黄ばんだ風景』『ねんぶつ異聞』と相次いで芥川賞候補となる。小沼丹の名はその頃から世に認められだしたのだろう。そこまでのこの作家の文学的開花の過程はほとんど明らかにされてこなかった。去年、大島一彦・高松政弘と共編で未知谷から大冊の『小沼丹全集』全四巻を出した。その機会に調べあげてできるだけ詳細な年譜を作成したが、編集方針により第四巻には簡潔な形で記すこととなった。その後、中学時代の文章が新たに発見され、今年になって追加した補巻に収めた。全集の年譜では当然その件にふれていない。世に知られるまでの小沼文学の揺籃期を、いささか立ち入りすぎる年譜の形を借りてくまなく散策してみよう。

本名小沼救《はじめ》、のちの作家小沼丹は、午年の一九一八年の重陽の節句にあたる九月九日に、当時の東京市下谷区下谷町（現 台東区下谷）に、父小沼邁《すぐれ》、母涙《るい》（自筆年譜には「涙子」とある）の長男として生まれる。六年後に生まれた妹眞理枝と二人兄妹として育つ。小沼家は祖父の代まで会津藩士であったが、父は牧師でセツルメントの館長を務め、姉が三人（長姉は早世したとのこと。二番目の姉が『細竹』『小徑』などに描かれる、田園調布に家があり逗子の別荘に住む伯母。三番目の姉が『影絵』などに描かれる、兵庫県の寺に嫁いだ伯母）あった。母方の小林家は信州南佐久郡青沼村の名主の家柄で、母には早世した兄のほかに姉が一人、妹が一人、弟が二人（次男宗三《そうぞう》は地方新聞の記者をしている肥った叔父、三男は野球のチームを率いる小叔父。ともに野球好きとして『千曲川二里』『童謡』などに描かれる）あった。

一九二五年四月、東京市南葛飾郡本田小学校に入学。もともと画家志望だった父は厳格な反面、優しい目をした馬の絵を描いて子供たちに見せたともいう。後年、この作家自身も印象派の絵を模写して部屋に掛けていた時期があったらしい。晩年も入院中に大学ノートに人や特に馬の絵（午年生まれに関連があるか）をせっせと描き続けた。多年持ち続けたイメージをスケッチしたと思われるそれらの絵は、一九九五年十一月十五日から翌年二月三日までの分が、没後、次女の川中子《かわなご》李花《りか》子《こ》編『馬画帖』という私家版に収められている。

それによると、自分で描いたお化けの絵を手洗いの中に貼って妹を驚かすなど、いたずら好きだったらしい。もも代という上州生まれの気立てのよい元気な女中がお気に入りで、よくいたずらをしかけては追いかけられていたそうだ。東京の下町にあったセツルメントでは、親が共働きのため勉強を見てもらえない子供たちのために夜学を開き、ＹＭＣＡ関係の大学生がそういう境遇の子供に勉強を教えていた。小沼少年もお菓子を食べながらの談笑の輪に入るようになり、大学生を敬愛する気持ちが次第に強くなったようである。後年、大学教員をやめて小学校の先生になろうかなと、冗談めかして娘につぶやくこともあったという。自身、小学生の時から英語の習得に積極的で、のちの作品『カンチク先生』にユーモラスに描かれているように、英語の個人教授を受けている。

一九三一年四月、明治学院中学部に入学。ミッションスクールの選択には、牧師であった父親の期待があったと考えるのが自然だろう。中学時代に英語を教わった米人教師ミス・ダニエルズについては、後年の作品『汽船』に「ミス・ダニエルズの追想」という副題をつけ、いくらかおどけた筆致で、思い出をしみじみと語っている。この頃に夏目漱石を愛読し、仲間と句作に興じたともいう。また、スポーツに関心が強く、妹を相手にボクシングの真似をしたり相撲やテニスや水泳を教えたりしたらしい。英語の弁論大会が近づくと、やはり妹を前に身振りまじりで練習し、本番でみごとにカップを手にしたという。普段でも、家庭でその妹を相手に、実際の動作に合わせて英会話を実演したり、セツルメントを見学に来る外国人の通訳をさせられたりしたこともあったようだ。

一九三四年七月、明治学院中学部文芸部発行の雑誌『白金の丘』六八号の《創作》欄に四年生の小沼救の名で『毛虫』と題する作品が掲載された。それは「一匹の若い毛虫が木の葉にねそべっていた」という一文で始まる。主人公は「高慢ちきなすました毛虫」だ。テントウ虫に出会い、「緑の国の王だといわぬばかり」の態度で「おれに従う気はないかね」と話しかけるが、テントウ虫は「いやなことだ」と「ブーンととんでいった」。次に「おれは蝶の王となる身だ。さて良い友を撰ばねばなるまい」と思い、餌をあさっている雄鶏を勝手に「栄《はえ》ある友に撰」ぶが、相手は「おまえはおれの昼食に丁度いゝ」と、「毛虫を口にくわえてごくんと飲みこんだ」として終わる寓話的な作品である。

同じ四年生の翌年二月、同じ雑誌の六九号のやはり《創作》欄にもう一編、『尊き物』という作品が掲載された。それは、「遠くに山々が霞んで見える。緑の芝生がずっと続いてその山の麓でつながっている。山の蔭から森に見えかくれしつゝ、その芝生の側を長く長く銀蛇の様にうねりつゝ二本の鉄路がのびてくる」という描写から始まる。主人公の太吉は踏み切り番だ。ある日、線路の点検をしていると、「カーン、カン、カン、カーン」という音が聞こえる。若い与一が腹を立てて、「ハンマーを振るって線路を外してい」たのだ。「もうネジは外されていた」。「その時彼は汽車の汽笛を」聞く。このままでは「枕木が外れて、崖から多くの人や子供が……」と思うが、もう間に合わない。とっさに太吉は「ポケットからナイフをとり出して布をつまんでしわをのばし」、手を振り上げてその「ナイフを自分の腹の関節に突き刺した。さっとふきでる血潮は布をそめていった」。迫って来る汽車に危険を知らせようと太吉は「夢中で血の旗をふった」が、「目の前が暗くなり頭がふらふらしだし」て、「ばったり倒れた」。が、旗はそのまま地に落ちることはなかった。すっかり改心した与一が「その旗をしっかり握って立っていた」のだ。こんなふうに、筋自体は修身の教科書にでも出てきそうな典型的な美談だが、「朴訥な老人の少しもいつわらぬ態度に彼等はいつも微笑を送るのであった」とか、「彼の吹く草笛はピーピーと遠くにすんだ空に冴え渡った」とか、わずか半年後の作品とは思えないほど、小説らしい文章に向かって大きく踏み出したように見える。

一九三六年三月に中学部を卒業し、四月に明治学院高等学部英文科に進学する。夏に家族が大阪に転居。一時は友人宅に滞在したが、すぐに下宿生活に入る。この年、真鶴でキャンプがあったという。その後三年ほどして両親と妹は倉敷に移る。そこの教会に長く住み続け（妹の眞理枝は現在、東京に在住）、特に一九四一年以降、救はこの倉敷の家に時折帰省した模様だ。

　一九三七年二月末に転居。四月に二年に進級してから髪をのばしたという。夏に通訳を兼ねて野尻湖に行く。十二月発行の『白金文学』第三巻第二号に、これも小沼救の名で小説『機関士』を発表。これは、「裏町に奏でられた一つのフュネラル・マーチであり、それが凡てゞある」ということばを題脇として掲げ、本文は「今日も子供は停車場の、黒く焼いた垣に摑まって汽車を見ていた」という一文で始まる。「来年からもう小学校へ入るというのにこの子供の頭脳は四五歳の幼児の様に幼さなかった」ため、「日やとい人夫」の父親にも、母親にもかわいがってもらえない。いつもの「ウツロな目」が汽車を見る時だけ「楽しげに輝いて見える」。実業家のお邸の芝生の庭で、その金持ちの家の子が「電池で玩具とは思えない位精巧な汽車を走らせている」のを垣根越しに眺めていると、「他人の家をのぞく奴があるかバカヤロー」とその家の下男にどなられる。その後、ある店で「木で出来たペンキの香のする」玩具の汽車を見つけ、たまらず「両手をのばして腕に抱いた」。すると、店から男が出て来て「子供の頰をはりとばし」、「バカヤローこの盗棒め」と親の所に突き出した。母親は「餓鬼のくせに太い量見起しやがる。汽車にでもなんでもひかれて死んじまえ」と言ったまま「家に入って戸をピチャンとしめてしまった」。子供の「足は自然停車場の方へ向」かう。よく見えるように「暗くなると子供は線路の中に入った」。「子供の死体は翌朝、駅員に見つかった」。そして、白木の箱の前には、駅員のくれた「立派な汽（ママ）関車」が飾ってある。その

「せまい家には今日一日母親のススリ泣きが途絶えそうにもなかった」として作品は閉じられる。悲劇としていかにもありそうな筋で、作意も見え見えだが、作品としての整合性がある。「頭だけが異状《(ママ)》に拡がったがこの子の手足は又大変細かった」という身体的特徴を明記し、「ヨレヨレの小倉服は所々穴があいて綿の様なものがハミ出ていた」といった服装の特徴をきちんと描写する。そういう外見だけではない。「段々物に怯える性質《さが》を深く深く心の底に刻みつけていった」と性格描写を含めて人物像を刻み、さらには「首輪のない犬がヨロヨロと鼻を地につけて通り過ぎて行った」という情景描写を折り込むなど、表現面でもさらに成長の跡が見える。

一九三八年の四月に三年に進級し、この頃から文学に対する関心が強まって、ヘッセ、マン、フィリップ、それに井伏鱒二を愛読したという。夏、前年同様、野尻湖行き。秋には、のちの作品『寓居あちこち』に「深見権左衛門」とある、三鷹村牟礼の旧家深見家に下宿。三鷹艸庵と称したらしい。十一月に信州に旅行し、同月、『千曲川二里』を執筆。

一九三九年の初め〔あるいは前年末〕に『千曲川二里』が『白金文学』に載り〔明治学院歴史資料館の調べによれば、掲載号の現物は確認できないものの、この時期に刊行された号に載ったものと推測されるとのこと。やはり小沼救の名で載ったと考えるのが自然である〕、その掲載誌を井伏鱒二に寄贈。読後感を記した葉書を受け取ったのを機に、三月頃〔井伏鱒二の随筆『小沼君の将棋』によれば、この年か翌年かの十一月頃だったと将棋を指しながら当人が言ったという。Lの字の襟章をつけた明治学院の制服姿の小沼君は記憶になく、早稲田に入ってからは和服に角帯をしめるか袴をはくかしていたと井伏は回想する。雑誌が実際は奥付より半年以上も遅れて刊行されたとすれば、十一月説も否定できなくなる。また、信州旅行と作品執筆、少なくとも『千曲川二里』の執筆が仮にこの年のことだとすれば、井伏訪問が一九四〇年の出来事だということもありえないことではない〕、井伏宅を初めて訪問し、それ以後、文学における終生の師と仰ぐ。のちに、井伏を介して太宰治を識る。

一九四〇年四月、四年に進級。この年に早稲田大学で開催された日比学生会議に出席。ハックスレイ、ロレンス、ジョイス、キーツ、ニーチェらを読みあさる。この頃から文学書を集め出し、自らも短篇を書き始める。筆名「小沼丹」の「丹」は、祖父の姉妹の嫁ぎ先に、明治・大正・昭和にわたる寄生虫学者で科学随筆にも才能を発揮した慶応義塾大学教授の小泉丹《まこと》がおり、その人物に惹かれたところからという。その弟の鉄《まがね》が『白樺』にも参加した物書きであったことも、小沼丹の文学的な関心に影響を与えたものと思われる。この年、一月に『佐野一郎』〔九枚　＊枚数は以下いずれも創作覚え書き風のメモによる〕と『植木』〔一一枚〕、六月に『人形芝居』〔一二一枚〕、七月に『寓居あちこち』〔二八枚〕を執筆。この年の夏、大阪に帰省。十月に『福楽寺』〔三〇枚〕を執筆。十二月に『湖畔』〔一〇〇枚〕を執筆したほか、この年に二七の短篇を執筆した旨、備忘録の中にあるなど、華々しい文学的出発を遂げる。

一九四〇年、二月に『悪魔』を執筆するも未完に終わる。三月に『谷間』〔六三枚〕を執筆。同月末、明治学院高等学部を卒業し、四月に早稲田大学文学部英文科に入学。チェホフを愛読、森鷗外・葛西善蔵を読む。五月に『狐の嫁入』〔一四枚〕と『安堵』〔二二枚〕を執筆。六月には『寓居半歳』（七四枚）を執筆。翌年発表の作品『寓居あちこち』の原型か。同月、級友らと同人雑誌『胡桃』を発刊し、創刊号に前年に脱稿していた『福楽寺』を発表。七月に『高崎』（三四枚）を執筆。ちなみに、同月九日脱稿らしい日付入りの父邁の執筆原稿が明治学院に保管されている。同年六月下旬に死去した井深梶之助（明治学院二代目総理）の思い出を、同窓会発行の『明治学院時報』九七〜九九号に掲載する予定で執筆を依頼したものらしい。「我が家に父の用いた一冊の新訳全書ありてその扉に」と始まり、その父縈吾が佐世保で洗礼を受けた旨そこに記載されていることを述べた短文だ。が、なぜか掲載された形跡はないという。夏休みには例の野尻湖行き。また、大学の仲間、玉井乾介（岩波書店を退社後、バンコクやサンパウロの大学で日本語を教えた。『凪』その他の作品にしばしば金井として描かれる）、伊東保次郎（『昔の仲間』『翡翠《とり》』などに描かれる）と三人で新潟・酒田・佐渡に旅行。この旅行については後年『昔の仲間』に詳しく描かれる。井伏鱒二の奨めで石川隆士（『翡翠』や随筆『長距離電話』などに登場）との交友も始まる。十月に『燈台』（二五枚）を執筆。十一月に『海のある町町』（枚数未詳）を執筆し、同人誌『胡桃』に載せるが、同誌はその第二号で廃刊になる。備忘録によれば、この年に二二編の短篇小説を執筆したという。

一九四一年、早稲田大学文学部の創作合評会で短篇『寓居あちこち』が谷崎精二教授の推挽により『早稲田文学』二月新人創作特集号に掲載され、在学中に同誌に作品を数編発表するきっかけとなった。春、倉敷に帰省。大学二年のこの年は、四月に『二人の友』（四二枚）、五月に『麦秋』（三八枚　のちの同題の作品の原型か）と『酒』（二三枚）を執筆。この頃にのちに妻となる丸山和子と知り合う。この夏は在京。九月に『遠出』〔三〇枚〕、十月に『白い街道』〔一七枚〕、十一月に『細道』〔二六枚〕および『de jongleur de Notro Dame』〔六枚〕を執筆。この年にその他多数の作品を執筆したと備忘録にある。

一九四二年、旧作『千曲川二里』を推敲して『早稲田文学』新年号に発表。二月に『鉛の兵隊』〔六枚〕、三月に『賢人』〔二三枚〕と『老師』〔二四枚〕を執筆。春に和子が入院。六月に『登仙譚』〔三三枚〕を執筆。この夏も在京し、九月に『一匹と二人』〔二五枚〕、『瘤』〔三〇枚〕、『十瓢四内』〔七八枚〕を執筆。このうち『遠出』が『早稲田文学』九月号に掲載される。小林達夫、吉岡達夫らの同人雑誌『文学行動』に加わり、九月号に『登仙譚』を発表。九月、早稲田大学を繰り上げ卒業となるが、出席不良のため教練検定は不合格。十月、丸山和子の父が学園長を務める武蔵野の盈進学園に勤務。同月に『新米教師』〔五七枚〕、十一月に『ダビデ』〔一四〇枚〕を執筆。『文学行動』十二月号に『癌』を発表したほか、同誌に旧作『燈台』などを発表するが、第一次のこの雑誌は用紙不足のため翌年休刊に追い込まれる。この年、ほかに数編の創作がある旨、備忘録にある。

一九四三年二月、閑古庵に移る。谷崎精二の推挽を得て『早稲田文学』の同人となり、三月号に旧作『一匹と二人』を発表。三月、丸山和子と結婚、『藁屋根』の舞台となる武蔵野市関前の大きな藁屋根の家に住み、二階の十畳と八畳の二部屋を借り新居とする。四月に『喪章』〔四〇枚〕を執筆。『早稲田文学』六月号の同人雑誌評を担当。六月に『黒白』〔四五枚〕、七月に『大学二年半』〔二五〇枚〕を執筆。夏、蓼科に行く。十月に『揺り椅子』の原型となる『柿』〔一八枚〕を執筆。

一九四四年一月、長女の諄子《あつこ》が誕生。二月風塵荘に移る。この頃より空襲始まる。『早稲田文学』三月号に『柿』を発表。三月、三年前の作品を改作した短篇『幸福な二人』〈八枚〉を執筆し、『早稲田文学』六月短篇特集号に発表。六月、感想『文学への意志』を執筆し、『早稲田文学』九月号に発表。夏、倉敷に帰省。七月、チブスにて入院し、三カ月ほど病臥して秋に帰京。かなり肥ったらしい。十月に、後年の作『藁屋根』の一部となる『時雨』〈一四枚〉を、十一月には『帰郷』〈四九枚〉を執筆。秋に空襲が始まったため、暮れ近くになって和子と諄子を母方の伯母にあたる内津家に疎開させる。千曲川沿いに走る小海線の沿線に位置し、貯水池の近くだったという。しかし、赤ん坊の病気をきっかけに程なく東京の家に戻る。

一九四五年、『早稲田文学』二月号の文芸時評を担当。三月には、後年の作『猫柳』の一部となる『早春』〈二〇枚〉を執筆。春から空襲が激しくなり、妻の和子と一歳の諄子を、今度は和子の母方の叔母の嫁ぎ先にあたる家に疎開させる。信州の稲荷山で武水別《たけみずわけ》神社の神官を務める宮川家で、前の疎開先より千曲川の下流にあたるそうだ。一人東京に残った丹自身は、自宅が中島飛行機武蔵工場の近くにあったため、しばしば空襲を受けて危ない目に遭う。六月、勤務先の学校が爆撃に遭って倒壊し休校となるに及んで、自らの妻子の疎開先である長野県更級郡八幡村の家に合流。松尾芭蕉の『更科紀行』に出てくる八幡の里で、月の名所姨捨《おばすて》の近くに位置し、現在の千曲市〈前の更埴市〉八幡にあたる。そこの宗三叔父の世話で八幡村の学校の臨時教員となる。田畑づくりの農作業ばかりで勝手がわからず、見物に専念したと自筆年譜にはある。この間の生活は後年の作品『古い編上靴』や『童謡』などに詳しく描かれている。八月に同地で終戦を迎える。十月に東京に戻る。汽車が上野に近づくにつれて、すっかり焼けてしまった東京の姿に驚き、「その焼野原に点点と灯が疎らに散らばっているのを見ると涙が出そうになった」と長編『更紗の絵』の冒頭近くにある。そこに「とりあえず細君の実家に落ついた」とあるのは、保谷の柳橋の近く〔現在の西東京市〕にある和子の実家丸山家にしばらく寄寓したことをさす。小説に「その近くに家庭を持っていたのだが、吉野君の細君と赤ん坊が信州に行っている間に、その家が爆弾にやられてしまった」とある。その八月に『湖畔』〔三〇三枚〕が河出新人叢書として刊行される話があったが、結局、計画倒れに終わったという。英語の会話力を買われて、十一月よりGHQに勤務。同年の『早稲田文学』一月号をめざして執筆した『時雨』は、空襲等のためにすっかり遅れ、結局十二月号に掲載された。

一九四六年二月、関前三八〇番地に移り、これより約二年間、旧中島飛行機工場の工員寮を改造した校舎の、以前舎監の住んでいた一劃に住む。そこでの生活は『更紗の絵』に詳細に描かれている。この頃、エール大学史学科出身の米軍中尉アーサー・ケネディーがジープでやって来て、互いに日米対抗のつもりでテニスを楽しむようすは、この作品のほか、『沈丁花』にも出てくる。五月より再び盈進学園に勤務し、授業の再開にともなってGHQを退任。六月、次女の李花子が誕生。同月、初めての随筆を感想『将棋』として執筆し、『早稲田文学』七月号に発表。同じく六月に執筆した『麦秋』〔二〇枚〕を同誌の九月創作特集号に発表。この作品はのちの『麦刈りの頃』の関連作品だが、五年前に執筆した同題の作品の改稿か否かは未詳。賠償工場に指定された旧中島飛行機工場に招かれ、七月より英語運用能力を見込まれ、富士産業の渉外顧問を兼務。この時期の生活は『更紗の絵』に詳しい。七月に『最後の晩餐』〔二〇枚〕、八月に『ニコデモ』〔二五枚〕と『臨時列車』〔二五枚〕、九月に『敬礼』〔一〇枚〕、十月に『剽盗と横笛』〔三〇枚〕、十二月に『先立ちし人』〔二三枚〕を執筆。『早稲田文学』十二月号の文芸時評を担当。

一九四七年一月、『剽盗と横笛』を『月刊読売』に発表。同月、『灯影』〔三七枚〕を執筆。『早稲田文学』二月号の文芸時評を担当。二月に『旅愁』〔六〇枚〕および『秋のゐる風景』〔五五枚〕を執筆。後者はのちの『黄ばんだ風景』の原型にあたる。四月、谷崎精二の薦めで第一早稲田高等学院の時間講師となる。六月に、後年の『白い機影』の原型にあたる『白き機影の幻想』〔五七枚〕を執筆して、八月に、復刊された『文学行動』第一号に発表。七月、信州に旅行。同月に『湖畔』〔一一二枚〕を執筆。八月、大洗に行く。同月、『バルセロナの書盗』〔四一枚〕を執筆。『早稲田文学』九月号に『先立ちし人』を発表。十二月に、R・L・スチヴンスンの『ジキルとハイド』のうち『一夜の宿』『ギタア異聞』の二編を翻訳。同じ頃に『白き機影の幻想』を『文学行動』に発表。

一九四八年一月、『秋のゐる広場』を『文学行動』復刊第二号に発表。同月、『鳥打帽の男』〔三八枚〕を執筆し、『文学行動』五月号に発表。二月に評論『粧へる近代』および短文『暗冥片々録』を『文学行動』に発表。同月、習作を改作して後年の『小徑』の原型にあたる『細竹』〔四〇枚〕を執筆し、『早稲田文学』七月創作特集号に発表。四月に『紅い花』〔四一枚〕を執筆。六月、小沼丹訳の『一夜の宿』『ギタア異聞』を含む谷崎精二訳『ジイキル博士とハイド氏』が大虚堂書房より刊行。太宰治に対する追悼文として感想「『晩年』の作者」を執筆し、『文学行動』七月号に発表。七月。『M夫人の微笑』〔四一枚〕を執筆し、『文学者』十一月号に発表。八月に『人生横丁』〔一一六枚〕を執筆。九月、旧作『ニコデモ』を改稿〔二四枚〕。十月に日光旅行で湯元まで行く。

一九四九年一月、小品『地蔵の首』を執筆。『文学行動』新年号に『紅い花』、同誌二月号に『ニコデモ』、三月号にその『地蔵の首』、四月号に『バルセロナの書盗』を続けて発表。新制大学発足による第一高等学院の解消にともない、四月に理工学部専任講師となる。五月、W・V・ナルヴィグ『鉄のカーテンの裏』を藤井継男との共訳で読売新聞社より刊行。三月執筆の『ガブリエル・デンベイ』〔五〇枚〕を林房雄の薦めで『歴史小説』七月号に発表。六月に『アルプスの雪』〔四一枚〕を執筆し、翻訳『押花』〔一八枚〕を訳了。同月、後年の『汽船』の原型となる『ミス・ダニエルズの追想』〔一〇枚〕を執筆して『文学行動』八月号に発表。七月に『ドン・グレオリオの失策』〔一五枚〕を執筆し、『白き機影の幻想』を改稿〔七二枚〕した。この頃三島に旅行。八月に『ペテルブルグの漂民』〔五五枚〕を執筆。同月、以後終生住み続けることとなる武蔵野市八幡町四丁目一〇番七号の住居の前身、当時の関前四二〇番地の家に住み始める。九月に、のちの『童謡』の原型とも見られる『忘れられた人』〔二八枚〕および『夜のフルウト』〔三一枚〕を執筆。十一月、蓼科に旅行、帰途、岡谷に立ち寄り、諏訪に遊ぶ。

〔『早稲田日本語研究』一五号　二〇〇六年三月　早稲田大学日本語学会〕

一手有情

咄嗟の思い附きで巴里土産にマロニエの葉を所望する小沼丹について書くとなると、植木か何かから切り出さないと恰好がつかない。そう思って歳時記を引っ張り出し、雛祭りだの啓蟄《けいちつ》だのぱらぱらめくってみたが、歳時記と広辞苑から想を起こすのは何だか年取った感じで、どうも面白くない。憮然として眼を上げたら、濃い紅の重みを増した杏の蕾《つぼみ》が見えて、三つばかり開いている。

硯《すずり》の入っていない古い硯箱がある。中をかきまわしていたら、小沼丹から頂戴した葉書が三枚出て来た。うち二枚は同じ日に出したように見える。消印が一枚は12.4.7912-18とあり、もう一枚は79.12.4.12-18となっている。どちらも十二月四日と読めるのである。が、そんな筈はないし、文面にも合わないから、一枚は四月十二日なのかもしれない。小沼流に云えば、当方の気持は何となくちぐはぐになって片附かないので、その両者にはひとまず硯箱にお引き取りいただき、もう一枚の方にご登場願おう。同年九月八日の消印がある。ちなみに、翌九日は小沼丹が小沼救《はじめ》として悠然と生誕され、序でにこちらも偶然この世に生を享けた日に当たる。但し、失礼にならぬよう、年号その他、細かいところは多分ほとんど違うことを是非とも断っておきたい。

その一葉には遠い風が吹いているような筆跡でこうある。

「先日御高著有難く頂戴しました　御礼申します　試みにぱらぱらと拝見したら成程当方も些か気が引ける気分でした　近頃肩の方が調子悪くて閉口ですが将棋ぐらいは指せます　お暇の節お出で下さい　一筆御礼迄」

右の文面のうち「御高著」とあるのは『感情表現辞典』という低著のこと。感情のニュアンスを文学作品の表現例によって体系化しようという大それた本である。手許《てもと》にある本がもとになっているので、井伏鱒二、尾崎一雄、永井龍男、庄野潤三、それにこの小沼丹の作品からの文例がどうしても多くなる。多くなるのは大いに結構なのだが、物には程度があるので、その点些か気が引ける旨の言葉を添えて恐る恐るお献げした。

「成程当方も」というのはそれに対する多分偽らざる感想なのだろう。〈喜〉の部を開くと「野球は母校のX大学が勝って、吉野君としては洵《まこと》に申し分ない気持であった」という小沼丹『更紗の絵』が掛けてあり、〈驚〉の部からは「老紳士は貰った名刺を見ると、途端に〝都の西北〟と歌い出したから、これには面喰った。倫敦のレストランで、英吉利人の歌う校歌を聞くとは夢にも思わない」というこれまた小沼丹『椋鳥日記』が飛び立つという塩梅で、流石の原作者も唖然として暫く宙を見詰めていたかもしれない。

その次にある肩と将棋に関する不可思議な自然科学的考察は、この作家の常にも増した当時の寡作状態が如何に必然的なものであるかを立証した件《くだり》で、愛用の万年筆と将棋の駒との何グラムかの重さの違いを微妙に感じ分ける肩や腕の繊細な症状を的確に活写している。

ここまで書いて来た時、初手合せの場面が忽然と脳裏に蘇った。時と在処《ところ》を見失う瀟洒な屋根裏部屋で、水入りならぬ、支那蕎麦を挟んでの大勝負であった。俗に矢倉と云うのか、ともかく棒銀でない方の駒組みを済ませ、相手の飛車を攻略して奪い、戦局ははっきり味方に有利と出た。そして、そのまま終盤へと流れ込む手筈になっていた。ところが、そこで信じられないことが起った。

盤の上に顔を出して考えただけで、あの井伏鱒二に「暗いよ、だから僕が負けるんだ」と云わせた大物に、ひょっとしたら勝てるかもしれない。最初に勝つと次が辛いな。同じ手では先方も面喰いようがないし、うーん、弱ったな。次局の指し方でしきりに困っていると、何だか異様な気配がする。一局目がまだ終わっていないことに、ふと気がついた。しかも、盤面の様相がどうも変なのだ。よく見ると、当方の飛車が乗っ取られそうになっているではないか。あまつさえ、その要求をはねつけると、敵の雑兵がわが王に何やら失敬な振舞に及ぼうというのである。

その時、文学の師であり将棋の好敵手であった井伏の「自分は弱い者と将棋を指すのが好きだ、王手飛車をして待ってやろうかと云うときの気分はまた格別である」という言葉に閉口したという小沼自身のエッセイのことがひょっこり浮かんだ。すっかり憂鬱になって目を上げると、相手は何事もなかったように頗《すこぶ》る爽やかな顔をしている。取った飛車を取り返されただけのことで、まだ負けたと決まった訳ではないが、あろうことかあるまいことか、そのショックで茫然としている間に、譜代の飛車まで王の身代わりに連行されてしまったのである。

次の一手が即断できない時、小沼三段はきまって「どっちがいいかね」とくりかえし呟かれる。

当方は「どっち」どころか「どれ」とさえ指し手が限定できないくらい模糊としている。これでは所詮勝ち目はない。そう思って第二局に臨んでいたら、どうしたはずみか今度はこちらが勝った。先方が手加減したに違いないのだが、そんな感じはまるで見せなかった。あれは自然の流れを呼び寄せる迫真の名演技であったかもしれない。

あとは無論、酒になって。小沼・小黒・大島という三人のO氏と歓談した。深更に及んでふらふら腰を上げたら、ぴか一という荻窪の鮨屋から電話が入った。なんでも先刻、井伏先生が現れて呑み始めたが、小沼を呼べとまでは格別おっしゃっていない、というような微妙な主旨の電話らしい。そう言われて黙っているわけにはいかない井伏高弟の小沼丹は早速身支度を始め、孫弟子もお供して教会通りのその店に繰り込んだ。時に周囲の連中の品行があやしくなるのを窘《たしな》めては、どこかでもらって来たらしい土産物を店に置き忘れることをしきりに気にしながら、師匠の井伏鱒二は悠然と呑んでいた。御帰還の井伏師と例の土産物とを青梅街道でタクシーに無事送り込んだりして小金井まで帰ったら、自宅の東側の広場の空はもう薄白くなっていた。

「あなた、お酒召しあがる？」

早稲田の研究室を初めて訪問した時、別れ際に小沼丹の囁いたその言葉を反芻しながら、小説の作中人物になった気分で玄関のノブを回した。

（「一手有情──小沼氏と将棋」『早稲田文学』一九八二年五月　早稲田文学会）

夢の中の小沼丹

「小沼さん、その後どうなんだろう。ゆうべ夢を見たもんだから、なんだか気になって」

十一月八日の昼過ぎ、早稲田の国際部の会議が始まるのを待ちながら、小沼丹の碁敵と自称する隣の小黒教授にそんなふうに話しかけた。入院中の小沼丹はこのところちょっとお悪いので、見舞いをしばらく控えるようにと言われ、素直に解禁を待っていたのだが、その間もずうっと気になっていたのだ。

久しぶりに小沼家を訪ねた夢の中の自分は、主人の姿が見えないことに不安を覚え、まだ入院中か、それとも奥の部屋に寝ておられるのだろうか、奥様に伺ってみようと、あたりを憚《はばか》るような声で、「先生は……」とあとはことばを濁した。と、突然、右側の離れの窓が開いて、「やあ」と甲高い声が響く。

現実の小沼邸とは間取りが違うのだが、夢だからそんなことを気にせずに見ると、窓からなつかしい小沼丹の笑顔が覗く。ほっとして何か言葉を交わした記憶はあるが、夢の中でどんな話をしたかはまったく思い出せない。覚えているのは、玄関のドアを閉めた時、そのドアの裾が幅十センチほど帯状に黒く染まっていたことである。

こんな夢に格別の意味があるなどと言うのではない。その翌々日の十日の朝、大学院時代からの友人であるその英語学の教授から、「駄目だった」という極端に簡潔なことばで小沼丹の訃報を告げられた時、それが、小黒に久しぶりで会って噂話をしたちょうどその日の出来事だったのに驚いた。

しかも、あとで奥様から伺うと、それはなんと十二時十分だったというではないか。とすれば、国際部の会議室で小沼丹の容態をめぐってお喋りをしていた、まさしくその頃に小沼丹は息を引き取られたことになる。これに似た符合はよくある話なのかもしれない。前夜に夢を見たのも、その噂をしていた時刻に死去したのも、どちらも偶然のことに過ぎまいが、それでもやはり気になる。小沼作品でも夢や空想と現実との境目がしばしば怪しくなるから、なおさらだ。

『懐中時計』は、「図書館の古びた壁を背景に、花や蕾が白く浮んで雨に濡れて」いるのを眺めながら、前年その辛夷《こぶし》の花の時に病死した同僚が「くすん」と鼻を鳴らす音を聞く場面で終わる。『夕焼け空』には、寝る前にウィスキーを飲んでいて、ふと気がつくと、隣に死んだ友人が坐っているので、びっくりして「お前は死んだ筈じゃなかったかい?」と訊いたら、相手は「そうなっているが、まあ、気にするな」と答える場面が出る。『大きな鞄』は、夜中に目が覚めてぼんやりしていたら「突然、関口某が大きな皮の鞄を提げてのこのこ歩いて来たから吃驚した」という場面で始まる。関口というのは、格別親しかったわけでもなく、卒業して間もなく死んだ級友のことだ。

登場するのは死者だけではない。『鳥打帽』の冒頭には、「高架線の電車に乗っていたら、遠くの家の屋根の上でパンの神が昼寝しているのを見て驚いた」話が出て、「先方も昼寝の夢から醒めた所だったのだろう、上半身を起して大欠伸をしたと思ったら、もう消えていた」と続くあたりが可笑しい。

『名文』と銘打った著書で、小沼丹の『懐中時計』を取り上げ、その文章批評を「上質のユーモアは文学最高の理念である」という一文で始めた。その頃はまだこの作家と一面識もなかった。初めてお目にかかったのは、その昭和五十四年か翌年頃ではなかったかと思う。思い切って早稲田の小沼研究室を訪ね、大学院の演習の切れ目に紅茶を頂戴した。別れ際に「あなた、お酒召し上がる?」と訊かれ、とっさに「たしなむ程度」などと応じたような記憶がある。

小沼宅訪問の初日には、ビクトリア朝の倫敦に迷いこんだような屋根裏部屋で将棋の手合わせをし、舌戦をかわして五分の星で酒宴に流れ込んだ。ところが、後日その話題に及ぶと、負けた将棋のほうを覚えておられないのには閉口した。

その後、縁あって早稲田大学に勤務するようになって間もない頃、外国人用の上級日本語教科書を編集することになり、その第一課『外来者』という随筆の掲載許可をお願いに上がった折、教科書向きの小説について伺ったら、『エッグ・カップ』なんかはどうかしらんと、ひどく照れくさそうな顔をされた。小柄な米兵が銀座の露店で安物の茶碗を買って、妻が欲しがっているエッグ・カップにするんだと笑う姿を見て、カリフォルニアのその男の家庭をあれこれ想像する話だ。なぜか今、そんな遠い日の記憶ばかりが浮かんでくる。『黒と白の猫』の「細君」といい、『懐中時計』の「上田友男」といい、『竹の会』の「谷崎精二」や「青野季吉」といい、小沼丹の作品に登場するのはほとんどが、すでにこの世にいない人物である。犬も花も街並もそうだ。過去になったものをその過去から描く。作品の現在は失われた現在であり、未来もまた、そう在りたかった未来である。作品は古風に彩られ、なつかしい風景が展開する。もう現実にはふれることのできない夢の中で、読者がしみじみと笑い、やがて物悲しくなる小沼文学の世界である。

晩年の短篇『柚子の花』には、登り切ると向こうに海か雪山が見えるかもしれないと「車を走らせて坂の上迄行くと、その先は何も無い」とか、高層ビルの上の階で「何気無くその扉を開くと、その先には何も無い」とかといった記述が出る。突如として出合う無に対する恐怖だったろうか。初めて渡米した際、英語で質問を書いた札を首から吊し、それを指差しながら目的地に着いたという『カンチク先生』の笑い話に、この作家は、そうやってもし世の中を歩くなら、誰でも最後の札は「死」となるはずだと付け加えずにはいられなかった。

小沼丹は今、その手の札を首に掛けて、「先立ちし人」や犬や花や、あるいは消えた街並や過ぎ去った時代を追っているのかもしれない。一読者として今、同時代に生きた幸せを思う。

（「なつかしき夢―小沼文学の風景」『群像』一九九七年一月号　講談社）

てのひらのエチュード

卒塔婆
白とグレーの幻想
羽黒の鐘
ほくろ
街角の秋
伝えばや

卒塔婆

今ではもう、ざっと三十年も昔になるでしょうか、私がたしか四十を二つ三つ越した頃のことだったと思います。

仔細があって女房には内緒にしてあったのですが、深川三好町あたりの或る寺で、意外な御仁と逢ったのでございます。たしかに思いがけなかったのですけれど、あるいは、逢っても別に不思議はない間柄だったとも云えましょうか。

傾きかけた門を入って、本堂の左から裏側へ廻ると、かなりの広さの墓地になっていました。奥まって、もう生垣に近いあたりに、まだ真新しい卒塔婆を見つけました。柿の古木が近くにあって、黒い枝が垂れています。柿もみじの大きな葉を踏んで、ことさらゆっくりと私は近づきました。戒名を読むと、華源妙蓮信女、間違いありません。

四十九日を避けて、二日ほど遅らせたのですが、卒塔婆の前の石に線香の燃えかすらしいものがほんの少し見えるだけで、あたりには花の一本も落ちてはいません。今更ながら人の世の無情を見せつけられたようで、何だか背筋に寒々としたものが走りました。

この卒塔婆ははたしていつまで保つのだろう、ちゃんとした墓石か石塔などを建ててやる人はいないのかしらなどと、今考えれば、よけいな心配までしたように覚えております。生前大変な評判で、あんなに売れた女も、死後わずか五十日の今日の姿が、こんな卒塔婆ひとつで代表されるとは、何という世の中でしょうか。顔に惚れて心に惚れなかった多くの男たちの薄情さに、今の私には馬鹿馬鹿しいとしか思えませんが、当時は義憤さえ感じたものです。だからといって、わずかばかりの身上も使い果たしてしまった身に、何ができたわけでもありません。

よけいなおしゃべりが長くなってしまいました。かいつまんでお話しいたしましょう。

少しばかりの山茶花《さざんか》と、鈴香——これがあの女の源氏名だったのですが——鈴香の好きだった追分団子をお供えして、そっと手を合わせました。このぐらいが、当時の私にとっては、精一杯の手向けだったような気がいたします。

合掌し瞑目しても、不思議なことに、眼の前にちらつく鈴香の顔が揺れて、輪郭が定まりません。あれほど見慣れた顔なのに、どうしたのだろうと戸惑っているうちに、どうやら一つの顔が見えてまいりました。ただ、生前は一重だったかわいい瞼が、なぜか二重になっているのです。疲れると二重になりやすいとよく云われますけれど、ふとそんなことを思ったりして、しばらくは何だか妙な気分でございました。

雑念がいくらか収まったような気がしたところで、おもむろに腰を上げ、別の路をゆっくり歩き出しました。さきほど申しました柿の老木のほかは、常緑樹が多く、松や椹《さわら》が点在して、遠くの杉林へと続いております。椹の木が二、三本かたまって生えていて、路が自然に左へ緩く曲がっているあたりだったでしょうか。自然石の塀をめぐらした中に、黒御影の大きな墓石が二つ並んでいるのが目につきました。なんだか威圧的な感じです。人間というものは死んでまで階級意識に責められるのかと思って、ぞっとしました。普段なら何とも感じなかったのでしょうが、生新しい卒塔婆を眺め続けていたせいで、少し気が変になっていたのかもしれません。

そこから本堂の方へ戻りかけた時です。杖をついた五十がらみの小柄な人物がこちらへやって来るのに気がつきました。眼が不自由らしく、連れ合いとおぼしい中年の女に手を引かれて、下草のはみ出た細い路を小股でゆっくり歩いてまいります。夫婦連れで、死んだ父親か誰かの墓参りかと、ちょっと微笑まれるような気持ちで、危なかしいその足元を見つめながら、私はさきほど申した角のあたりで待っておりました。なにしろ路が、すれ違うのが難しいほど狭かったものですから。

ところが、近づいて来るにつれて、何と云うのでしょう、こう異様に冷たいものが体内に広がって行きます。松下さんらしい、私の中で何かが叫んだようです。これまで奥様の姿を見かけたこともありませんし、当人にも一度もお目にかかった記憶がございません。

鈴香を通して、いや、鈴香の話から想像していた松下さんって、こんな方じゃないかしらと思ったのです。ただ、何となく、そんな気がしたのです。

場所柄から云って、まるっきりの勘とは云えますまいけれど、それでもやはり、新仏の導きだったとでも考えたい気がいたしました。お笑いになるでしょうか。でも、本来ならお互いに避けるはずの間柄でありながら、私の口が開き、ごく自然に話しかけてしまったのですから。

「あのう、……失礼ですが、もしか、……マツ……シタさんじゃ、ございませんでしょうか」

「はあ?　はい。松下でございますが……どなた様でしたでしょうか」

それはそれはびっくりしたと云うような女のかすれた声で、途切れ途切れに、私の耳にそう聞こえました。墓場で人に、いや生き物に逢うのは、ただでさえあまり気持ちの好いものじゃあございません。まして、見ず知らずの人間から名前を呼ばれたのですから、驚くのも無理はありません。

でも、びっくりしたのは、私の方だっておんなじことです。まさか、自分の勘がこんなにぴったり当たるなんて、思ってもいませんでしたからねえ。かえって、違ってくれたらいいがと、その時思ったのも、いえ、ほんとの話です。

「奥様……と申して宜しいんでしょうね。奥様は御存知ありますまいが、旦那様はもしか御存知では……。私は下谷の来島留吉と申す者でございます」

全く見えないわけではなさそうですが、大分眼の不自由らしいその御仁は、はっとした様子です。何か当惑したような様子もございましたが、やがて気を取り直したように口を開きました。

「ああ、思い出しました。鈴香の……」と語尾を濁しましたが、何かを振り払うように顎を上げて、

「あなた様もやっぱり……」

「ええ、お恥ずかしい次第ですが……」

自分にだけ心を寄せていたはずはないと思いながら、まだ鈴香が恋しくて、こんな場所にも想いをかきたてようとするなんて、まったくわれながら女々しいことだと恥じ入りながら、私はこう続けました。

「正直に申しますと、今は何だかお懐かしいような気がするんですよ。嫉妬と申しては何ですが、そんなお互いが、今日ばったり逢って、こんな気持ちになるというのは、ほんとうに妙なものですねえ」

「いや、まったく。そう云っていただくと、わたしの方も、何か縁続きのような気がしてまいります。ひとつの死、というもので浄化された、とでも申すのでしょうか、気障な云い方ですが。それにしても、何だか不思議な気持ちで……。もし宜しかったら、ちょっと立ち話でも……」

ぽつり、ぽつりと、松下さんはこう云って、新しい卒塔婆の方へと、小刻みな歩を運ぶのでした。その瘦せた後ろ姿を追って、私もゆっくりと引き返しました。

松下さんの覚束ない足取りを見て、お座敷で鈴香が無邪気にその恰好を真似て笑ったことを思い出し、少し頰が緩みました。が、その一瞬後には、すると鈴香は私の一体、何をこの松下さんに伝えたのだろうかと、ふと気になりました。

が、自分で気づかない弱点を相手に握られているという意識は間もなく消えて、この人の話を聞いて鈴香のことをもっとよく知りたい、もう一歩近づきたいと思ったのです。在りし日を偲ぶという気持ちとは、少うし違うように思います。たとえて云えば、仏像を刻むような心とでも申すのでございましょうか。

松下さんの長い長いお参りが続きます。その間、卒塔婆に向かって合掌している丸い背中を、奥様は憐れむというより、慈しむといったような目付きでじっと見つめていたようです。かつて夫の愛情をむしり取ったにちがいない女の罪も、その見知らぬ女への嫉妬も、とにかくその女が死んでしまったという厳粛な事実で償われた、そんなふうにも思われます。

それから、松下さんと、何故か照れることもなく、鈴香の思い出を語り合いました。他愛もない昔話になってから、奥様も時折、こんな言葉をはさみました。

「ほんと、昔は宜うございましたねえ」

仮令《たとい》その「昔」という言葉に、鈴香の存命中という意味合いがあったとしても、その口調から、私にはもはや皮肉とは取れませんでした。いったい、どういうことでしょう。その女がこの世から姿を消したことで、自分の不安が解放されはしたものの、同時に、相手の死によって心の平安を得た自分に、何か罪に似たものを感じた、そんな心理でもあったのでございましょうか。

「ええ」

私は、そのたびに、短くそう答えるほかはありませんでした。それから、気を利かせたのか、奥様は少し離れて立っていました。

「ぼつぼつ帰りましょうか」

杖を小刻みに動かし始めた松下さんの背に、

「それにしても、とんだことでしたねえ。選りに選って、あんな最期になるとは……あの、無邪気で、お人好しのあの娘が……」

私は思い切って、それまでお互いに避けていたあの話題を浴びせてみました。松下さんの杖はぴたりと停まりました。やや長い時間があって、松下さんは漸く振り向きました。予想以上に表情が硬いのです。

「全く、何という……」

「相手は何でもどこかの大学生とか……」

「そんな話でしたね」

それまでとは打って変わって、松下さんの受け答えは短くなりました。でも、いくらか落ち着いてきたのか、

「で、その大学生の方は助かったそうで……何でも、二度目の心中未遂だったとか。警察で取り調べを受けているとかという話も伺いました」

「狙いは何なんでしょう。それとも、そういうことを趣味とするような変態だとか……」

いけないことを口走ったかなと、私が言葉を切ると、

「で、まあ、鈴香が自分にぞっこんと思い込んでたわたしなんぞは、ほんと、馬鹿みたいなもんでさあ」

松下さんはちょっと話題を変えました。

「いや、私の方こそ、そんなものでしょうよ」

「時に、来島さん、鈴香はよく私にあなたのことを話して聞かせましたが、何ですかい、あなたにもわたしのことを話してた……」

「はあ。すると、本命ではない二人がお互いに競争して貢ぎ込んでいたことになるわけですね」

「いや、まったくです。そして、それがそのまま、その大学生とかに流れて行ったことになるんでしょうな。いやはや、何というか……」

「すると、そんなふうに、いつも私たちを騙していた鈴香が、今度は反対に手もなく騙されたってことになるわけだ。普通だったら、ざまあ見ろと思うところでしょうが、優しい純真な子供みたいなあの娘のことを思うと、恨むという気持ちが萎えてしまうのです、私は。ただただ憐れという感じで……」

「何にしても、適当に騙されてばっかりいる私らが、結局のところ、一番安全だったっていうことになるのですかね。はっはっは……」

何か、つぶれたような、松下さんの笑い声でございました。


（「芸者の死後」を改稿『樹海』二号　一九五六年頃）

白とグレーの幻想

雀の声に似た音を聞きながら、今は朝だと思うが、よくわからない。眠ったのだろう。眠ったあとの気分が感じられる。それでいい。

小さな女持ちの腕時計の貝殻の文字盤が光っている。ほのかに温かい反射だ。

甘えを嘲笑う目が、脳の襞から今も俺を見ている。自分の中にありながら自分ではない何かの視線を感じる。

ガラスの白い反射が、二本の針を刻んでいる。八時五十二分らしい。床に入ったのが三時過ぎだったはずだから、五時間も眠ったのだろうか。ふと、時計は止まらなかったかと考えてみる。五秒ほど秒針を見て、今動いていることを知る。だが、しばらく止まっていて、何かの拍子にまた動き出すこともある。眠っている間に何が起こったかは知りようがない。まる二日眠ることだってあるだろう。何ヶ月も何年も眠り続けることは？　髪が白くなっていないだろうか。そんなことはどうでもいい。今たしかに息をしている。

なんだか全身がだるい。手足が先の方ほど重苦しい。幾世代もの人間がこの時計のねじを巻いてきたのかもしれない。そんなことは多分ない。いつものように五時間ほど眠っただけなのだろう。何も起こらなかったのだ。どっちにしても、俺には関係がない。

たえず時間というものが流れていると人は言う。だが、一様に流れる時間も、どこかにたまった時間も感じたことはない。何かが消えること、イメージが変わること、そんなときに時間が経過するのかもしれない。が、「時間」という名づけなど不要だ。まして、自分が眠っている間に流れる時間など、どうでもいいことだ。ただ、床のなかで、眠ったあとの気だるい気分に浸りながら、いつものように五時間ほど眠ったことにしておこう。

無意識に腕を伸ばして、探るように指先を動かす。習慣が人間を弄ぶ。いつの間にか肘が曲がり、気がつくと上半身を支えている。枕もとに煙草とマッチと灰皿が見える。昨夜、自分でこんなふうにそろえた記憶はない。考えだすと、また、あの底意地の悪い視線が刺す。母が運んでくれたことにする。鈍い刃物で切るような視線は消えた。

母は家にいないようだ。眠っている間に消えたのか。それとも、母がいたと思うのはもともと幻覚か。お前は自分がこの世に生まれた厳粛な事実を否定するのかと言いたげな、あの目だ。しかし俺は、この母から、いや母というものから生まれたかどうかさえ定かではない。蝶や孔雀から生まれたのかもしれないし、白バラから生まれたのでもいい。そもそも、生まれたということさえ確信はない。脳の襞からのぞくあの目が冷ややかだ。

母は犬の散歩に出かけたのだろう。何も起こってはいない。そう思うことで安堵を得る。それでいい。盲目の信頼だということさえ、やがて忘れるだろう。ハイライトを一本抜いて口にくわえ、マッチ箱を取り上げる。「音楽と珈琲の店　サファイア」という文字がグレーの石垣模様を背景に、白く浮かんでいる。その石垣をよく見て驚いた。巨石かと思ったのは、Eという文字を使って描いた女の首。行儀よく整然と並んだ無数の女の首に射すくめられたように、しばらく息を詰めていると、湯気に似た、しかし冷たいものがこめかみのあたりを這う。

マッチの軸を一本取り出すと、すぐに箱を裏返した。思わず取り落として転がっているシガレットを拾い、呼吸を整えて口にくわえた。今までは箱の焦げ茶色の側面にマッチ棒の藤色の先をこすると火が出た。赤燐・塩素酸カリ・二酸化マンガン・硫黄などとガラス粉・珪砂などとの摩擦によって発火するのだと、高校の化学の時間に習ったことがある。擦ったが、火が出ない。ぎくりとして、ほとんど無意識にもう一度擦った。すると炎の形がまず見え、次いで黄色が目に入る。軸に近いあたりは青い。何も変わらない。

気がつくと、いつの間にか俺は煙草を吸っている。吸うと、先が赤らむ。知らない間にマッチの火が煙草に移っている。気がつかないうちに今度は煙草の火が眼を焼くかもしれない。習慣が崩壊したら？　記憶が脱落したら？　こんな妄想はやがて消えるだろう。そして、いつもの朝のように、この床を出るだろう。

なんだか物憂い。いらだたしい。この満たされない気分は、疲労感のせいばかりではない。理由はわかっている。

「神の子らよ、主に帰せよ、栄光と力とを主に帰せよ」

「愚かな者は心のうちに、「神はない」と言う。彼らは腐れはて、憎むべき不義をおこなった」

何を言っているのか、さっぱりわからない。俺はきのう、いや、もしかしたら一週間も前かもしれないが、とにかく高校時代の友人平田和郎に誘われてカトリックの教会へ行った。朝の光が、安くなさそうなステンドグラスを通して、信者の奇妙な姿勢をやわらかく包んでいた。幅広くさしこむ温かい光線のなかで、ありがたそうに眠っている者。胸に十字を切ると称する奇妙なまじないをする者。身をかがめながら、ゆうべ飲んだウィスキーを金に換算している者。結婚後の年数を横軸に、細君のサービス低下曲線を描いている者。

口を少し開いて、天国で受けるはずの饗応とそこまでの旅費を見比べて首をひねる者。平田はと見ると、すこぶる真剣な面持ちで、何か目に見えないものに祈っていた。

しばらく辺りを見まわしていたが、そのうち飽きてきた。退屈だったから、神父の悟ったような顔をまじまじと眺めてみた。白い額が広く、しわに汗がにじんで見える。高くて薄い鼻は、孔を二つ斜め上に向け、顔の中央より左によって見える。唇の薄い口は大きく切れ、その隙間から時おり金歯が光る。さほど珍しい顔ではなく、信者たちのと大差ない。

祈りという儀式が終わってからも、人びとは俺の見たことのない神について語り、俺の感じたことのない神の偉業を賞讃し、慈悲深い心に感謝する。俺には神は見えなかったし、見えるだろうと思ったこともない。天地創造の図だとか、天国の生活だとか、この世の終わりの日だとかを思い描くたくましい想像力が、俺には決定的に欠けている。

上智大学に進んだ平田は、他大学の俺が教会に同行しただけで至極満足している様子だ。帰途、彼は上機嫌でしゃべり続けた。「どうだった?」と得意げに訊いてきたが、俺はただ笑っていた。それだけで彼は満たされた表情をひんやりした空気にさらしていた。信仰の道に誘った自分自身に満足しているのなら、それもいい。厄介なものは残らず教会に捨てて来たかのような表情に呆れながら、また誘われたら断れないなと思う。ステンドグラスにやわらげられた朝の光のなかでまどろむのも悪くない。

煙草の灰が長くなっている。あわてて残りを吸った。この味を俺はたしかに知っている。そういう親近感を包んだ煙が白く薄れる。灰皿にこすりつけると火は消えた。いつもどおりだ。習慣で枕もとの新聞を取り上げたが、読む気がしない。無意識に放ると、襖に当たって畳に落ちたような鈍い音が二度聞こえた。

眠りたい。眠れないだろう。起き上がろうとすると、蒲団が重い。横腹のところに猫が乗っている。はっとした。イメージの残像はなく、ただ苦しかったという触感だけの残るあの夢のかぎは、この猫が握っていたのか。夢という意志のない世界で俺を苦しめたのは、ひょっとするとこの飼い猫の重さだったかもしれない。

飛び起きて蒲団を片づけたときには、もう猫の姿はどこにもなかった。もっとも、猫は夢のことなど知りはしない。無意識というものの自由に、ふっと惹かれる。猫に向かって「ばか」と呼んでみても、その声はむなしく人間の愚かさとなって木魂するだけだろう。

知性が発達すると顔が醜くなるらしい。あの目がまた嘲笑う。だが、そもそも知性美なんてものは、人間の独断的な権威づけにすぎない。猫はいない。羨望か憎悪かの対象がないと、どうも退屈すぎる。ひょっとしてあの猫は俺の欲求の生んだ幻ではないのか。またしても、あの目の冷たい視線を浴びる。いや、猫は実在するのだろう。どこかで食欲か性欲かを発散させても、罪の翳はささない。ひととき俺の世界をつくった猫が、もはや俺の自由にはならない。俺の人生は常に何かにつくられる。

手洗いの窓から隣の庭が見える。赤と白のつつじが咲き誇っている。緑の背景に白は美しく映える。赤と緑は頭の中で灰色になる。この感覚こそが俺のものだ。しかし、その赤いつつじは俺の心をいらだてる。めちゃくちゃに折っても、灰色の記憶は消えない。つつじ自身は無関心だ。だから、強い。しかし、やがて散るだろう。こぼれた花は泥にまみれるだろう。以前それを讃美した人間どもが、それを踏みにじるだろう。それでいいのだ。つつじはすべてはねつける。

顔を洗い、歯をみがく。いつものとおりだ。何も変わらない。鎖の音がして、犬を連れた母が戻って来た。

これでいい。まもなく朝食だ。空腹を感じないが、それでも食うだろう。そういうことに慣れているから。特に意味を認めないが、しばらく生きるだろう。欲しないが、いずれ死ぬだろう。そういうきまりだから。

食事の支度ができ、食卓に並べられた。大きな円いテーブルは、濃い茶色の艶を帯び、俺の疲れた顔を映す。手垢の付着したような木目が、その顔を斜めに切り刻む。板の継ぎ目が少し離れた箇所のすきまに埃が見える。

「なんだか疲れて、食欲がない」

象牙の箸をふだんより重く感じながら、不機嫌な声をしぼる。

「きょうはどこへも出かけないんでしょ?」

思いがけない母のそのことばで、日曜日であることに気づいた。が、悦子のことを考えて、それには直接答えない。疲れたなんて言わなければよかったと思う。だが、会話とはまずこんなものだ。自分のことばが自分を縛ることになってしまう。

「きょうのベーコンは、あんまりおいしくないね」

そんなことばが口からもれる。今度は母が答えない。その顔を見るのが苦痛で、

「起きたばっかりだからね」

などと心にもないことばを補わなければならない。いつもの朝食のように、無理に一杯食い終える。

「ごちそうさま」

なんとも重っ苦しい声だ。「おや、もうおしまい?」という母のことばを聞かなくなって何年か経つ。いつの間にか食欲増進剤を飲む習慣になっているが、別に期待しているわけではない。これからも何となく続

けるだろう。

　煙草を口にくわえ、火をつけて深く吸い込むと、脳を刺激し、一瞬意識が朦朧となる。うまいという感じは特にないが、もやもやとしたものの奥で、生きている実感をひそかに伝える。肘枕をしながら、日曜日というものをぼんやり考えてみる。この日のために六日間働く。次の六日間の労働のために休養する。一年ほど前に受けとった平田の便りに、そう書いてあったのを思い出す。別の手紙には、自分はこの頃めったにサイコロを振らない、なんだか大人になったようで心細い。たしか、そんなことが書いてあったっけ。

　映画か音楽会かをサイコロ任せにしていた日々。高校時代の勉強は大学受験へのサイコロ。大学入学は卒業後の生活安定への手段。何をやるのも間に合わせで、目的は見えてこない。手段を目的と錯覚できる特殊な人間だけが潑剌とした実践力を発揮するにすぎない。生きること自体が人生の目的なのではないかと、考えようとしたこともある。だが、何ひとつ生み出さないそんな結論を信じたくはない。日々の暮らしの奥にもっと深い何かがあると思いたかった。しかしそれは終生「何か」でしかないのではないか。そういう不安を奪い去ったのが地主若絵の最初の涙だ。そして、二度目の涙が不安をそのまま投げ戻した。

　気がつくと、枕に疲労のよどんだ後頭部を載せ、胸まで毛布をかけている。きょう、悦子と会うだろう。会って話すことは何もない。まあ、何とかなるだろう。瞬間、悦子のイメージが戻ってこない。悦子の姿を映そうと焦るスクリーンに、どうしたことか、若絵の横顔が浮かび、次第に正面を向きながら映像は鮮明さを増した。葬ったつもりの若絵のシルエットが、逆に四年前の記憶を呼び戻した。

　高校時代、生徒会長選挙のあった十月、学校のために立ち上がった若絵の情熱を、俺は冷たい眼で見ていた。自分の内側だけをうろついていた自分が、日を浴びて闘う姿を自分には無関係なパフォーマンスと冷笑しようとしたのだろう。演説をする若絵の声が熱を帯びるにつれて、また幸福な雀がさえずっているなというような冷めた滑稽な気分が募っていったかもしれない。

　父との別離、長兄の急死、次姉の失踪と、相次ぐ精神的な打撃にあって、血管の底を這うゆがんだ性質が当時は特にあらわにうごめき、そういう自分に誇りさえ抱いていたらしい。しかし、若絵の私心を捨てた純粋さがわかるにつれて、そういう自分の冷たさが次第に恥ずかしくなっていったのも事実だろう。

　選挙の結果、同学年の芳賀貞夫が会長、同じく若絵が副会長に選ばれ、理事のなかに一級下の大滝君子らとともに俺の名もあった。断れなかったわけではないが、きまった時間に生徒会室から好きなレコードを流すだけでいいという。昼休みにベートーベンの第五番を大音量で送って食事の夢を破り、文句が来たこともある。グレーのスカートに白いカーディガンをはおって、君子はいつも机についていた。どこかさびしそうな姿は、真紅のセーターで躍動する若絵と好対照だ。平田への思いでうずくのかと、君子の薄い肩の揺れるたびに俺は平静でいられない。

　わずか三ヶ月後、人事のごたごたから芳賀会長の不信任案が提出され、理事会が総辞職するという珍事が持ち上がった。理事会の責任が追及されたわけではないが、あくまで総辞職にこだわった。痛みにはある種の快感があった。生徒が大衆となった際の暴力に憤慨した俺は、いつもどこか冷めた態度をとってきた日頃の自分から一転、気がつくと演壇に立って、最初は冷静に不信任案の矛盾を突く弁論を始めていた。生徒総会の会場は次第に沈静化し、常連のヤジも浮きぎみにうつろな響きとなる、乾燥した空気のなかで、なんと俺は自分のことばに酔うように、こんなふうに結んだのだ。

「諸君がわれわれを選んだ。その諸君が今度は自分の選んだ人間を引きずり下ろそうとしている。諸君が割れるような拍手で可決した不信任案がどれほど根拠のないものであるかは、今、論証したとおりだ。人びとの無知と無自覚と無責任さが、生徒会長をはじめとするいくつもの純粋な魂を傷つけた。もしもわれわれに責任があるとすれば、それは今回この浮き草のような不信任案に従って総辞職することだけだろう。三ヶ月前にわれわれを迎えたあの拍手で、この理事会を葬ってほしい」

ぱらぱらと、むなしい拍手が、みずからを嘲るように鳴った。まさか自分がこんなヒロイックな行動に出るとは思わなかった。正義感の仮面を借りて、抑圧されていた征服欲が破裂しただけだとわかると、すっかりいつもの自分に戻って、こめかみを抑えながら演壇を降りた。うつむき加減に自分の席に戻りながら、額にあてた指の間から、はっきりと若絵の眼が濡れているのを、なにか珍しいものでも見るように眺めていた。俺の行動が、自分のことばがこの人をここまで惹きつけた。そうして、この女と時を過ごすことで幸福にも不幸にもなれる。そんなふうに飛躍する奇怪な気持ちが一瞬心をかすめた。愛していたのではない。そこにはなぜか、必死に愛そうとしている自分がいる。これは、まったく思いがけないことだった。

いつからか君子に憧れに似たものを抱くようになっていた自分に危険を感じていた。もしもあの晩、平田に会っていたら、若絵に対するきょうの気まぐれなそういう気持ちを少し誇張して打ち明け、平田のために祝福したかもしれない。だが、今はわかる。平田と君子とのことが頭になかったら、若絵を愛そうとする努力を自分はしなかっただろう、と。

それ以後、若絵と二、三度明るいデートのまねごとをしたが、そういう不思議な気分に襲われることは一度もなかった。二人で映画を観に行ったのが、若絵に会った最後だ。なんでも洋画の安っぽい悲劇だったが、題名はよく覚えていない。映画の終わり近くになって、ふと横を向くと、若絵の眼が光っている。思いがけない喉のあたりに水滴が散って、薄闇にぼんやり浮かんで見える。こんなお涙頂戴ものでも泣くんだ。そんな軽い女だったんだ。無理にもそう思おうとした。それにしても、自分はあのとき、なぜ横なんか向いたのだろう。その表情から、若絵の気持ちを探ろうとでもしたのだろうか。それとも？　いずれにしても、最初の涙に興奮した記憶はこの瞬間にすっかり汚れてしまった。もともと若絵を愛してはいなかった。そのことばが耳に快く響く。チラシの裏にパーカーでその文字を刻もうとして、自分の残酷さに気づいた。若絵は犠牲者ではないか。

あの日の若絵の涙が、俺のことばに感動して流れたと思ったのは、勝手な誤解だったのかもしれない。自意識が粘っこく迫ってくる。涙に見えたのが、自分のエゴの姿にすぎなかったとしたら……。「誤解」ということばが頭のなかで結合と分離をくりかえす。思い切って、「誤解！」と声に出して言ってみる。声が重い空気を切り裂いて遠くへ伸びてゆくと、あの脳の襞の視線を払うように、身震いするように頭を振った。

何時間か経過したような気がする。十時二十七分。朝食後まだ三十分と経っていない。自分と無関係に流れる時間というものと調子を合わせるのはむずかしい。たしか一時に悦子と会うことになっているはずだ。眠ってしまわないかぎり、きっと会えるだろう。

ふと気がつくと、十一時五分になっている。あれからしばらくして、寄って来た猫を追い払ったのは覚えている。それから眠ったのだろうか。やりきれない倦怠感が、蜘蛛の巣のようにべったり絡みついている。眠ったのか、時が空まわりしたのか、意識の流れが止まったのか、それとも記憶の喪失かと考えている自分に気づく。脳の襞のあの目が嘲笑う。

煙草に火をつけた。それでも落ちつかない。二口吸ってもみ消し、灰皿に放り込む。いつの間にか、吸殻の山はなくなっていた。もう考えないことにして、急きたてられるように、薄い褐色のレインコートをはおって外へ出た。母はいないようだ。断りもせずに外出することはめったにないが、姿が見えなければ図書館にでも行ったと思うだろう。

湿っぽい風が両肩にのしかかる。足を速めながら逃れるように空を見上げると、雨雲が遠くの家並みに垂れ込めている。重い足を引きずって駅へ急ぐ。朝、雀がさえずったのは嘘のようだ。夢だったろうか。もう考えまい。悦子に会えばいいのだ。突然、自動車の警笛に驚く。いつか道の真ん中を歩いていたらしい。バス通りに出ると、いつものくせで左を向き、見えるはずのない富士のほうへ目をやる。西の空は意外に明るかったが、やはり富士の姿はなかった。遠いほうほど雨雲は薄くなっている。ふと我に返ると、あれほど睨んだ車のナンバーがもう思い出せない。何かを奪われたように寒気がした。記憶を取り戻そうともがいても無駄で、そのくせ殴りつけられるような警笛だけが脳の襞を縫うように響き渡る。岩崎橋で玉川上水を越えると、しつこい警笛もさすがに追いかけては来なかった。

二科会研究所の門から金網越しに芝生をのぞきながら、つい先ほどまでの自分の気持ちが滑稽に感じられる。ゆうべはウィスキーとベルモット・ペパーミント・ブランデーとのカクテルを続けてあおって、最後には吐いた。思いきり吐き出したいが、液しか出ない。もしかしたら、おとといの晩だったっけ？　どっちにしても、きょうは酔っていたせいではない。坂を下りながら、ぬぐいきれない倦怠感で脚がまた重くなっているのを感じる。

久我山駅の時計が十一時三十九分をさしている。腕時計はまだ三十六分だ。みんな狂った時間に従ってそれぞれ腹をすかせているのだろう。地球の動きを感じないのだから、それでいい。ホームに出た瞬間、シグナルが黄色から青に変わった。色の変わるその瞬間が網膜に映ったかどうかは知らない。いや、点滅は後方で起こったはずだ。が、たしかに黄色い光が奪われたように、神経は記憶する。

二分もすれば、電車が来るだろう。井の頭線渋谷行きの電車が実際にその毛虫のような姿を現したのは、しばらく経ってからのようだ。この二分は長かった。へつらい者どもがスクラムを組んで俺をまごつかせる。たしかに長かった。また、あの目が冷たい。真裸で鏡の前に立ったようにやけに眩しい。乗客の何人かがいぶかるような視線をこちらに投げる。つぶやきが音になったのだろうか。

一番前の車輛のドアにもたれていたが、もし最後部の車掌が気まぐれを起こしたら、あの黄色い光のように、俺の軀は吸い込まれてしまう。よろめくように後しざりして、吊り革を両手で握りしめた。だが、まんいち運転士に何かあったら、数百人の箱詰めが転落するのだ。忙しそうな顔に誇りを浮かべているこの紳士の口から、そのときどんな動物じみた音が飛び出すだろう。登山帽。不釣合いに大きな黒縁の眼鏡。それを支える肉づきのいい鼻。突き出ている厚い唇。重そうな赤い表紙の横文字の本。見知らぬ乗客たちが、墜落の途端に、溶けるような親しみを感じあうことはないだろうか。そのときも、富士見が丘の林にかかる昼の月は、相変わらず薄く浮かんでいるだろう。

そんなとりとめもないことを考えながら、なおも吊り革を握りしめていた。情けなくなって、そっと手を放してみる。吊り革の規則的な振動が続く。衝動に駆られて、自分の手でその揺れを止めた。窓の外は雲が切れ、色の薄い空が広がっている。南西の空に、昼の月が薄気味悪く煙って見える。遠くほどゆっくりと、風景は自分を軸に大きく回転する。

電車が停まった、のだと思う。周囲の扇形の運動が停止したからだ。運転士のちょっとした手の動きが数百人の快感を奪う。運転士の意志とは別に、いつか電車を制止できなくなるかもしれない。そのとき車輌はシグナルの赤を無視して、次々に駅を通過する。機械はもはや人間の命令に従わない。衝突か脱線に向かって数百人の人間をひきずりまわす。

景色が、あの扇を、空間に、くりかえし開閉する。リズミカルな運動が不定期に停止する。今どこを走っているのか、さっきの横文字の紳士の肉づきのいいあの鼻が、いつか視界から失せていた。俺が動いたせいか。先方が動いたのか。それとも、鼻だけが消えたのか。いや、最初からそんなものは存在しなかったのか。あの目の抵抗が肩を揺する。それにしても、あのどっしりした鼻は頼もしい。間口の広い鼻孔からヘリオトロープを思いきり吸い込んだら、汚物の充満した頭もさぞやすっきりするだろう。

豊かな髪が、眼のすぐ下にある。赤っ茶けた毛先が風にあおられて、隣の学生の頰をなでる。眼鏡の奥から、はれぼったい一重瞼がうっとりと赤い。髪の主は二十台半ばか。もしかしたら二十歳前かもしれない。腐ったような血管が白眼に乱雑に走り、瞳は浅い。額と首にしわが目立ち、鼻の下から顎にかけて脂肪が厚い。オフホワイトのカーディガンとライトグレーのスカートは、顔に似合わぬ清楚な配合だ。ふと悦子を思った。発達の充分でない胸も同じだ。はっとしたが、顔はまったく違うようだ。が、なぜか、瞬間、悦子の顔が浮かばない。吐くような忌まわしさだ。でも、髪がまるで違う。悦子のは濡れた黒百合のようににおいやかだ。うなじのあたりもほっそりしている。

乗客の乗り降りが激しい。席が空いたので腰を下ろそうとすると、燕のような影が横切って、目の前に、髪を撫でつけた中年男が掛けている。あまりの素早さに、思わず顔をのぞくと、少し開きぎみの口から、満足げな吐息を漏らしている。小学教師のようなタイプで、同じ口から、ひとにやさしい、いい子になりましょうということばが出るのだろう。その男は次の駅で、電車が徐行に入る前から席を立ち、ドアの前で待ちかまえ、真っ先に降りて行った。ようやく腰掛けた俺は、ホームの人波を縫って小さくなって行くその蛇のような白い背広を眺めていた。坐っていたのはほんの二分ぐらいのものだろう。一番に乗り、一番に降り、人びとを追い抜きながら、人生の成功者のように突き進むその満足げな足どりは、ふと墓場へ急ぐ人間のように思えてきた。

ズボンのしわをのばそうと腰を浮かせると、

「あら、すみませんねえ」

割烹着をつけた四十女が、買い物かごを提げて、しわがれた声を立てた。そばかすと厚かましさ。席を譲ろうという殊勝な気を起こしたわけではないが、ぎこちない雰囲気を振り払うために席を立った。女のほうもそういううくすぶった空気を感じたかどうかはわからない。振り向いて席のほうを見たが、その顔は他の乗客の陰になって、表情は見えない。俺の動きはごく自然に見えたのだろう。それなら、これでいい。

暗くなった車内に弱い明かりがともると、間もなく停まった。トンネルの切れ目らしい。また動き出した。ドアに自分のやつれた顔が映っている。眼鏡の奥のくぼんだあの眼はまるで親しみを感じない。ほんとに俺のものなのか、鈍い視線の底に薄気味悪い光をたたえている。トンネルを出れば、やがて渋谷だ。長い一瞬が過ぎて、車内は急に明るくなった。

駅は混雑している。柱時計が十二時二分をさしている。悦子と会う約束まで、まだたっぷり一時間もある。でも、なんだか悦子はもう来ているような気がする。ともかく井の頭線の改札を出た。これから、どこへ？渋谷のどこで会うことにしたのだろう。暗い渡り廊下を人波にもまれて進んだ。白いカーディガンとグレーのスカート。

国電の表口改札まで行ってみたが、肝腎の悦子の顔のイメージが戻ってこない。まあ、会えばわかるだろう。どうやら今はまだいないようだ。雲はかなり切れて薄日がこぼれている。駅頭の騒音が頭のなかで大きく反響する。十二時十六分。柱時計から離れた視線が、二十メートルほど先に、もと生徒会長の芳賀らしい姿をとらえる。いったい、どうしたというのだ。奴も誰かとデートの約束でもあるのだろうか。ところが芳賀は、人の群れに見え隠れしながらまっすぐこちらに近づいて来る。きょうは会いたくない。そう思っているうちに、途中でこちらに向かって手を挙げた。相手が俺の近くにいるのだろうか。

「おい、酒井。久しぶりだな。さっきから何をぼんやり立ってるんだ」

煙草を吸った後なのか、痰の詰まったようなかすれた低い声だ。

「どうだい」

「何が？」

「うまくやってるかってことさ」

「だから、何がさ？」

「ちぇっ。知らばっくれてやがる。そんなにとぼけなくても、若絵のことじゃないか」

「若絵がどうかしたのか」

「何だ、もう付き合ってないのか？」

「ああ。前から付き合ってなんかいないよ。どうしてるか、こっちが聞きたいくらいだ」

「いっしょに映画を観に行って、それでおしまいかよ？」

「誰が言ったんだ」

「あいにく俺がこの目で見たんでね、お気の毒だけど」

芳賀はにっと笑って、ちょっと首をすくめた。こいつめ！

「それに、あの涙もな、ちゃんと見届けたぞ」

芳賀は得意げに、

「でも、涙の似合う顔じゃないな、どう見ても。あいつは笑顔がいちばんだ。うふっ」

ほっと息をついた。芳賀には何もわかっていない、どっちの涙も。すると、芳賀は、

「何だ、もう十二時過ぎてるのか。じゃ、ごめん、あんまり待たせても悪いからね」

と、なめくじのような微笑を無理につくって足早に立ち去った。芳賀の姿が人波にのまれたのを見届けながら、軽い吐き気を感じた。忠犬ハチ公の銅像の上空に、遠く三色の虹が見える。何となく緑と黄色と橙が感じられるが、その間に境界線はなく、一色にも見える。虹の両端は次第に薄れ、うっすらと桃色がかった空に溶け入る。ふと、幻想が浮かんだ。イーリアスが、人間の時を止めるために、ヘラの息吹で織りなした帯。近代は、頭で得たものを胸で失った。脳の襞のあの視線が、眼球と眼鏡との間の空間を射るように走った。はっとしたが、久しぶりに干渉されるのが妙にくすぐったい。

悦子はどうしたのだろう。睡魔に意識を奪われたのか。なにもかも忘れるほどの悲しみが悦子を襲ったのか。依然として顔のイメージが浮かばない。白いカーディガンとグレーのスカートだけが、輪郭のぼやけた像となって、暗紫色に濡れ光る黒百合を思わせる髪と白磁を連想させる細めの首の線とが、その周囲を漂う。俺はそんなふうに小説のヒロインの姿でも想像しているのだろうか。そういえば、どこかで一度、たしかに

悦子をこの目で見ただろうか。白とグレーの糸が、線香の煙のように、そろそろと立ち昇ってゆく。激しく頭をゆさぶった。

快く顔をなでていた光線がさえぎられ、恰幅のいい中年の紳士が目の前に立っている。ビール肥りの腹が、五十一キロの俺にのしかかってくるような圧迫感だ。相手は軽く頭を下げた。何の真似だ。その顔に見覚えがない。どうしていいかわからず、しばらく黙り込んだ。すると、その紳士は体裁ぶった言い方で、

「ちょっと、すみません。そこの所を」

声は聞き取れたが、意味がわからない。やっとのみこめた。俺は無意識に伝言板に寄りかかっていたのだ。いつここへ来たのだろう。いったい何しに来たのだろう。伝言板にもたれて眠ったのかもしれない。眼を開いたまま何も見ていなかったのかもしれない。そのときの、多分やわらかく澄んだ俺の眼を一度見てみたかった。鏡に映したところで、無意識の自分を見ることはできない。永久にかなえられない欲望が胸の奥でうずく。

腕時計を見ると、もう一時八分になっている。悦子はいないらしい。それとも、この人群れのなかで、悦子もまた俺のイメージを失い、呼びかけられるのをひたすら待っているのだろうか。ざっと見渡したところ、白いカーディガンをはおり、グレーのスカートを着けた女性は見当たらない。もしも悦子がそのどちらかを着替えて来たら、もう俺には見分けがつかない。どうにかしなくてはと焦り、別の出口を探した。定期券を利用して青山方面の出口へ通り抜けると、今度はやはり表口のほうにいるような気がする。俺が駅の中を通ってこちら側に来る間に、悦子は外側をまわって逆方向に歩いたかもしれない。

今度は駅の外側を通って表口に引き返してみた。白っぽいカーディガンと濃いねずみ色のスカートの女は

いたが、どう見ても三十台の半ばに見える。俺が外側を歩いている間に、悦子は駅の中を通り抜けたのではないか。悦子は渋谷駅の定期券を持っているのだろうか。悦子って、いったいどこに住んでいるんだっけ？　もう少しここで待ってみよう。いや、なんだか悦子も向こうで待っているような気がする。

追われるように、期待と失望とが何度もくりかえされた。俺はほんとに悦子と渋谷で待ち合わせる約束をしたのだろうか。一時に渋谷でというのは、自分の思い込みにすぎないのではないか。いったい俺は、いつ、どこで悦子と知り合ったのだろう。記憶がない。顔のイメージも戻らない。次第に悦子の存在そのものが疑わしくなってゆく。白いカーディガンとグレーのスカート、濡れた黒百合の髪と、白磁の舞を思わせる頸筋。あれは、ひょっとして、いつか通りすがりに見かけた行きずりの人の後ろ姿だったなんて。

あてもない往復を機械的に続けていたらしい。何度目かに表口に向かって交番の角を折れたとき、眼鏡と眼球との間隙を一瞬、若鮎のような光が躍って、意識がすうっと遠のいていった。まるで雲の上でも歩くような張り合いのなさで、脚が俺と関係なく習慣的な動作をくりかえしている。駅頭の喧騒が、遠くの空で鈍く反響し、嘲笑うように戻ってくる。

何かに引き寄せられるように空間が縮まり、それにつれて白いものが揺れる。乱れ、散り、消えかけて、ぐっと迫った。その白いものが招いている。行かなければならないと気ばかり焦る。夢の中で追いかけられたときのように、脚が空回りする。見えない綱をたぐるように歩いた。

どのぐらいの時間が経過したのだろう。と、そのとき、細い指が前後に揺れるのを俺の眼がはっきり認めた。白くて薄い手のようだ。顔はぼやけ、その手だけが、ぼんやりと見える姿とは別の生きもののように、身をくねらせる。二度まばたきをすると、白いカーディガンとグレーのスカートが、見えた。湯のような、何か熱いものが頭にしみた。

「悦子！」

うわずった声が割れた。一瞬遅れて、喧騒のなかを平田くんと呼ぶ小さな声が返って来たように感じて、胸に亀裂が走った。ぼやけた顔が遠くでゆがんで、ほのかな赤みが浮き出たかと思うと、白い歯がのぞいて、「酒井くん！」という声が急に大きな音で耳を打った。君子だ。セルロイドの人形が空中でつぶれたみたいな声で、俺が「悦子」と口走ったのを、君子は何と聞いたろう。産毛のような眉、恥ずかしそうな長い睫毛、いくぶん緑を帯びた黒褐色の深い瞳、粘土細工のようにちょこんとついたかわいい鼻、赤い花がこぼれたようなあどけない唇。無防備の心に突き刺さり、不覚にも融けるような親しみを感じる。

二年間が嘘のようだ。すなおな印象を消し、まっすぐな感情をひたすら押し殺してきた自分が、このとき音を立てて崩れた。あの夜、友人の平田から打ち明けられた君子への深い思い。友情を大事にするあまり、心の奥深く、生きもののようにリアルに刻んできた悦子の映像が、君子の誠実を踏みにじったのではないか。救いを求めるように視線をそらすと、ようやく晴れた青い空が眼にしみた。

「ずいぶん待った？」

そうだ、この艶っぽいまん丸い声だ。

「いや、さっき着いたところだ」

「母を送って来たので、すっかり遅くなってしまって、ごめん」

「いいよ、そんなこと。お母さんが出て来てたの？」

「そう」

「じゃあ、きょう岩手にお帰りってわけ?」

「ううん、きょうは兄のとこ、逗子へ出かけたの」

君子は何か迷っているようだったが、気を取り直したように、

「少し、歩かない?」

並んで歩き出した。君子はこういう交通量の激しい道路は苦手らしく、時折、すぐ近くで鳴る車の警笛に
おびえたように寄って来ては、そのつど頬を染めた。六月に入ったばかりだが、埃っぽい街路樹の陰を、色
とりどりのパラソルが通る。

「きょうは勝手にお誘いして悪かったわね、時間や場所まで指定しちゃったりして」

平田の太い眉が浮かんで、どう応じていいか困った。何かに憑かれたように、きょうの君子はよくしゃべ
った。俺も調子に乗って、

「このあたりでよく飲むんだ」

と横町ののれんを指さすと、君子は潔癖に眉を寄せて黙った。

「大学の悪友に誘われたり、たまには誘ったりしてね。どう?　一杯」

と笑うと、

「ありがとう。そのうち修業を積んでからね」

赤い花のこぼれたような唇から、ころがるような笑い声がもれた。

「じゃあ、お茶でも飲もうか?　ちょっと珈琲のうまいシャレた店があるんだ」

「そう?　でも、その前に、酒井くんが推奨してた神宮の御苑を見たいわ」

「うん、行ってみるか。花菖蒲にはまだちょっと早いけど」

君子は先に立ってどんどん歩いて行く。橋を渡りきったところで追いついて、はっとした。濡れた黒百合の髪、白磁のうなじ。木々の緑がようやく濃さを増し、鋪道が爽やかに白い。別世界のように遠くから山の手線の響きが聞こえると、急に話し声が近づいて、女の二人連れが追い抜いて行った。

「だからあたし、男って、いやなのよ」というせりふだけを残して遠ざかる二人の背中を見ながら、君子と顔を見合わせて笑った。

「どうして男がいやなんだろう?」

「いろいろ想像できるじゃない?」

いたずらっぽくそう言って、君子はにこっと笑った。

道を左に折れてしばらく歩くと、旧代々木御苑に出る。

「入ってみる?」

「ああ、ここなの?」

守衛に聞くと、菖蒲は今月の中旬から七月の初めが見頃だという。

「やっぱり、菖蒲にはまだちょっと早いって。どうする?」

「花菖蒲はまだでも、何かあるでしょう」

「そりゃ、何かはあるよ」

君子がその後を受けて、

「真空じゃないからね」

と笑ったが、はっとしたように黙った。それが平田の口癖とわかると、俺にはそんな君子が不思議だった。

つつじが満開の築山の間の細い路を通って、何かの建物跡らしい土台石の残っている場所に出ると、ようやく視界が展けた。君子は小学生のようにちょこちょこ走って池端の釣台の所に立つと、振り向いて手招きする。渋谷の雑踏のなかで俺に生き返る思いをさせた、あの若鮎のようにぴちぴち跳ねる指だ。

「大きな鯉がたっくさん……。ほら、ここにも」

近くの家族連れが振り向くほど、声は大きく弾んだ。弾力のあるその声は、水面を伝って向こう岸の林に吸い込まれた。なんだ、まるで子供だ。心がほどけた。

菖蒲畑は一面の緑で、葉菖蒲のように、つぼみも見えない。

「あと二週間もすれば、綺麗なんだけどな」

「でも、楽しいわ」

その純な声が胸に熱くしみた。平田の存在そのものが今は呪わしく、一方で、友情の裏切りのような自責の念がそれにもつれた。どちらからともなく木蔭のベンチに並んで腰を下ろす。まだ花前のせいか、日曜でもこの辺はさすがに人影もまばらだ。時折、甲高いほんものの子供の声が空から降りそそぐと、あたりは重いほど静かになる。

「きょうは、何か急用でも?」

「ううん、なんとなくどっかで会ってみたかっただけ」

やや間があって、自分に言い聞かせるように、

「そうよ、それだけだわ」

君子の頰は、いつかの虹の空のように、あえかなピンクに輝いて見える。この可憐な感情をどうしてすなおに受けとめられなかったのだろう。しかし、

「なあんだ、じゃあ、特に僕に話があったわけじゃなかったのか」

口から出るのは、皮肉ともとれるそんな言い方だけだ。君子はそれでも、

「お話なら、山ほどあるわ」

「どうぞ、遠慮なく、悪口でも何でも」

「そんな、悪口だなんて。でも、ほんとに、もういいの。結局、どうにもならないんだもの」

「そう言われると、よけい聞きたくなるな」

「ごめん。やっぱり、言おう。なんだか、よけい言いにくくなったわ。意地悪ね」

軽くにらむまねをして、つぼみのほころぶように笑う。

「母が上京したのは、実は、わたしの縁談のことなの」

「えっ！　それで？」

「それで？」という部分に、平田とのことも含んでいるつもりだった。

「それでって、それだけよ。M商事の重役の四男なんだって、逗子に住んでる」

母が逗子に行くのを送って遅くなったという、さっきの君子のことばがひっかかった。

「それだけ。いやだわ、そんなまじめな顔して」

わざと平田の話題は避けて、

「いや、君子さんがそんな齢になったのかと驚いただけだよ」

「悪かったわね、そんな齢で」

と、いたずらっぽく笑った。君子は一級下だから、来年の春に短大を卒業するはずだ。たとい平田との友情の気持ちからでも、君子が幸福だと信じる結婚を阻む権利はない。

「ちょっと早いと思うけど、しあわせな結婚なら反対できないな。でも、平田はいいのか、それで?」

「みんながそう言うわね。でも、わたしたち、そんな関係じゃないの。そりゃあ、平田くんにはずいぶん親切にしてもらったけど」

「そうかなあ、君、ちょっと鈍いんじゃない?」

「鈍いのは酒井くんのほうよ。そんな言い方は悲しいわ、冷たい人」

言い終わると、長い睫毛がぬれて、あどけない顎のあたりまで伝わった。それをぬぐおうともせず、放心したような眼を、花のない菖蒲の緑に向けていた。君子を大事に扱いすぎたのか。愛する者こそ人をしあわせにできるのだ。平田への友情と信じていたのは、本能的な自愛と欺瞞と、それから自虐的な犠牲精神のないまじった偽りの感情でしかなかったのではないか。ポケットからハンカチを出して、そっと君子の眼を拭いてやった。ハンカチを放すと、君子はしゃくりあげ、新しい涙が頬をぬらす。あとからあとから湧く涙を喉のあたりでせきとめながら、ささやくように言ってみる。

「結婚しちゃ、だ、め」

とたんに君子は俺の薄い胸にわっと泣きついた。白いカーディガンの繭のような感触を味わいながら、軽く背中をさすってやる。乱れた髪の揺れるごとに見え隠れする白磁の頸の線がまぶしい。左手で肩のかすかな震えを感じながら、右手で後れ毛をなでてやる。このまま時間が止まらないものかと思った。わけもなく、何かがこみあげてくる。曇った眼鏡の奥から光るものが君子に見えただろうか。三本の指で握っているぬれたハンカチに、君子の温かさが残っている。どうして、悦子などという架空の女性を思い描かなければならなかったのか。

しばらくして、ぱっと身を起こした君子は、

「ごめんなさい」

と声を落とし、頬のあたりに羞じらいがぽっと咲いた。大事なものを奪われて、取り戻そうと手を取ろうとする。が、鮎のようなしなやかさで指が抜け、感触がつかめない。

胸をそらしぎみに、爽やかなグレーで腰の曲線を描き、丸い肩でいくぶん荒い息をしながら、乱れた髪を整える君子の姿は、不思議な影絵のように遠く見えた。夜の波のような髪の間を、白い指がしぶきのように散る。茫然と眺めていると、やがてその指が膝の上に組まれ、君子は無表情になった。対象を失った情熱が胸にたまり、息が苦しい。

「君子！」

吐き出すように叫ぶと、能面のような妖しい微笑が君子の口もとにあらわれた。ぞっとするような冷たさだ。心にもない結婚に踏み出すなんて、もっと自分の気持ちを大事にして、と言うつもりだったが、その部分は声にならず、

「ばか！」

という一言だけが空気を伝わった。その叫びは、しかし、能面に突き当たって、むなしく自分に跳ね返ってきた。しばらくして、ぽつんと言った。

「ほんとに、ばかでしたわ、わたし」

釣台から大きな鯉を見つけたときの、あの弾んだ声ではなかった。「結局どうにもならないんだもの」という君子の前置きが気になった。君子はすでにその縁談を承諾してしまったのではないか。大胆なきょうの君子は、思いを捨てる覚悟のすなおさだったろうか。溢れ出たあの涙は、君子の「さよなら」だったのか。そうではなくて、初めて結婚の問題に突き当たった感傷だったとしても、それはしかたがない。

時が停止したように、張りつめた空気が、しばらく動かなかった。どのぐらいの時間が経過したろうか。垂れ下がった枝から、つつーっと糸が伸びて、大きな蜘蛛が一匹、君子の肩のあたりにふれた。

「きゃっ！」

君子の軀がぐらっと倒れかかる。きゅっと身を縮めると、君子は抱きとめる腕をあざやかにかわして、すっと体勢を立て直した。さわやかな残り香が散っただけで、あっけなく終わった。友情などという美名を捨てて、もっとがむしゃらに、まっしぐらに愛せなかったのか。そのままの形で残っているハンカチを握りしめてみる。道化の役を演じそこねた蜘蛛の姿はもうない。

鳥が低く飛んだ。いつの間にか、あずまやの影が伸びている。「帰ろうか」と低い声で言って、なにげなく手を取ろうとすると、細い指はすうっと消えた。何かを握るような形で取り残された自分の指を情けない気持ちでちらと見て、眼を上げると、君子の凜とした後ろ姿があった。

（一九五七年七月六日脱稿の書き下ろし、のち一部改稿）

羽黒の鐘

ふくれあがるほどぎゅうぎゅうに詰めこまれたおんぼろバスが峠にたどりついて停まった。どの窓からも、ワーッという歓声が蒸気のように吹きだして、小学生の大群がせまい乗降口からころがり出る。

「あぶないから、気をつけて降りるんだぞ」

引率の教員が叫ぶ。そのどなり声も、あとからあとから続くいなごの行列の甲高い声に消される。

喧騒から解放され、あっけにとられた感じで、二人がバスの奥にとり残されたことに気づくと、

「わたしたちも早く降りましょうよ」

涼子はぴちぴちした腕をのばして、敦彦のやせた背中を軽く指で押した。白い手がしなやかに引き返すのを見た敦彦は、よしと叫んで小走りに降り口に近づき、ステップを蹴ってバスから飛び降りた。

つづいて涼子がいきおいよく飛び降りる。水玉模様のワンピースのすそが瞬間ぱっと開き、地面に降り立つとふわっとすぼんだ。

小学生の声はすこし遠ざかったようだ。

敦彦は近くの土産物を売っているちっぽけな店に駆け込んだ。ほどなく白木の粗削りの杖を二本、両手に持って振りまわしながら大股で戻って来ると、二本を慎重に見比べて、右手の杖を涼子に差し出した。

「さあ、君のはこっちの太い方だ。これなら相当の重さに耐えられる」

「言ったわね、このキリギリス」

涼子はこぶしをかためて振り上げ、敦彦を打つまねをしたが、こころもち太めの杖を、その腕ですなおに受け取った。

小学生たちのはしゃぐ声がだいぶ遠ざかったらしく、林をとおして空から降るように聞こえる。

「あの子たちったら、杖も使わないでどんどん登って行くわ」

「そりゃあ、肥ってなけりゃ、疲れないさ」

敦彦が顎を引いて下唇を突き出すと、涼子は、

「あたしには関係のない話ね」

と言って、受け口かげんの唇をきつく結ぶ。

「そうそう、ぜーんぜん関係ない」

すかさず敦彦は、ちょっと鼻の穴を広げながら、気持ちよさそうに応じた。

「よく出るわね、つぎからつぎへと。いったいどんな構造になってるの、その口」

「はい、ごらんのとおり、正真正銘の人間の口。種も仕掛けもございません」

あんぐり開けた口を敦彦が五秒ばかりそのままにしていると、

「よろしい。舌は一枚しかないようね、ふしぎに。みっともないから閉じなさいよ、よだれがこぼれるわよ。愛のささやきも同じ口から出るのかしら」

敦彦はすこし頬を染めながら、わざとらしく極端に視線をそらして言った。

「そのうち目の前で聞かせてやるから、卒倒しないように今から覚悟しておくんだな」

よく晴れた深い空に、二人の高笑いがまっすぐ昇ってゆく。名も知らない鳥の声が、枝づたいに遠ざかると、蟬の音が一瞬やんだ。胸にしみるような静かさだ。

杖をつくと負けになるような気がして、二人とも杖を肩にかついで足を速めた。天をさしてすうっと伸びている杉木立は、空をいっそう遠く感じさせた。日ざしは木の途中までしか落ちてこないように見える。昔、芭蕉が踏んだ敷石路は苔が厚くおおい、ときおり運動靴をすべらせる。谷川の音が近い。

赤い橋のところに出ると、七月初旬の日ざしはすっかり弱められ、梢からうっすらともれていた。光を受けて霞んだ梢が水に映る。かすかな川波がその影を散らし、ひとつひとつ分散した光のかけらを運び去って行く。

その細い清流とは別に、橋の下によどんだ水があった。その上澄みに映って揺れている二人の姿にちょっぴりてれながら、敦彦は、

「あれっ、おれの脇になんか映ってる。あの生っ白いちょっと豚みたいな……、ありゃいったい何だと思う?」

つられてのぞきこんだ涼子のはちきれそうな顔が、水面でくだけた。

「ここの主でしょ、おごそかな姿じゃない。あんまり見てると、吸い込まれるわよ」

「主にしちゃあ、ずいぶんモダンだね。ワンピースなんか着ちゃって、あれれ、まねしてんのかな、君が笑うと、向こうも笑うよ」

「こらあ」

涼子は口をつぼめて、こぶしを振り上げた。

「おっと、主のやつ、おれをぶとうとしてるぞ」

への字に結ばれていた涼子の唇が、破裂するように割れると、笑いのコーラスが林にこだました。

しばらくして、涼子のはずんだ声が敦彦の耳もとで響いた。

「冷たそうね、あの水」

幾重にも生い茂った杉木立のすその葉蔭に、谷川の音が細い枝をゆすっては、密集した葉の間から吹き上げて来る。葉蔭をひんやりした風が通りぬけると、川音が一瞬高まった。

「降りてみようか」

言い終わるか終わらないうちに、声の主は岩に手をかけてするすると降りて行った。

「危ないわよ」

涼子のちぎれるような声が耳に入ると、敦彦は右手を岩から離し、左足を上げて、えへっと首をすくめた。

欄干から身を乗り出して見ていた涼子は、

「ちぇっ、かってにしやがれ」

と言い捨てて、両手を差し出し、突き落とすかっこうをした。敦彦は口笛を吹き鳴らしながら、さらに降りて行く。

「まるで猿みたいだわよ。わーい」

橋の下をさあっと通り抜けた風がその語尾を奪って、向こうの深い森蔭に投げつけると、森の奥からもう一度、「わーい」と聞こえた。

蝉の声がときおり高まり、ぴたりとやんで、また続く。砂利の上に立った敦彦は、

「おーい、悔しかったら降りて来いよ」

涼子がいたずらっぽい目をして放り上げた小石がひとつ、梢に向かう途中で気まぐれに方向を変え、敦彦めがけて落ちてくる。

「おーい、よせよ。危ないじゃないか」

首をすくめた瞬間、石は足もとで一度はねて、流れに飛び込んだ。さっとしぶきが散る。

「ひでえことしやがるな、まったく」

と見上げる敦彦に、橋の上から玉をころがすような笑い声が降りかかる。

「ごめん、ごめん。小石がかってに落ちて行くのよ、あたしが止めても。アツ君に気があるみたい」

敦彦は笑って投げ返そうと、小石をひとつ拾った。

「この石、涼子が好きなんだってさ」

まじめな顔で手を振り上げると、涼子はさっと欄干の蔭に隠れて、姿が見えなくなった。そして、どこからか声だけが、

「小石の片思いよ」

意外に遠くから聞こえてきた。

「おーい、ずるいぞ。降りて来て、尋常に勝負しろ」

森閑として、応答がない。

「キキキキキキ」

百舌が静寂をつんざくと、ふたたび死んだような静かさが垂れこめた。そのまま何分か経過した。いつま

でも涼子の声が聞こえない。敦彦はなんだか不安になってきた。

「おーい、どこだ。涼子、いいかげんにまん丸い顔を出さないか。ねえ、ほんとに降りて来いよ。涼しいぞ」

敦彦の声がだんだん心細くなってきたとき、

「ほんと、涼しいわね」

おかしいのをこらえかねたような声が、すぐ近くに聞こえた。振り向くと、後ろに涼子のつやつやした顔があった。敦彦の頰がさっと染まって、声がはずんだ。

「おい、おどかすなよ。人の悪いやつだな。どっから湧いたんだ」

涼子は満足そうににやにや笑っている。ワンピースのすそが揺れる。ふくれあがった妖精みたいだ、と敦彦は思った。が、そうは言わなかった。

「猿みたいに岩をつたって降りたのか」

さっきの仕返しとばかり、「猿」ということばにことさら力を入れて、相手の白い顔をのぞきこんだ。いささか肥りぎみの妖精が、ようやく口を開いた。

「ノー。白い曲線のように、ふんわりと」

すこし顎を上げて、夢みるような声で言う。そして、

「あるいはまた、ヴィーナスの美しい御使いのようにしなやかに」

涼子がうっとりと続けると、敦彦はすかさず、

「美しい御使い、純白の豚みたいにかい」

とまぜっかえした。すましこんでいた涼子の口もとは、たまらずほころびる。

涼子はぴちぴちした意外に細い両腕を伸ばして、流れに手を入れた。水のなかで長い指が揺れ、白い藻のように見える。

「うわあ、冷たい」

若い夏の歓声がさざなみの上をすべる。涼子の顔がもみくちゃになって流れると、水の底からつぎつぎに同じ顔が浮かびあがる。

「いくら偉そうなこと言ったって、ここの水じゃ泳げないでしょ」

「なあに、このぐらい」

言いながら敦彦は、シャツのボタンを外している。驚いた涼子が、

「よしなさいよ。冗談よ、冗談。いっぺんに風邪ひいちゃうわよ」

「平気、平気。風邪なんか、ひくもんか」

早くも白いパンツ一枚になった敦彦の胸は、あばら骨が一本一本数えられそうだ。

「やせがまんするんじゃ、な、い、の。なによ、開いたブラインドみたいな胸出して」

「君のような貯蔵用の肉がないだけさ」

浅瀬を渡り、腰ぐらいの深さのところまで来ると、敦彦はえいっとばかりに水にもぐった。が、一秒もたたないうちに、「わ、冷てえ」と叫んで飛び上がった。

そして、「ざまあ、見ろ」と痛快そうに笑っている涼子の前まで駆けてくると、ぬれた軀をぶるんと揺すった。水しぶきが一面に散る。

「いやよ、冷たい。犬みたいね」

にくまれ口をききながらも、涼子は待っていたようにタオルを広げて、薄い胸と背中を拭いてやった。

そして、もう一枚の乾いたタオルを手渡すと、ちょっと首をかしげて笑いながら、

「じゃあ、ごゆっくり。あたし、先に登ってますからね」

と、歩きだした。びしょぬれのパンツに手をやった敦彦はあわてて、拝むように、

「おい、おい、それはないだろ。意地悪するなよ。このとおりだ、白豚大明神」

片膝をついて合掌した。

「まだ言ってるわ、白豚、白豚って、なんとかの一つ覚えみたい」

「天才の一つ覚えかい」

敦彦がすまして言うと、涼子は勝ち誇ったように、

「鋏のように、使い方で切れるものよ」

はちきれそうな二人の声は、赤い橋の下をこだましながら、暗い葉蔭へと吸い込まれてゆく。

そそりたつ杉木立の間の敷石路を、相変わらず杖を肩にかついだまま、二人は珍しく黙って登って行く。

敦彦の左手と涼子の右手とは、食料の詰まった小さなボストンバッグでつながっている。

「少々おたずねしますけどね、敦彦殿下」

しばらく無言の行を続けたあとで、涼子が話しかけた。

「何でございましょうか、涼子妃殿下」

「あの、杖というものはでございますね」

「はあ、はい」

「何のために、この世に存在するんでございましょうか」

「それはでございます、妃殿下」

「はあ、はい」

「ちぇっ、いちいちまねするな。杖はね、あんまり細くない人が、上半身を支えるために使用するもの」

「そういたしますと、……や、やめよう、やめよう。じゃあ、使用しない人は細い人ってわけね」

「さようでございますとも、妃殿下」

「うふっ」

「ただし、ものにはつねに例外がある」

「こいつ」

涼子がこぶしを振り上げると、一瞬、蟬の声がやむ。

「どう、あたしのげんこの威力。蟬さえぴたりだわ」

「蟬があきれたのさ、涼子の鬼の形相に」

五の坂にかかると、さすがに若い二人の息も少し乱れぎみになる。敦彦の額に汗がにじんでいるのを見て喜んだ涼子は、

「なによ、これしきの坂で、そんな汗かいちゃって」

「何言ってるんだ。涼子なんか、ワンピースを着た汗がしゃべってるようなものじゃないか」

白木の杖をつきながら、白い巡礼姿の婆さんが数人、降りて来た。すれちがいぎわに、たがいに「ごくろ

うさま」「おつかれさん」と声をかけて行く。二人も元気いっぱいの声をよそおって、挨拶を返した。霊山
羽黒の雰囲気がようやくひしひしと迫ってくる。

　坂をひとまず登りきると、左手に茶店が見えた。ほっとしたように、敦彦が、

「ちょっと、寄って行こうか」

　汗だらけの白い顔に、勝ちほこったようすを浮かべると、涼子はすかさず「もう休むの？」と、相手の顔をのぞく。

「いや、ちょっと挨拶して行こうかと思ってね」

「だれに。かき氷に？」

と、いたずらっぽい笑顔を見せながら涼子が言う。

　青と白との涼しそうな玉暖簾をくぐると、奥から「ごくろうさま」と、しわがれた婆さんの声が迎えた。

　竹の床机に腰をおろして、敦彦が、

「何にする？　サイダー？　それともビール？」とからかうと、涼子は「えっ、ビールに挨拶するの？」

と片目をつぶる。敦彦も負けずに、

「そう。君にはサイダーを紹介してやろうか」

とやり返して、奥に向かって大きな声で註文した。

「サイダーを一本」

　姿の見えない婆さんがしわがれ声で、

「一本でええんですか」と聞き返した。耳はしっかりしているらしい。涼子が「ええ」と答えてしばらく

待っていると、時代劇の街道筋にでもいそうな婆さんが姿をあらわし、サイダー一本とコップ二つとストロー二本を載せたお盆を置いて、また奥へひっこんだ。

敦彦が婆さんの後ろ姿を目で追っているすきに、すばやく汗をぬぐった涼子は、受け口の唇をつきだしぎみに

「さあ、これで汗を拭いて。みっともないわ、あのぐらいの坂でそんなに汗だらけの顔してちゃ。さっきバスを降りた小学生がみんな平気な顔して登って行ったじゃないの」

と言いながら、赤い水玉模様のハンカチを差し出した。敦彦はにやりとして、年寄りのかっこうをまねながら、

「子供たちか、若い者にはかなわんのう」

と言って、すなおにハンカチを受け取った。

汗を拭き終わった敦彦が、しぼったハンカチを差し出すと、涼子は両手を膝の上で組み、静かに目を伏せている。

お盆の上には、二つのコップが伏せてあり、栓を抜いたサイダー瓶に二本のストローが浮いている。ややあって、涼子の声がほとばしる。

「いただきましょうよ」

てれかくしのように敦彦が「よっしゃ」と関西弁をまねる。

「若え者は、ええのう」

「まったく」

相客の低い声がひびく。まるで悪意がない。

大きな短冊に似た紙に、筆太の字で「力餅」と書いて斜めに貼ってある。それに目をとめた涼子が、

「力餅ってなあに?」

「なに? 力持ち? ああ、力餅か。さあ、何だろ、餅にはちがいないだろうが」

「あたりまえよ」

敦彦は屈託のない声で奥へ声をかけた。

「お婆さん、力餅って、どんな餅ですか」

また、声だけがのんびりと返ってくる。

「あんころ餅でがんす。油こぼしの坂を越えるにゃ力が要りますさげの」

終わりにくっつく「がんす」や「さげの」には縁がなかったが、涼子は「あんころ餅」という聞き慣れたことばに、「わあ、おいしそう」と頓狂な声を出した。敦彦が三杯註文すると、しばらくして奥から婆さんがようやく姿をあらわした。サイダーは一本、力餅は三杯、と、合点のゆかぬ表情だ。一杯をぺろりと平らげた涼子は、二人の間に置いてあるもう一杯のお椀をにらんで、敦彦の食べ終えるのを待ちながら、ちょこんと首をかしげた。敦彦がにやりとして言った。

「食えよ」

「いい?」

「もちろんさ。はじめっから君のために註文したんだもん」

「まあ、失礼ね」

敦彦は自分の一杯目より、涼子の二杯目のほうが早く片づいたのを確認すると、それ見ろといった視線を、涼子の顔のまんなかに注いだ。

すっかり元気を取り戻した二人は足取りも軽く、「油こぼし」と言われる坂も難なく越えた。それからしばらく登ると、涼子が頓狂な声で叫んだ。

「あっ、しまった。杖を忘れて来ちゃった」

「あっ、おれもだ。婆さん、杖二本持って追いかけて来たりして」

「まさか。今から戻るのは癪だから、帰りに寄ればいいわね。同じ道通るんでしょ?」

「うん。でも、いっそ記念にあげちゃおうか。あの婆さん、きっと大事にしまっとくぜ。二本のストローといっしょに」

涼子の頬が、ぽっと染まる。そこでなぜか、しばらく会話が途絶えた。二つの頭は、同じことを考えているのだろう。蟬の声がいちだんと高くなったようだ。

「ほら、あすこが頂上だ」

「なあんだ、もう着いちゃったの? 案外近かったわね。走りましょうか、あそこまで」

「よし」という声もろとも、白と黒と水色と、四本の腕と四本の脚が乱れ合い。水車のように廻る。七、八段残したところで立ち止まった敦彦が振り返ると、風を切って水玉模様のワンピースが近づき、あっという間に追い抜いて行く。

「このー」という顔で前方を見上げると、涼子は最後の段を余して振り返った。白い豊かな頰が笑いかける。

敦彦は一段ずつ、ことさらゆっくりと登って行き、やがて並んだ。どちらからともなく手がつながれ、「ワンツースリー」のコーラスとともに、二人はジャンプして頂上を踏んだ。

手を握ったまま、ものも言わずにしばらく歩きまわったあと、暗い鏡池のほとりにたたずんだ。古い鏡がいくつも沈んでいるところから、その名がついたという。奥に深い暗黒をひそめながら、表面はこわいほど澄んで見える。水玉のワンピースが映った。さざなみが広がって揺れる白い顔に向かって、敦彦は小さな声でつぶやく。

「涼子、結婚しよう」

水面の顔は、円い眼がぱっちりと開き、きょとんとした瞳はやがて瞼の奥に隠れた。沈黙の時間が流れた。並んで石に腰を下ろしてからも、二人はまっすぐ前を向いたまま、しばらく黙っていた。たがいに相手の顔を見るのがこわいのか、そのままの姿勢で敦彦がまじめな声でこの土地の伝説を語りだした。

「そして、その由良の浜辺にある八乙女の洞穴は、羽黒山頂の、この池に通じているんだって」

軽く目を閉じて話を聞いていた涼子は、ここで突然目を開けて敦彦のほうを向いた。ぱっと開いた深い瞳は敦彦を映して輝いている。と、どこからか釣り鐘の反響が流れてきて、うっとりとしかける涼子の耳を驚かした。

「そうだ、涼子。鐘を撞こう」

涼子はこっくりうなずいて、敦彦にしたがった。

太い撞木に結ばれた縄が垂れ下がっている。その縄の中ほどに敦彦の左手が置かれ、その下に涼子の右手、そして左手が軽く添えられる。垂れている縄の端は敦彦の右手が握り締めた。

呼吸を合わせて三回振られた撞木は、四回目、大きな鐘に破裂する。

ぐうおーんおーん……

耳を聾するばかりの鐘の音のなかで、登頂後はじめて開かれた涼子の唇の間から短いささやきがもれた。敦彦は響きのなかに「アツ君、結婚しよう」という声を聞いたように思った。

ささやきは鐘声に乗って、池の水深く沈んで行く。いつか、響きを水に吸い取られたこの言葉の、意味だけが、遠く八乙女の岩穴から由良の海へ注がれるだろう。

（一九五七年七月脱稿の作品を一部改稿）

ほくろ

書斎にいると先生は大きく見えた。一五〇センチそこそこの背のわりに胴が長く、ひどく痩せていた。目も耳も鼻も口もそろって大きく、頬骨の強く張った、少しいかつい感じの顔である。

先生が書斎兼客間にしている八畳の座敷は、西と北の壁がつくりづけの書架となっていて、天井まで本がぎっしり詰まっている。横積みの雑誌や棚のすきまに無造作につっこんだ本もあるが、分野ごとにきちんと整理されて、それぞれ時代順に並んでいるように見える。

その西側の書架のまんなかあたりに二箇所、ちょうど坐った目の高さに、それぞれ三〇センチほど空けて、写真立てが置いてある。ひとつは少しピンぼけのスナップショットで、海外で病死したというお嬢さんの嫁入り前の姿だと、いつかうかがった。あるいは、奥様からだったかもしれない。もう一枚は素朴な線の版画で、むぎわら帽子をかぶった婦人が小さな女の子の手を引いている場面だったように思う。こちらはどういう謂れのあるものなのか、とうとう聞かずじまいになった。

ユニークな着想で斬新な論を大胆に展開する学風や、学生をひきつれて酒場に入ったときの豪快な呑みっぷりばかりが印象に残っていて、はじめて書斎に通されたとき、先生の意外な面を見たように感じた。神経のゆきとどいた書架は犯しがたい何かが貫いていて、繊細というよりは、むしろどっしりとした重量感がある。書斎の先生が大きく見えるのは、書架にあふれる厖大な書籍からくる無言の圧迫感のせいもあるだろうが、それを背景にした先生自身の学問の位、あるいは人格の高さのようなものも、きっと影響しているにちがいない。

師事して三年ほど経ってからだったと思う。大学院のゼミの打ち上げの夜、先生はめずらしく深酒をして、足をとられるほど酩酊した。いつもは酒が入ると陽気になる先生が、その晩は酔いがまわるほどに妙に無口になった。杯を重ねていた手をふと休めて、窓外の闇の一点をにらんだまま、問わず語りにぽつりぽつりと幼時のことを話しだした。四歳で父と離別、九歳で母をなくした先生は、長崎の伯父にひきとられた姉とも別れて、神戸の祖母のもとで厳格に育てられたという。先生が過去を口にされたのは後にも先にもこのときだけである。

朝は牛乳配達をし、夕方からは古本屋の店番をするなど、仲間と遊ぶひまもなく孤独のうちに成人したはずだが、先生はいつも、そういう暗さをまったく感じさせないほど、つとめて快活にふるまわれる。ひとにただ教えられた知識など、教養にはなっても、いざというときの役には立たない、自分で経験をつむことで人間はたくましくなるのだ、という先生流の人生訓も、苦境に陥ちた者にありがちな反抗的な響きをもたない。労苦して大をなしたこの学者の笑顔には、どこか人を吸いこむような深みがある。

二年前のある晴れた秋の一日、ひとりの友人をともなって先生宅を訪れた。なにかの話の途中で先生はついと座をはずして、窓辺に立った。紅葉しかかったけやき並木のあいだから、武蔵野の夕空を眺めながら、低い声でつぶやいた。

「君、生きているって、いいもんだねえ」

何の脈絡もないそのことばに、皆は思わず顔を見合わせた。向こうむきなので表情は見えない。「君」という語で誰に呼びかけたのか、今でもよくわからない。

一言そう発しただけで振り向くと、先生はちょっと照れくさそうな笑顔を見せた。何ごともなかったように、三人はまたとりとめのない雑談に戻った。そのあとの先生は終始にこやかな表情で通された。大学一年の秋に睡眠薬による自殺未遂の経験をもつ友人は、帰りみち、

「こわい人だなあ」

しんみりした口調でそう云った。あるいは、先生のあの一言は、誰に云ったのでもなく、生きてきた実感が、夕景色に誘われて、唇のすきまからふと漏れただけだったのかもしれない。

そんなことがあって間もない十二月初旬のある月曜の夕刻、先生のいない研究室に残って調べものをしているところに、電話のベルが鳴った。出てみると、音大に通っている妹からで、先生が心臓発作で急死したという報せのあったことをふるえる声で告げる。瘦せてはいたが、近年どこか体のぐあいがわるいと聞いたこともなく、先週の金曜には元気で講義をなさっていただけに、一瞬、何かのまちがいではないかと思った。

しかし、続けて妹は、先生の死顔を僕のスケッチで残したいという、思いがけない奥様のことばを伝えた。もう疑う余地はない。小さいときから絵が好きで、ひまさえあれば描いていたと親から聞かされたが、一度も正式な手ほどきを受けたことはない。だから、最近いじりだしたカメラほどの自信さえない。が、先生はたいへんな写真嫌いで、ひとりで写っている晩年の写真は一枚もないとのことだし、自分としても、先生の最後の印象をなにかの形でとどめておきたい気持ちもどこかにある。

自宅に寄って古いスケッチブックを取り出し、急いで吉祥寺のお宅に駆けつけた。家のなかはまだざわついている。このごろ写真に凝っていることでも耳にしたのか、親族らしい中年の婦人が旧式のカメラを片手

に寄って来て、先生の姿を写真におさめるよう、小さな声で求められた。近くに立っていらした奥様の表情をうかがったが、奥様もしいて反対はしなかった。

死者を拝むのは生者の感傷にすぎない気もする。沈黙によって、生きている者の感情をしばるのは、死んだ者のわがままではないかとも思う。が、足もと近くにひざまずき、いざレンズを向けてみると、対象に向かうときの意力はなえて、どうにもできない礼拝の気持ちが全身を支配する。正座してしばらく呼吸をととのえた。

いろいろな角度から撮るように求められたのだが、どうしたことかそのとき、なにか霊気にでも打たれたように体がこわばって、自分の意のままに場所や姿勢を変えることができない。正座のまま一枚撮るのがやっとだった。あれほど写真のお嫌いだった先生の、しかも抵抗を失った姿をカメラにおさめることに、なにか残酷な裏切りを感じ、はげしい自責の念が頭のなかでどす黒い渦をまく。

生前の先生の意に逆らって撮るからには、自分として最高のものを残したい。口には出さなかったが、もし自分の思うように撮れていなかったら、惜しげもなく焼き棄てるつもりだった。

撮影がすむと、奥様に一応たしかめて、今度はスケッチブックを開き、木炭を握った。指先が細かくふるえたが、先生に接する最後の機会だと思うと、ふしぎな力がみなぎり、張りのある気持ちで、思い切った線を一本すーっと引く。あとは無心で石膏像にでも向かうように、外からぐっとせばめていき、人物が浮きあがるまで、十五分とはかからなかった。が、先生のあの生き方が画面上に描きとれたかとなると、まったく自信がない。もう少し手を入れたいからと、そのまま家に持ち帰った。

写真のほうはすぐに現像に出し、取りに行く時間がとれないので郵送を頼んだ。できあがってくるまで、やはり心配だった。留守中に届いてもけっして封を切ってはならないと、妹にかたく申しわたしておいた。死顔が醜かったり貧相だったり、苦しみやみじめな感じが少しでも出ていたら、誰の眼にもふれないうちに処分してしまいたい。先生に気をつかってか、奥様も写真というものを好まれなかったから、失敗していたらそれでもいいという気も一方にあった。

四、五日経ったある日、目黒で家庭教師をすませて八時すぎに帰宅すると、丸いテーブルの上に、「三時ごろに着きました。気になりましたが、封は切ってありません。今晩、友達のお誕生パーティーに出て、十時ごろに戻ります。ガス台のカレー暖めてください」という置き手紙をそえて、写真の入っているらしい大型の封筒がのっていた。

気になって早速開けてみると、中から少しぼやけた感じの写真が出てきた。周囲は意図的にぼかした記憶があるが、肝腎の被写体の映像もあまりシャープとは云いがたく、全体として淡い画面に仕上がっている。技術的にはさほどぱっとしない。だが、そこにはまさしく生前の先生がいた。しかも確実に死んだ姿で横たわっている。

生と死との融け合った静かな呼吸が聞こえそうな気もする。足もと近くの低い位置からとらえたやや斜めの横顔は、まず鋭い刃物を思わせる鼻が目を引く。頬骨は生前よりさらに強く張り出した感じだ。耳は意外なほど肉が薄く、瞼にほのかに映る陰翳が額のほうにかけて深く走っている。いくぶん反りぎみの顔は、薄い眉と鼻のつけねと左瞼の合わさるあたりで、刺すような光をはねつけていた。

しばらく吸いこまれるように眺めていたが、ふと我に返って、木炭のデッサンを取り出して並べてみた。絵では頬骨の張りも鈍く、いかにも生きているように描かれている。死の静寂は漂っていない。鼻も口も形よく整っている。私情で飾った分だけ強さを失っていた。そこには、きびしく生きてきた人間の皺が刻まれていない。すっかりみじめな気持ちになり、そっと絵を引き裂いた。

写真では、顎の深く沈んだ首のあたりに、生前気づかなかったほくろが写っており、長い毛が一本、不気味な影をともなっていた。

（一九五六年頃の作品を改稿）

街角の秋

気がつくと、いつか空はすっかり曇って、今にもひと雨来そうだ。

街角の書店のショーウインドーにもたれながら、村田君はさっきから何か考え事でもしているように、少し目を開けている。ときおり腕時計をのぞいては、十メートルほど離れた交差点のほうに、伸びあがるように眼をやるだけで、あとはほとんど姿勢を変えない。

しばし人通りがとだえると、落ち葉が生暖かい風に吹かれて歩道をころがる乾いた音が耳につく。と、突然、キーッという急ブレーキの音がして、どなり声が聞こえた。

「ばか、危ねえじゃねえか。なんで、いきなり車道に降りるんだ」

黄色とオレンジに染め分けたタクシーの窓が開いて、運転手の甲高い声が響く。どなりつけられたのは女子高生らしい三人連れだ。だれも何も言わない。タクシーは急加速して立ち去った。どうやら街路樹のてっぺんを見上げながら並んで歩道を歩いていたうちの一人が、あるポプラの木の下まで来て急に車道に降りたものらしい。木の上に珍しい鳥でもとまっていたのかもしれない。

楽しそうにおしゃべりしていた三人が、とたんに無口になる。足早に道路を横断し、かたまって公園の葉陰へと消えた。

投げ捨てたタバコの吸い殻を靴先で踏みにじり、ふと眼を上げると、真向かいの銀行の時計が五時四十五分をまわっている。

――おかしいな、大井のやつ、どうしたんだろう。

法学部に経済学部とたがいに専門は違うが、二人は同じ大学の同期で、現代文学研究会というサークルで知り合った。ともにアルバイトのない日に何度か、夕方から赤提灯の店で焼き鳥やおでんをはさんで恋愛論まじりの文学論を闘わせたこともある仲だ。

口ひげをたくわえた長身の紳士が、中折れ帽の縁に手をやりながら大股で通り過ぎる。赤ん坊をおぶった三十過ぎの女が、今どき珍しいねんねこ姿で、男の子の手を引きながら小刻みに道を急ぐ。不機嫌そうな顔だ。男のあとを追うような歩き方だが、身なりからはこの二人が夫婦とはとても思えない。数メートル遅れて五、六歳の女の子が泣きながら従いて行く。襟垢のついた上着がはだけて薄汚れた下着が見える。こちらは親子だろう。

学生時代に何度も待ち合わせたが、几帳面な大井はたいてい十分前には来ていたらしい。「らしい」というのは、村田君はきまって五分ばかり遅れて行くから、相手がいつからそこに立っているのか確かめようがないからだ。時間になっても来ないので、やれやれとタバコに火をつけると、まもなくお前が姿をあらわすのだ、と大井がいつか言っていたのを思い出した。

風が弱まり、気がつくと霧のような雨が降っている。村田君は腕にかけていたベージュのレーンコートをはおった。道行く人も心なしか歩調をはやめているように見える。傘を広げる者もある。みな無言で通り過ぎるなかに、ジーンズ姿の若い女が小型の犬をうながす甲高い声が響いた。白と茶のシーズー種のようだ。ポプラの黄色い葉がここ数日でめっきり量感を失ったように思う。

いくらか雨あしが強まったようだ。傘を持たない村田君は本屋のショーウィンドーの前を離れ、隣のレストランの深い廂の下に移動した。少し遠くなった分だけ、ときおり交差点のほうに視線をそそぐとき、村田君は眼を細めるような表情を見せる。

二本目のタバコに火をつけ、ライターを上着のポケットにしまいながら、なにげなく脇を向くと、村田君の横の三メートルと離れていない所に、ひと組の男女が相合傘のまま雨宿りをしている。茶にオレンジの太いストライプの入ったジャケットを着た恰幅のいい男は、もう四十を過ぎているだろう。鳥打ち帽をかぶっているが、鬢のあたりに白い毛が目立つ。女のほうは対照的に濃紺のスーツに身を固め、化粧も目立たない。学生という感じではないが、まだ三十にはなっていないだろう。一本の傘だから体を近づけてはいるが、身を寄せ合っているとか、しなだれかかるとかというようすではない。女はむしろ体を固くしている感じだ。

いったいこの二人はどういう間柄なのだろう。村田君にはどうでもいいことだが、ちょっと気になる。年恰好からいって、親娘にも兄妹にも見えない。夫婦にしては年が違いすぎるし、恋人どうしにしては女の態度が妙にぎくしゃくしている。職場の上司と部下といった関係に見えなくはないが、それにしてはどこか生ぐさく、あぶない雰囲気を漂わせている。

男がちょっと困ったような眼をして何か話しかける。しわがれた声がはっきり聞こえてくるが、雨の音で言葉が切れ切れになり、何の話かさっぱりわからない。気になるのは、女がけっして答えようとしないことだ。持っているのが女物の傘だから、女のほうがさしかけたはずなのに、男がいくらささやきかけても、女はいっさい応じない。うなずくでもなく、相手のほうに顔を向けるでもない。怒っているというより、まったくの無表情に感じられる。

男と視線が合いかけて、村田君はあわてて正面に顔を戻した。雨は先ほどより強さを増したようだ。斜め向こうの銀行の時計が見えにくくなっている。

しばらくして、すぐ近くにタクシーが停まった。ひょっとしたらと思ったが、降りてきたのは母親とその息子らしい制服の高校生だ。どう見ても大井ではない。むろんこの人物ではないが、しかし、今の大井は顔を見てすぐそれとわかるだろうか。長い間会っていない。学生時代の額の広いえらの張った浅黒い顔を、村田君は今でもすぐ思い浮かべることができる。が、あれはもう十年以上も昔の顔だ。

村田君は法学部を卒業して役所勤めになり、それから毎日、判で捺したような生活が続いた。別の音楽関係のサークルで知り合った女子学生と、卒業式の前後からしばらくいっしょに住んだことがあるが、ちょっとした諍いを機に別れて、以後独身を続けた。そして、役所の上司の紹介でその縁続きの女性と交際するようになり、二年ほど前に晩い結婚をした。今では郊外の公務員住宅に住んでいる。まだ子供はいない。

大井はたしか一年留年をして経済学部を卒業し、ある商社に就職したはずだ。入って数年後に外国勤務になって海を渡ったと噂に聞いた記憶がある。三十代も後半になった今は、たぶん見かけも以前とはだいぶ変わっただろう。

――あちらでひげでものばしていたら、とっさに見分けられないかもしれないな。

雨は本降りになり、人通りも減った。もう六時をまわり、あたりはすっかり暗くなっている。立ち並ぶ店の明かりの切れた公園の入口近く、しぶく雨が街灯の光を受けてぼんやりと浮かび上がる。

――もう少し待ってみようか。生真面目なあの男がひととの約束をすっぽかすはずがない。

レースのカーテン越しに見るレストランの中は家族連れが多く、さきほどよりもずっと込みあってきた。

そこここのテーブルから立ちのぼるスープの湯気が、いかにも温かそうに見える。

おとといの電話で「あさっての金曜日」ということだったから、日をまちがえるはずはない。大井は待ち合わせの時間を勘違いしたのだろうか。いや、あの学生のころ、そんなことは一度もなかった。何事にも慎重なあいつに限って、そういうヘマをするとは考えにくい。

しかし、彼が自分との約束の日時に姿を見せない、という信じられない事実が今、現に起こっている。何本目かのタバコをくわえながら、村田君はしばらく火をつけるのも忘れたように、一昨夜の電話のことを正確に思い出そうとあせっていた。

電話のベルが鳴ったのはたしか、おとといの夕食を済ませてまもなくだったから、八時半過ぎか九時前ごろだったにちがいない。ベルの音は三回ぐらいで止まったから、台所かどこかにいた細君が玄関脇にある受話器をとったのだろう。二言三言ことばを交わす声を村田君は夕刊を広げてぼんやり聞いていた。

すると、小坂と名のる若い女の人から電話だと、奥の居間の入り口で、いったい何を考えているのか、細君が声をひそめて言う。気のせいか、なにか疑わしそうな、からかうような細君の表情を無視して、村田君はくそまじめな顔で電話口に出た。

ちょうど客の入れ替えのときなのか、交差点の角にある映画館から人の群れが吐き出される。その客をふくむ十数人ほどの人間が道を渡ってこちらに流れて来る。次第に近づく歩行者を、村田君は一人ずつ確かめるように検分してみた。が、大井らしい人影は見あたらない。雨が少し小降りになったようだ。

自分はオーイ・ヒロシの妹だと、その声は確かに言った。気のせいか、どこかで聞き覚えのある声のような気もした。兄は今仕事で日本に来ており、数日後には戻らなくてはならない、ついては久しぶりに顔を見たいから、あしたかあさっての夕方、ちょっと会えないだろうか、五時以降なら何時でもいい、待ち合わせの場所はまかせる。だいたいそんな内容の話だったように思う。

予期せぬことで、村田君は少しあわてた調子で早口に答えた。あすは会議で遅くなるから、あさっての五時半にしよう、場所は学生時代によくいっしょに行った御茶ノ水駅近くの朝日書店という本屋がほとんどそのままの姿で残っているから、その前で待っている旨、相手の女に伝えた。

救急車が赤信号の交差点を慎重に渡って、大学病院の方向に消えた。気がつくと、雨はいつしかやんでいる。公園の木々の間から遠いネオンの光が点々と見えた。腕時計をのぞくと、二本の針が重なろうとしている。

——もうすぐ一時間か。

小さな溜め息をひとつもらして、

「せっかくだから、もうちょっとだけ待ってみるか、なにしろ十何年ぶりだからなあ」

村田君は自分に向かって、そう声に出した。

雨がやんだので、広い歩道を約束の待ち合わせ場所のほうに戻りかけた。歩きながらあらためて書店のショーウィンドーを眺めてみる。数年前に改装をして、いくらか感じは違っているが、同じ場所だから大井が見逃すはずはない。

では、急に用事でもできて、夕方の時間が空かなくなったのだろうか。忙しそうな商社だから、そういうこともあるだろう。でも、それなら、なぜ村田君の家に断りの電話を入れないのだ。今日は金曜日で細君がだいたい家にいるはずだ。近所に買い物にぐらいは出るかもしれないが、長時間家を空けることはまずない。

家に電話があれば細君が必ず職場に連絡するはずだし、番号を聞いて大井自身が役所に電話してくることだってできた。

それとも、外国暮らしが長くなるにつれてズボラになったのだろうか。いや、あの大井のことだから、そんなことは絶対にないだろう。

ゴールデンレトリバーに似た犬を二匹連れたジャンパー姿の小柄な男が、引きずられるような恰好で公園から出て来た。シャッターの降りた銀行の入口の前には、しきりに腕時計をのぞきながら、中年の男がいかにも落ち着かないようすで、あたりを見まわしている。だれかと待ち合わせでもしているらしいが、頭の禿げ具合といい、小太りの体型といい、どう見ても大井とは思えない。

それにしても、大井はあの晩、どうして自分で電話をかけて来なかったのだろう。久しぶりに日本の土を踏んで興奮し、あまりの懐かしさにすぐさま親もとにでも飛んで行ったのだろうか。それとも、会社の命令で日本のどこかへ急に出張がきまったのだろうか。だが、東京を離れていても電話は通じる。なぜだ。

気がつくと、筋向かいのいらいらしていた男の姿はもうない。横断歩道の向こうに、信号が青に変わっても渡ろうとしない痩せた男がいる。もう二、三度、信号が変わっているが、道路を横断しそうにして、そのたびにためらっているように見える。その男が買い物籠を提げた主婦らしい女に何か話しかけた。バスが二台続いて、二人の姿を隠す。

あれから十数年間も、大井とはたがいに音信不通で暮らしてきた。先方は村田君の家の電話番号をどこで知ったのだろう。結婚して実家を出たので、今は学生時代の電話番号ではない。母親が亡くなってから家を処分したから、もとの家に電話しても連絡は取れないはずだ。職場に問い合わせたのなら、なぜ村田君にその電話が回らなかったのだろう。席を外している間にかかってきたとしても、それなら机の上にメモの一つぐらい載っていそうなものだ。

　家に電話がなかったかどうか、念のために細君に確かめたいが、あいにくこの場所の見えるところに公衆電話は見あたらない。かといって、今この場を離れるのは不安だ。案外そういうときに限って、相手がやって来たりするものだ。もしもこの時間に大井が現れて、村田君の姿が見えないと、ああ、やはり遅すぎたかと、がっかりしてすぐ立ち去るだろう。

　レストランのドアが開いて、家族連れが出て来た。野球帽をかぶった父親と中学生ぐらいの女の子と小さな男の子だ。満腹らしく、そろってにこやかな顔をしながら戸口に立っている。店の会計を済ませている母親を待っているのだろう。同じドアから若いカップルが店の中に吸い込まれた。

――そうだ、店の電話を借りよう。あそこからガラス越しにこっちを見ながら電話すればいい。

　店員にことわってダイヤルを回したが、やはり自宅には何の連絡もないという。「変ねえ。じゃあ、今晩は家に帰って食べる？　ありあわせの物でよかったら、何かつくっておいてもいいわよ」と、細君はさほど気にしているふうでもない。

　考えがまとまらないまま、村田君は細君にあいまいな返事をして電話を切った。店を出て夜空を見上げると、星は見えないが、雲が少し切れてきたように見える。どうやら、もう雨の心配はなさそうだと、本屋の前の道に戻ろうと歩きだしたとき、村田君は学生時代に二度ばかり大井の家を訪ねたことを思い出した。

　最初は一年生の秋ごろで、たしか大井といっしょだった。西武線に揺られて三十分ばかり行ったような気がする。わりに小さな駅で降りたはずだが、駅名はどうしても思い出せない。村田君が最近読んだ外国の小説か何かの話をしながら、二人は駅から十分ほど並んで歩いたような記憶がある。もうちょっと遠かったかもしれない。なんでもタバコ屋の角を曲がって三軒目か四軒目で、路地の左側の家だったように思う。六畳二間に四畳半程度のこじんまりとした家だったかもしれない。

しばらくぼんやりしていて、ふと気がつくと、いつのまにか銀行の前に大道易者が店を出していた。ハイヒールの若い女が前に腰掛けている。台の上のわずかな明かりが、不安げな女の横顔をぼんやりと照らしている。

あのとき玄関脇の六畳ほどの部屋で、母親がお茶を淹れてくれた。痩せぎすで日焼した大井とはまるで似ていない。たしか仕事だとかで、それから程なくどこかへ出かけて行った。その折のふっくらとした厚化粧の丸顔を、村田君は今でも妙にはっきりと覚えている。

二人で煎餅を嚙じりながらしばらく雑談した。絵か文学か映画か、そんな話題だったろうが、そのとき、父親はすでに他界し、大井はその家に今は母親と二人で住んでいると言ったように思う。

公園の入り口近くに、おでんの屋台が出ている。サラリーマン風の男が二人、木の長椅子に掛けてビールを飲んでいる。寿司屋の出前持ちが大きな木桶をぶらさげ、器用に自転車を操ってその横を通り過ぎた。

二回目に訪ねたのは、二人が三年になって間もなくだったような気がする。郵便を出しに行ったとかで、大井は留守だった。すぐ戻るからと、玄関で母親と世間話をしているとき、上の息子は医者になって、最近、東北の小さな町で開業したと聞いた。その折、妹の話は出なかった。いろいろ家庭の話も語り合った大井の口からも、妹がいるということは一度も聞いたことがない。

あの電話のときは疑いもしなかったが、彼に妹がいたのだろうか。あの電話の声は大井のほんとの妹なのだろうか。兄の妻が「妹」などと言うはずはない。女は「小坂」と名乗った。兄嫁でなく弟の嫁なら「妹」と言うかもしれないが、それなら普通は大井姓のはずだし、それに第一、大井に弟がいるなどという話も、これまで一度も聞いたことがない。

　銀行の時計はすでに六時四十分を過ぎていた。これでもう一時間以上も待ったことになる。いくら何でも、きょうはもう来ないだろう。こちらからは大井に連絡のしようもない。残念ながら久しぶりの再会をあきめるほかはないようだ。が、やつはまだ日本にいるはずだ。あすかあさってには、いや、今晩にでも、大井から電話があるかもしれない。しかし、村田君はなぜか、もう大井から何の連絡もなく、このままになってしまいそうな気がしている。

　ひと雨来て、今は夜風が冷たい。むなしい気分に襲われた村田君の前を、ひときわ長身の外国人の若い男が、コートの裾をひらめかせて足早に通り過ぎた。

　なんらかの事情で、大井は日本に来られなかったのだろうか。いや、電話の声は確かに兄は一時帰国して、まもなくまた向こうに戻るという意味のことを言った。あるいは、出がけに急病になり、連絡もできないでいるのだろうか。そんなことを考えながら、道向こうの屋台で一杯ひっかける気も失せ、村田君は何か落ち着かぬままに、ともかく駅へと向かった。

　あの電話を、もし細君でなく自分が最初に受け取っていたのだったら、その電話自体が夢だったように、今の村田君は思っただろう。そういえば、大井は異国の地で発病し、むずかしい胃の手術のために入院したような話を、何年か前にだれかから聞いたような気もする。妹を名のるあの女はいったい何者なのだ。ひょっとして、大井と同棲している女かだれかが、電話に出た村田君の細君の手前、とっさにそう言ってその場をごまかしたのだろうか。

　週末のこの時間にしては、中央線の電車は意外に空いている。四谷を出るころ、村田君は結婚する前に一時同棲していたあの女の声をちらと思い浮かべた。ちょっと似ている気がしないでもないが、あの陽気な女が今さらそんな嫌がらせをするとは思えない。それに、なにかこだわりがあって大井のことは話さなかったから、彼女が知っているはずもない。どう考えても、これはとんだ思い過ごしだろう。

——ちょっと疲れているな、どうかしている。

　わずかに開いた電車の窓から秋の風を感じながら、ぐったりと吊り革にもたれている村田君には、頭の中で学生時代のたくましい大井の顔の輪郭が次第にぼやけてくるのが、今なぜか心地よかった。

　電車は国分寺を過ぎた。村田君はわけもなく細君をいとおしく感じた。荒々しく抱きたい気持ちをもてあましている。ふと遠くを見ると、南の空に思いがけなく星が出ていた。川を渡る電車の響きが聞こえる。


（『航跡』五号　一九九八年）

伝えばや

ブラインドの隙間から赤い光がしみだしてくる。小さなビルの三階にある出版社の分室だ。もうこんな時間かと、誰もいない部屋で、俺は声に出して言いながら、缶からピースを一本抜いて火をつけた。ぼんやりした視線の先にある書棚の上で、一輪挿しのコスモスの花が二つ三つかすかに揺れている。

本社ビルとは違ってこの分室では、一応は編集部に属する六人の社員が、編集はもちろん、校閲や製作から、時には営業まで駆り出される。今日は月刊雑誌の出張校正が重なって大方出払っている。編集長という肩書きのある俺がひとり残って、電話番を兼ね、朝から単調な校正の仕事を続けている。昨夜は久しぶりに学生時代の友人と遅くまで飲んだ。そのせいもあって、午後になると無性に眠くなってきた。

もう三校だから、内容も文章もほとんど頭に入っている。ぼうっとしている自分にふと気がつき、まばたきをしてゲラに視線を戻すと、どこまで読んだのかさっぱりわからない。疲れも出たのか、そんなことをもう何度かくりかえしている。コーヒーでも淹れようかと、俺はたばこの火をもみ消して、おもむろに腰を上げた。部屋から一歩出てドアを閉めようと、白紫の薄い煙の漂う窓のほうに何気なく目を向けた時である。赤い縞模様が突然黒くなり、頭の内部が沈むような感覚で、何も見えなくなった。どうやら気を失ったらしい。

＊

気がついたときには、病院の固いベッドの上に寝ていた。自分の身に何が起こったのか、まったく思い出せない。目の上に二つの顔がある。心配そうに覗き込んでいる。その顔の表情が一瞬ゆるんだ。一つは見慣れた妻の顔。これはまちがいない。もう一つは知らない若い女の顔。服装から見て、これは看護婦の顔だろう。一体何があったのだろう。どこかで倒れたのだろうか。

校正をしていて眠くなり、コーヒーを淹れようと立ち上がったところまでは覚えている。記憶がそこで途切れているから、その瞬間に気を失ったのかもしれない。

何時間か前のことを、いや、何日か前のことかもしれないが、ともかく自分は今、こんなふうに振り返ってみることができる。何が起こったのかを思い出そうと焦っていることも自分でわかる。頭はちゃんと働く。もちろん自分の名前もわかるし、意識ははっきりしている。周りの話し声も聞こえるし、断片的ながら意味もたどれる。が、どこかぎこちない。笑顔を返そうとするのだが、顔の筋肉がいうことを聞かない。なぜか思うような表情がつくれないのだ。驚いて何か叫びかけたが、うめき声がかすれるだけで、ことばにならない。

仕方なく周囲を見まわそうとすると、今度は首がまわらない。いや、首だけではない。体にまったく力が入らない。さっきから何度も手足を動かそうと試みたが自分の意志とは無関係にほんの少し揺れるだけだ。

夢の中で、いくら走っても進まないことがある。手足が動かないこともあった。これは夢なのだろうか。妻を呼ぼうにも、ことばが出ない。夢であってくれればいいと心に強く願いながら、頭ではやはり現実であるにちがいないという確信が次第に高まっていく。

＊

ドアの脇にうずくまるような姿勢でぐったりしているのを、著者との打合わせを済ませて戻って来た女子社員が見つけ、あわてて救急車を呼んだのだと、あとで妻から聞いた。脳梗塞の緊急手術は八時間に及んだらしい。そのあともしばらくは目を覚まさず、意識が戻りかけてはまた遠くなったりしたという。発見が五分遅かったら助からなかったと、手術をした医者は言ったそうだ。

＊

倒れた日の前夜遅くまで、大久保駅近くの酒場で友人と話し込んだ。あの晩は学生時代の思い出話に花が咲いた。なかでも、あの懐かしいサークル活動のことを、たがいの歳も忘れて語り合った。奴は端役が多かったが、ともかく役者で、俺は大道具中心の裏方だった。二人の立場は違ったが、ろくに授業にも出ずに「寺子屋劇場」の舞台に打ち込んでいたのは同じだ。おかげでともに留年をするはめになったのだが、あれが俺達の青春だったのだ。損得を考えない一途の行動、それが若さの特権だというような話もその時出たような気がする。

その友人が見舞いに来て、帰ったばかりだ。いや、あれからまもなく眠ったから、何時間か経過している。もしかしたら昨日だったかもしれない。ともかく彼は型どおりの見舞いの挨拶をした。話しかけても俺の反応がないので、驚いたようすだった。きっと扱いかねたのだろう。その気持ちは自分にもわかる。妻が病状や経過などをかいつまんで話すと、二、三質問をしただけで、昔の話を出すでもなく早々に引き上げようとする。

帰りぎわに、元気を出せよと俺のほうを向いて声をかけ、お大事にと、妻に言い残して深々と頭を下げた。一度だって、奴にこんな丁寧なお辞儀をされたことはない。なんだか、すっかり憔悴した俺の姿を見て、生きて会うのもこれが最後という気持ちから、心中ひそかにさよならを言っているようすにも見えた。ついそんなふうに考えてしまうのは、気が滅入っている証拠だ。これは弱っているなと自分でも思う。なんだか情けない。

＊

今日でいったい何日目になるのだろう。点滴を続けながら俺は考える。死なない程度の栄養はこうやって体に吸収される。これで、当分は生命が保たれるだろう。だが、これは生きているということなのか。

意識はしっかりしているし、感覚も感情もある。人の話もちゃんと聞こえる。その内容もおおよそは理解もできる。が、自分の感じたこと、考えたことを他の人に伝えるすべを持たない。字を書くことも、ことばをしゃべることもできないのだ。

一命をとりとめはしたものの、手足の自由が利かず、手まねで自分の本音を伝えることもできない。気分がいくら落ち込んでも、それを満足に表情に出すことさえできない。俺の顔を覗いても、このいらいらした気持ちを誰も読み取ることはできない。自分の気持ちを表現できないというこの苛立ちは、日に日に募っていく。

＊

何日か前までの俺は、ことばが自分の自由にならないとか、うまく話ができないとか、いい文章が書けないとかという悩みを抱えていた。今こうなってから考えてみると、そんなことはあまりにも贅沢すぎる悩みではないか。ことば遣いの問題などはほんの些細なこと、人が生きる上では、もうどうでもいいことだったのだ。

今の俺は、表現手段をすっかり奪われてしまった。そう思うたびに、最初の頃はむしゃくしゃして居ても立ってもいられなかった。が、今後いっさい自分から誰にも何も伝えられないのだとわかると、むしろ怒りの感情は消えて、すごく不安になる。しかし、その不安がどうしても顔に出ない。我ながら不気味だ。しんそこ怖い。

あれこれ悩んでいるうちに、なまじくよくよ考える力が自分に残っているからつらいのだ、ということに気がついた。だから、頭が冴えてくると、かえって苦しかった。いっそ意識が無くなってしまえば、悩みも苦しみも消える。本気でそう思ったことも今まで何度あったか知れない。しかし、体が言うことをきかない状態では、自分で意識を止めることさえ俺には許されていない。考えれば考えるほど、俺はどん底へ突き落とされて行く。

＊

しかし、絶望ではなかった。一つだけ救いがあった。それは目である。まぶたが動くのだ。自分の意志でまばたきができる。それが突破口となった。言語療法の専門医師の指導により、俺は新しい表現手段を獲得した。

むろん、話しことばではない。普通の意味での書きことばとも違う。文字盤のある文字に視線を合わせて、またたきで合図を送り、それをパートナーが書き取る。健康な人間から見れば、まことにまだるっこしい方法だが、こうやって俺は、再び自分の「ことば」を発することができたのだ。

医師の勧めにより、その日から俺は、普通のことばを発することのできた時にはろくにやったこともない俳句を、この「またたく」ことばで詠むことになった。妻をパートナーに、毎日せっせと俳句を作っている。

突然ことばを失った日から新しい「ことば」を獲得するまでを、感動とともに振り返った手記はここで切れている。よく読むと、文面には何日かにわたって書き継いだらしい視点の揺れが見られる。これはおそらく、当人のまたたきが示したカナを夫人が漢字仮名交じり文に翻刻したものだろう。男のこのいささか小説じみた手記は、こんなふうに幸福感いっぱいに終わっている。

だが、しあわせな日々も長くは続かなかったようだ。自分のことばを発見して三ヶ月半ほど経った晩秋のある晴れた日の早朝、この男はまた発作に襲われたらしい。そして、ふたたび「ことば」を失い、そのまま眠りから覚めなかったという。

死後一年あまり経って、村田君のところに未亡人からこの手記が送られてきた。主人は生きている証を求めていたのでしょうと添え状にあるから、雑誌にときおり雑文を書いている村田君に、機会があればこの手記の内容を紹介してほしいという気持ちなのかと思った。が、手記に出てくる「友人」を同姓の村田君と思い違いしただけかもしれない。

文学部の学生だった時分、村田君も寺子屋劇場というサークルの一員ではあったが、一緒に授業をサボるほど親しかったわけではない。倒れて入院したという知らせを受けた記憶はなく、したがって病院に見舞いに行った事実もない。半年以上も経ってからだと思う、仲間との雑談の中で、彼が亡くなったことを偶然知り、遠い昔のことをちょっと懐かしく思い出しただけである。

二人で飲んだこともないし、どう考えても、あの「友人」が自分ではないことは明らかだ。村田君がこの手記を受け取ったのは何かの間違いのような気がする。しかし、すべては終わった。今はそっとしておこう。

夫人の手紙によれば、彼がまたたきによる自分の「ことば」を取り戻したのは、病に倒れてから実に百六十四日目のことだったという。数字で明確に記載されているのを見ても、この夫婦にとってそれがどんなに記念すべき日であったかが想像できる。そんなにも長かった苦悩の日々を思い、村田君は読みながら胸が熱くなった。

手記の最後にあるとおり、それから彼は毎日せっせと俳句を作ったそうだ。六階の病室で「点滴を耳を澄ませて聞いている」と訴え、玄関に連れて行ってもらうと、久しぶりに外気にふれた感激を「車椅子今日ぞ下界の夏を見る」と表出する日々だったという。「下界」というとらえ方に若干の作意が感じられもするが、当人にとっては、俳句の内容や出来栄えが問題ではなく、気持ちを他人に伝えることのできる喜びをかみしめていたのだろう。

こんなふうに他人と「話せる」ようになってから、病人の顔色は日に日に明るくなっていったと手紙にある。自分の気持ちを表現できないでいた頃のストレスが、どんなに大きなものであったかが痛いほどわかる。

「伝えばや今のこの気持ち蛤に」という第一作を詠んだ直後、医者からその感想を求められ、文字盤で「ウレシイ」と伝えて泣きだしたことを夫人は記している。表情は変わらないが、涙がとめどもなく頬を伝い、それはまさに泣き崩れるようだったという。


（「またたく」『航跡』六号　一九九九年）

遥かなる航跡

村田君、海を航る
ミドルベリー日本語学校

村田君、海を航る

あの年、米国でひと夏、村田君はれっきとした外国人に日本語を教えた。

海を渡ることがそれ自体快挙だったり、あるいはほとんど逃亡に等しかったりした時代は、とっくの昔に過ぎた。今度は逆に外国旅行が日常茶飯事と化し、ミュンヘンのビールがまろやかだの、ナポリのスパゲッティーが垢抜けていたのと、いい加減にしろと云いたくなる土産話が飛び交う。そんな風潮の中では、外国なんかへ出掛けず、畳の上に胡坐《あぐら》をかいて満開の山桜を眺めたり、浴衣姿で縁台将棋を楽しみ、時には赤提灯の揺れる暖簾をくぐったりして暮らすのも、村田君は存外悪くない気がする。わざわざどっしりとした実用自転車や暗い白黒テレビを珍重してひとり粋がる心理とどこか通じるかもしれない。海など渡らずに、生まれ育ったこの島国で、生涯安逸を貪ろうという村田君の夢は、ひょんなことからあっけなく破れた。

崩れかけた煉瓦塀に囲まれて、赤羽練兵場跡の広い国有地がある。昔、歩哨の立っていた建物が屋根と柱だけ残して、わずかに当時の面影をとどめる西側の一隅に、古ぼけた二階建てのいかにも頑丈そうな建物があった。村田君はふとした縁で国立言語研究所という役所に勤めることになり、このがっしりした建物に通い始めた。図書館として使っていた離れの建物のあたりに不発弾が埋まっているらしいなどという噂がまことしやかに流れ、曖昧な顔をした所員が半ば本気で信じていた頃のことである。

右手に守衛の窓口のある広い玄関を入ると、中は薄暗く、正面に幅の広い階段が視界に広がる。踊り場で左右に分かれ、どちらも手前に折り返して北向きの部屋の前の廊下に出る。そこを右に進んだ右側に村田君達の研究室がある。中庭に面した南向きの部屋だ。うららかに晴れた春の昼下がりなど、ぽかぽかと暖かい。うつらうつら心地よい夢を結んでも、部屋の中央にずらりと並んだカードボックスが視界をさえぎり、人目に立たない仕組みになっている。

昼休みには何かスポーツをやる。文部省の所轄機関の大会が定期的に開かれるが、もともとスポーツ人口がきわめて少なく、何の種目でも同じ人間が選手として出場する。下地のある者などめったにいないから、大会が近づくと、試合の当日に怪我をしないよう練習に熱がこもる。

研究所出入りの会社との交流試合を控えて、昼休みに近くの空き地で草野球の練習に打ち込んでいた。入所したばかりで張り切っていた村田君は、新人王を目ざし、やみくもにバットを振り回した。大きな空振りのあと、ど真ん中に来た半速球が運悪くそのバットに激突し、左中間にライナー性の大フライとなって飛んだ。玉拾いが面倒なので外野は予め深めに守っていたが、打球はぐんぐん伸びる。レフトが香川県、センターが兵庫県の甲子園の名門高校の出身で、ともにクラブチームの有力な控え選手だっただけに腕に覚えがあって互いに譲らず両人は激突し、ボールは転がった。

村田君はしめたとばかり塁を廻った。息を切らしながらホームを踏んでも、まだ返球されて来ない。見ると、どうも様子がおかしい。転がっているのは人間で、レフトの香川県はふらふら立ち上がったが、センターの兵庫県はまだ長々とのびている。村田君達が駆けつけて聞くと、一瞬、気を失ったと云う。放ってもおけないから、救急車を呼んでもらおうと事務所に伝令を飛ばしたところ、もう昼休みの時間が終わって勤務時間に入っているから、研究員が野球などをしているはずはないのだと理屈をこねる。夢と現実の落差に疎いにも程があると、村田君はその融通の利かない役人の応対に呆れた。が、今は議論している場合ではない。村田君はその日たまたま中古の小型車で出勤していて、怪我人を寝かせるには狭すぎたが、何とか詰め込んで、近所の病院に運んだ。検査の結果、一晩入院ということになったが、大事には至らず、村田君達はほっとして大幅に遅れて研究所に戻った。

村田君の部屋の室長は、色白で面長の高貴な顔をしている。料理に関してはめっぽう詳しいが、世事に疎く、勤務時間など、まったく念頭にない。机に用例カードを並べて、村田君は研究に取り掛かった。すると、程なく電話が鳴って、庶務部長の部屋に呼び出された。

ははん、例の件だなと思って一階に下り、ドアをノックすると、「どうぞ」という落着き払った声がする。ソファーに掛けろと云わないから、村田君はドアの近くに立っていた。この部長は小柄で神経質そうだが、決して大きな声を出さない。この時も、窓から外を眺めながら、窓に向かって低い声でぼそぼそ云う。耳を澄ましていないと、何を云っているのか聴き取れない。

「私も先生方にこんなことは申したくございません」

村田君だってそんなことは聞きたくない。すると、今度は、

「これだけ申し上げれば、聡明な先生には、もうお判りいただけましょう」

と無茶なことを云い出した。まだ何一つ「申し上げ」られた覚えはないが、聡明でなくとも見当はつくから、村田君は「はあ」と曖昧な返事をした。先方は話が通じたと思ったのか、ずり落ちた眼鏡のフレームに両手を添えながら、

「それでは、そういうことで……」

と云ったきり、ずっと窓の方を向いたままだ。昼休みの長過ぎた研究部の文部教官を事務官が自室に呼び出したことで、管理者としての任務は果たしたと思ったのだろう。「そういうこと」がどういうことを指すのか判然としなくても一向に差し支えない。相変わらず窓を向いている部長の丸みを帯びた背中のあたりに軽く会釈して、村田君は一度も相手と顔を合わせることなく、研究室に戻った。

当時、現代語研究のメッカであったこの憧れの職場に入った訳だが、とんだ人身事故のせいでこんな慇懃無礼な叱られ方を経験して間もなく、村田君にもう一つ難儀が降りかかった。世俗を離れた室長の仕事を助けるべく、方言調査という名目で一週間ばかり八丈島送りとなったのだ。

同じような出張で村田君はこの島に二、三度渡った。二度目からはフレンドシップという名の四十人乗りのプロペラ飛行機で往復した。帰路、上空から本土が見え始める前、雲の間に富士の姿だけ忽然と現れた瞬間の驚きを、村田君は今でも時折思い出す。富士が日本の象徴であることを上空で納得した。

故郷の本州を最初に離れた時は船だった。あいにく海が時化て、危険で甲板にも出られないほどだった。船に弱いことを前々から誇大宣伝していた恰幅のいい中年の研究員は、その日、荒波をしきりに心配しながら、ウイスキーをおまじないのように、神妙な顔でちびりちびりやっていた。日頃の饒舌に似合わず、やけに口数が少ない。その精進の甲斐があってのことかどうかは知らないが、まったく意外なことに、小心なこの大男だけが妙に元気で、あとの三人は壊滅状態。公家の出というだけあって見るからにひよわな室長は、出発前の訓話ではすこぶる旅慣れているはずだったが、この時ばかりはからきしだらしがなかった。このよろよろの調査隊長を先頭に、一行は皆ふらふらになって目的の島に這い上がった。上陸したあとも、依然として激しく揺れ続ける小ぶりな頭の中で、村田君はぼんやりと呟いてみる。空だろうと海だろうと、地面を離れる乗り物はもうごめんだな。いっそこのまま島に永住しようか。

島での言語調査は、爺さん婆さんにいろいろ質問するのだが、果てしないおしゃべりもいれば、とんだホラふきにも出会う。八丈の風はものすごい、朝早く浜に出てみたら、沖から飛び魚が強風に乗って飛来し、松の木にばらばら引っ掛かっていた、などという古老の話を、生真面目な顔で録音するのも仕事のうちだ。

一週間ばかりの間、昨日も今日も明日も、天の羽衣みたいなその伝説じみた飛び魚が毎食のように食卓に上った。刺身、てんぷら、焼き魚と毎回変身してその姿を現すのには感心したが、十食ぐらい続くと、さすが魚好きの村田君も、新鮮な感動という訳には行かなくなった。

産湯を使った本州の島を離れる試練は、それだけでは済まなかった。中堅という年齢に達すると、村田君のような三流学者でも、やたらに学会に駆り出されるようになる。そのおかげで四国やら九州やら、知らぬ間に何度も海を越える破目になってしまった。家族が寝静まってから、たまに独酌で田舎の酒を飲みながら、来し方行く末をあれこれ考えてみることがある。夜風に揺れる庭の樹木を眺めると、村田君はこれまでの生き方が何やら翻弄された気もしないではない。

その頃から外国人に対する日本語教育なるものが破竹の進撃を見せ始めた。そんな晴れがましい国際舞台に立つつもりなど村田君には毛頭ない。が、どういう訳か、海外の大学で教えてみないかといった、とんでもない話が時折舞い込む。欧州の或る古い大学で、その怪しげながら卓抜した日本語を駆使して、外国の日本語教師の養成だか研修だかに微力を尽くせと有難迷惑な勧誘を受けたこともある。

その種の話がある度に、人を見る眼がないにも程があると村田君は呆れる。こんな間違いが起こることに一つだけ思い当たる節がある。学生時代に、或るフランス紳士の翻訳の相談相手のようなアルバイトをしたことだ。独学で徒然草を読んだというふれこみのこの太鼓腹のネハン神父は、ワインと雑談が大好きで、二人はしばしば両切りのピースをくゆらせながら、日本の心と言葉の妙について語り合った。青年時代のそういう気恥ずかしい逸話がどこでどうこんがらかったのか、外国人に対する日本語教育と誤って伝えられたせいかと思う。

大陸に渡って孔子の酒でも呑んでみないかという見え透いた話は、かなり早い時期から何度も持ち掛けられた。いくら村田君でも、酒を呑むだけで済まないぐらいは判り切っているから、無論その手には乗らない。ただ、細君が上海生まれで、その両親が魯迅と親交のあった内山完造の世話になったという恩義でも感じたのか、二、三日ぐらいならと気の迷いが一瞬生じかけたことが一度あった。しかし、向こうでは受講生が大変熱心で、朝も夜も質問攻めにあうと伝え聞き、途端に恐ろしくなって慌ててその話を断った。

それから、どんな綴りか知らないが、日本人の耳には「文無し」と聞える妙な名前の豪州の大学からも、悠長な勧誘を受けた。ひと昔前のおっとりした日本語を、戦後の日本人より流暢に操る小柄な外人教授が来日し、言語研究所を訪れた。その折、村田君が近くの店で鮨だったか蕎麦だったかを御馳走したら、来年でも五年後でもいつでもいいから、都合のいい時に教えに来てくれないかと、ネオストップ教授は真面目な顔で云う。有る時払いの催促無しみたいな話で現実味が薄いから、村田君はそのまま忘れてしまった。半分はお世辞もあったのだろう。

学生時代は、早く卒業して、自分の好きなことを自由に研究したかったが、いざ卒業してみると、研究しない自由も捨てがたい。いつの頃からか怠け癖がついて次第に本格化したようである。凝り性で筆が遅く、いつも何かの仕事を抱えてもてあましている。だから、外国で教える話が舞い込むと、よく聞きもせず即座に断ることにしていた。

そんな或る日、大学院時代に知り合った先輩から一通の書簡が届いた。ひと夏、米国に遊びがてらのんびりしに来ないかという変な招待を受けて、村田君は面喰らった。牧某というこの先輩は、その頃アメリカ中部にある大学に勤務しており、本務に忙殺されるかたわら、夏期には別の大学で開かれる日本語教育プログラムの元締めの役までこなしていた。

手紙の文面を信ずるならば、何でも、奇妙なことに日本語以外をしゃべってはいけないという神聖な部屋に坐し、好き勝手な文学作品を読むだけで、あとは昼寝をしていればいいらしい。「遊びがてら」と「がてら」のついているのが、村田君には何だか気になった。これは話がちと妙だとは思ったものの、時々アメリカ製の高級自家用車であちこち案内してやるというような、まことに調子のいいことまで、手紙にわざわざ追伸として添えてある。甘い言葉には気をつけろというから、日頃いくら迂闊な村田君でも、本来なら頭から疑ってかかるところだが、この牧先輩とはちょっとした因縁があった。

村田君は紛れもない国文の徒だが、或る時どうしたはずみか、指導教授の江田氏の論争相手である林教授の授業がちょっと気にかかり、ひとつ覗いてみようかという茶目っ気を起こしたらしい。どういうつもりか、その年はスペイン語でソシュールを読むという。さすがに「特殊講義」というだけあって、その名の通り言語学のまさに特殊な講義だった。そこで図らずも、村田君は日頃は付き合いのない外国文学の連中と顔を合わせることになる。一年先輩にあたる英文の牧氏とも、そういう縁で言葉を交わすようになった。額に勤勉の丸印が書いてある眩しい秀才というのが、忙しく好奇の眼を光らせる牧氏の第一印象だった。

　今は某私立大学の文学部教授として、多分人生論まじりで、ゆったりと手を振りながら古い英語に関する知見を厳かに講じているはずの大柄な大黒氏とも、その授業で親しくなった。村田君はその頃きっと、油気のない黒髪を額にはらりと垂らしていただろう。撫で肩の細身の体を、青いチェックのボディーシャツで包み、色褪せた一張羅の灰色の上着をまとった、一向に垢抜けない大学院生だったに違いない。

　その姓と風貌から大黒様《だいこく》の異名をとる大黒氏《おおぐろ》の下宿は、学校の近くの伝兵衛という酒場の傍にあった。下宿の薄暗い階段を上ると、八畳ほどのがらんとした部屋がある。三畳暮らしの村田君の目には、それがやたらに広く見えた。牧氏と大黒氏と村田君の三人は、そのだだっ広い部屋の真ん中に悠々と胡坐をかいて、定期的に読書会と称するものを開いた。

　生意気盛りの鼻息荒い青年らしく、オグデンとリチャーズの『意味の意味』といった難解な書物を、当然の如く選んだ。皆目判らなくても一向に恥にならないような本をわざわざ選んだような気がして、村田君は今頃になって、にやりとすることがある。それにしても、牧氏と大黒氏という英語の専門家を相手に英文の学術書を読もうなどという気を起こしたのだから、村田君も向こう意気だけは大したものだったらしい。体型の変化につれて人間的にも角が取れるものなのか、心身両面ともに鈍磨して、今ではすっかりものぐさになってしまった小太りの村田君からは、とても想像ができない。

　ちんぷんかんぷんな箇所で互いに勝手な意見をぶつけ合う。一見尤もな説を、牧氏が眼を真ん丸にして、立て板に水の勢いでまくしたてる。すると、それを大きな手で遮って、大黒氏が重い口を割る。判ったような判らないような大黒発言の途中で、村田君が茶々を入れ、よけい議論がややこしくなる。そんなふうに頓珍漢な議論を展開しているうち、話はきまって横道に逸れて気ままな青春を語り合う。当然そういう時間の方がずっと長い。

何の話のついでだったか忘れたが、当時すでにFENを完璧に聴解できるようになっていた牧氏が、なんと英語は度胸だというようなことを云い出した。これには村田君も驚いた。能力ではないと謙遜したつもりだったのか、その気になれば誰にでもできると周りを激励する意図があったのかは知らない。が、プライドばかり高く、能力も度胸も欠落している村田君としてはまことに面目ない。でも、脇の大黒氏は物に動じない風情だから、吐息を洩らした村田君もとっさに、悟りを開きかけたような中途半端な顔をしたかもしれない。

それから幾年も経たないうちに、牧氏はフルブライトの奨学金を貰ったとかで、いち早くアメリカに渡った。卒業後、互いに顔を合わせる機会のないままに時が経ち、気がつくと大黒氏も渡米していた。一人、また一人と海を渡って行く。二人とも、伊豆七島ではなく、どうやら米国本土らしい。ふらりと湯治場を訪れるのは嫌いではないが、村田君は大仰な国内旅行さえ億劫な方だから、自分で外国へ出掛ける気など、これっぽちもなかった。牧氏や大黒氏とは専門も違うし、村田君は正直云って取り残された感じを持ったことは一度もない。ただ、友人と離れ離れになる淋しさのようなものは、心のどこかにあったのだろう。

牧氏から訪米の話が来た時に、真っ先に感じたのは不思議な懐かしさだった。いくら村田君でも、昼寝が主な仕事だなどと本気で思った訳ではない。誰も彼もが若かったその頃を思い出して、旧友の誘いを何となく断りかねているうちに、話がすっかり進んでもう後戻りできなくなってしまった、というのが正確なところだろう。

この年の春、村田君の母が急死した。夜、姉から電話が入った。母と手をつないで歩いているところを悪童連に何度か目撃され、「お馬の親子は仲良しこよし」と囃したてられた幼い日を、村田君は車を走らせながら、ひどく大事なことのように思い出していた。動脈瘤の破裂だったらしい。一瞬の出来事だったのだろう。

長年勤めてきた国立言語研究所をなぜか急に辞める気になったのも、その年のことである。大きな出来事が三つ同じ年に重なった。気持ちの上で格別ひっかかるというほどではないが、これは一体どうなっているのだろうと、村田君は考えた日もあったかもしれない。

逃れるような、何か苦笑するような思いで鎖国の夢を棄て、たっぷり不安を抱えたまま初の海外渡航に踏み切った。

（『航跡』八号　二〇〇一年）

ミドルベリー日本語学校

村田君はニューヨークを飛び立って、カナダに近いバーモント州へと向かった。細君の職場は早ばやと夏休みに入ったが、子供の学校の関係で家族三人はあとから合流する。ひとりバーリントン空港に降り立ったのは、六月の十日頃だった。秀才はえてして冷たいものだが、牧氏は違った。ばりばり仕事をこなすタイプには珍しい好人物だ。日本語学校の校長という要職にある身ながら、その日も約束通り空港まで出迎えてくれた。丸腰で敵地に乗り込んだ心地の村田君にとって、伸び上がるようにしてにこにこ手を振る先輩の姿は、どんなに心強かったか。

六月上旬のその日、お迎えの高級自家用車ならぬ、校長が自ら運転する中級ワゴン車に乗り込むといきなり、前日は最低気温が氷点下だったと聞かされた。米国暮らしの長い牧氏は日頃から、街でいつ暴漢に襲われても逃げ切れるようにとジョギングの日課をこなしているという。ずっと日本で暮らしてきた村田君にはそういう動機がぴんと来ない。海賊から逃げ切るつもりか、水泳の訓練も欠かさないらしい。毎日の努力の甲斐があってか、同年代とはとうてい思えないくらい細身で、頭も体も休みなく動く。すっかり中年らしい貫禄を身につけた村田君は、先輩の摂生ぶりにしばし感動を覚えながら、このところやたらに出てきた自分の腹にこわごわ手をやってみる。車中そんな話をしながら空港から小一時間も行ったところに、めざすミドルベリー・カレッジがあった。

毎年夏になると、この広大なキャンパスに色とりどりの語学校が忽然と現れる。恒例の大型バカンスが始まり、学生がきまって三ケ月ほど姿を晦ます間、空家になる建物を利用して、いろいろな語学の学校が店開きするのである。

牧氏が丸い眼を輝かして云うところを信ずるならば、ここミドルベリーのドイツ語学校は実に百年の歴史を誇る。フランス語学校に至っては、本場のフランスよりもこっちへやって来るほどの権威を有する。アメリカ人相手だから英語学校はないが、ほかにイタリア語、スペイン語、ロシア語、それに中国語も完備している。わが日本語学校は七番目に開かれ、今年で丁度七年目になると得意げに云い添えて、牧氏は満足そうに笑った。

そう云えば、しばらくして村田君は、実際にこのキャンパスで、パリ行きの話を蹴って当地にやって来たというフランス語学校の女子学生と出会った。話がそこまで通じたのだから、彼女は無論日本人である。ハーバード、コロンビア、プリンストン、ＭＩＴといったいろんな大学の学生が実際にいるから、米国全土から集まるという話もまんざら嘘ではないらしい。

村田君は日本の習慣が抜けず、最初の会議からただひとり遅刻した。定刻より五分遅いだけなのに教員が皆そろって、もう打合せが始まっている。自分ではそれでも早いつもりだったので啞然とした。ここでは自分の方が外国人であることも忘れて、外国で外国人を相手にいよいよ日本語のクラスが始まると思っている。緊張して教室に入り、挨拶を交わしておもむろに出席簿を開いた。読み上げていくと、ストウと名乗る人物がいる。親近感を持って声のする方を見やると、少しとうの立った、ゴッホの自画像みたいな髭の男だ。やけに日本人離れした顔立ちだなと思ったら、「須藤」とは縁もゆかりもない、この土地の人間だと云う。

着いてからはさすがに氷点下という日はなかったようだが、初めの一週間ぐらい、早朝などは震える感じがたしかにあった。そういう六月半ばから、秋の気配の満ちる八月下旬までの約九週間の集中コースで、その前後では、語学力にはっきり目に見える差が出るという。すこぶる権威ある学校だというのも、あながち日本語学校長の宣伝文句だとばかりも云えないようだ。

広いキャンパスに校舎や寮が点在する。夏期学校の開かれる間、自転車やバスによる通勤も、乗用車や飛行機での通学も許可されず、教師も学生も全員そのキャンパス内に寝泊まりすることになっている。例えばフランス語学校は「シャトー」と呼ばれる古城じみた建物という風に、語学別に宿舎が割り当てられ、その本拠や近くの教室でそれぞれの語学に熱中する。日本語学校の本拠はたしかアレン・ホールと云ったはずだが、ロシア語学校がソレン・ホールだったかどうかは知らない。

食堂へは日に三遍も往復する計算になるから、遠くの食堂に割り振られると大変だ。或る学生など、広大なキャンパスをはるばる歩いて軽い食事をし、宿に帰り着く頃には、出かける前と同じぐらいの空腹感を覚えると云ったほどだ。村田君はアトウォーターという山小屋風のロフト付き住宅に入った。遅れて細君や小学生と三歳の男の子二人も住んだ。地元訛りで「エッワラ」と聞こえるその建物ははずれの方にあり、食堂に往復した後の空腹感は村田君にもよく判る。

ゴム草履で朝露を踏みながら広々とした芝生を横切ってぶらぶら食堂に向かうと、がやがや人声がする。あちらこちらに人の群れができて、訳の判らぬ言葉をやたらに大きな声でしゃべっているのだ。たどたどしいところを見ると、英語ではないらしい。ドイツ語、フランス語、イタリア語、スペイン語、ロシア語といったヨーロッパの言葉のようだ。あちこちで中国語じみた響きも聞こえてくる。しばらく行くと、村田君にも聞き覚えのある日本語めいた音も耳に入ったりする。瞼を閉じると、自分がどこの国にいるのか一瞬判らなくなる。普通ならひっそりと静まり返っているはずの夏の大学キャンパス、そこにこんな風に毛色の変わった言葉が入り乱れて、ひとしきり賑わう。

外国語の氾濫といっても、開け放した早朝の窓から雀の学校よろしくチーチーパッパという初級クラスの特訓コーラスが聞こえて来るのではない。芝生のあちこちに朝っぱらから、気まぐれな青空学級が開かれる訳でもない。その辺ですれ違うアメリカ人の学生同士が、習い覚えたほやほやの言語で、それぞれ「グーテン・モルゲン」だの「ボンジョルノー」だのといった思い思いの挨拶を交わしている風景なのだ。

或る木陰では、アメリカ青年が長身を二つに折って、同じ米人娘の出来たての恋人に、中国語で「オ・アイ・ニー」と明快に囁く。あけっぴろげで、せつない響きはまるでない。百葉箱の近くでは、何かを大事そうに抱きしめながら、いかつい顔の大男が「メルシ・ボク」と陰翳のない笑顔を返す。習った言葉の少ない初級段階の学生にはほとんど選択の余地のなさそうな珍妙な会話が、朝風に乗って微笑ましく聞こえて来るのである。

キャンパスで誰かとすれ違う時、知らない人同士でも何か一言交わす。言葉を発しない場合でも何らかの表情をつくる。そんなシーンを、珍しいものでも見るように村田君はちらちら眺める。着いたばかりの或る日、学校の周りを散歩していたら、若い米人女性が嫣然と微笑みかける。話の都合で美人だったことにしたい。そんな習慣を知らない村田君は、きょとんとして後ろを振り返った。が、ほかに誰もいない。すっかり面喰らった。慌てて曖昧な笑顔を返し、急に脚を速めた。内心、満更でもない気がしたかもしれない。

村田君は昔からパーティーが嫌いだった。用事もないのに見も知らぬ人と話すのが、生まれつき大の苦手で、人の輪になかなか入って行けない。そんな訳で、ミドルベリーでも独りぽつんと昼飯をしたためていたりすると、仲間外れで可哀相だとでも思うのか、見たこともない学生までが寄って来る。のみならず、彼等はとんでもない質問を発することがある。

或る時、軽い食事の後、薄い珈琲を一口啜って、窓から遠い森を眺めながらぼんやりしていたら、いきなり村田君の耳許でやたらに大きな声がする。

「日本で一番いい小説は何ですか」

びっくりして振り向くと、学生にしては少々ひねた感じの小男が、いたって真面目な顔をしている。村田君は唖然とした。日本で一番速い馬は何かと訊かれても、そうにわかに答えは出せない。一体この男は、文学というものを何だと心得ているのだろう。

返す言葉をしばらく探していると、「一番」の名作さえ即答できない教師をいたわったのか、相手は答えを待たずに、がらりと話題を変えた。が、それにしてはちょっと妙だ。人懐っこそうなこの学生は懲りもせず、今度は「日本で一番高い山は何ですか」と訊くではないか。いい齢をしてそんなことも知らないはずはない。一体どういうつもりなんだと考えているうちに、先方はまたすぐ話題を替えようとする。

第三問「日本で一番……」と来る前に、村田君は気がついた。やれやれ、何のことはない、今日習った「ドコソコで一番ドウコウなナニナニは何ですか」という構文を早速使ってみたまでのことらしい。話が通じたと判りさえすれば、それだけで満足する。答えの方の文型はその日の学習事項にないから、あまり関心がないのかも知れない。村田君は途端に力が抜けた。ひどく真面目に考えていたことが可笑しくって仕方がない。自分自身の質問に酔っている相手に覚られないよう、村田君は顔の半分で微笑った。この調子じゃ、これから先が思いやられるなあ。そう考えたら、急に疲れが出た。

この食堂はうっかりしていると、すぐ看板になる。昔の小使いさんのように学生アルバイトが鐘を振り鳴らして、食事の時間の終了を告げるのだ。只だと思って、やたらにデザートやコーヒーのお代わりをしたりして、いつまでも物欲しげに居残っている連中を追い出すのである。いたずらされては午後の授業に差し支えるので、いつも鐘を振るのは、食堂の手伝いをしている学生連中の仕事だ。村田君の子供達はその鐘を自分で鳴らしてみたくて仕方がない。

或る女子学生が夏の学校の途中で誕生日を迎え、ちょっとした祝賀パーティーが開かれた。村田君の次男の譲二は当時まだ三歳だったが、その痩せた金髪女性の祝いのお裾分けのような恰好で、四歳の誕生日の早めの祝福を受けた。はち切れそうに血色のいい譲二は自分で交渉したらしく、どこでどういう風に話をつけたのか、その日、食堂の鐘を振らせてもらった。笑いを嚙み殺したいかにも得意そうな真ん丸い顔だ。

係の学生は、必要があると食事中のアナウンスも担当する。日本語の練習を兼ねるのだから、たいていお知らせがある。村田君は、ああ、またやってるなという程度に、聞くともなしに聞いている。が、時々、意外なほど流暢な発音で、しかし不可思議な日本語が村田君の耳を驚かすことがある。

「今日はお蔭様で金曜日です」

何が「お蔭様」なのかよそ者は判らないが、そうなるのにはちょっとした訳がある。日本の学生は曜日に関係なく毎日むやみに勉強していた、のかどうかは知らないが、金曜日に特別の思いを抱く人は珍しい。その点、アメリカの学生はいささか大人げないと思うほど、勉強と遊びとのけじめがはっきりしている。月曜から金曜まで必死に勉強し、土曜と日曜は勉強から解放される。大きな試験が近づいたりすると休日返上で準備に追いまくられる学生も当然出てくるが、それはあくまで非常事態だと彼等は心得ている。週末に勉強している姿を見つけると、悪いところを見られたとでもいうふうに、彼等はばつの悪そうな顔をし、白い頬を染めながら、きまって何か言い訳をする。上級の学生あたりになると、「日頃の不勉強が祟りまして云々」といっぱしの口を利くのもいる。つまり普通の金曜日は、その夕方に五日間の労役から解き放たれて自由を満喫できる、待ちに待った一日なのだ。だからこそ「お蔭様で」となるのだろう。

学校長の発案なのか、それとも国民的行事なのか、ともかくミドルベリーの日本語学校では毎週その金曜の晩にちょっとしたパーティーが開催される。日夜日本語漬けの生活の中で「ハッピーアワー」などと英語で呼ぶのは辻褄が合わないが、「週末慰労会」などと呼んだのでは味もそっけもないのだろう。この夜会では、少しアルコールが入り、すっかり出来上がる前にディスコを一踊り、というのが通り相場だ。中にはコーラ一杯で派手に踊りまくる連中もいる。大の大人がよくもまあ、素面であんな真似が出来るものだと、村田君はその民族性にやたらに感心した。

教師が全然踊らないのも、学生の中に溶け込まない印象を与え、会の雰囲気が白ける。村田君は成人してこの方、重い尻を振り回してこんな恥ずかしい恰好をしたことは一度もないが、一人だけ日本から呼び寄せられた客分として、郷に入らば郷に従えと覚悟を決めた。しかしラッシュは避け、連中が飲み物に気を取られている時間帯を狙って、さっと一踊りする。当人はそれを模範演技と称している。往年のリズム感と運動神経は錆びついて、どこが模範か判らないが、足腰はまだしっかりしている。体の凝りがほぐれると、あとは看板まで、グラス片手にたらたらと清談の時を過ごすのが常だった。

ところが、校長の牧氏は違う。諸事万端にかけてスーパーマンの牧氏は、並の人間がほっと一息入れるハッピーアワーの際も、くたびれた顔の教員を探してはその労をねぎらい、教室とは打って変わって元気になった学生を見つけては飛んで行って一緒に踊る。そこには瞬時の余裕もない。神話として語り継がれているところによれば、こういう八面六臂の活動のさなか、まるで神隠しにでも遭ったように、牧氏はいつの間にか会場から姿を消すという。

「ひそかに自分の部屋に戻って仕事に取り掛かるんじゃないの？　何しろ忙しい先生だからね」

軽い調子で村田君が云ったら、

「いいえ、牧先生の帰る姿を見かけた人は誰もいないんです。人込みの中に交じっているうちに消えるんです」

遠くを見るような眼をした大きな顔の男が、まるで汚らわしいものでも払うように村田君の推理を一蹴した。何か神秘的な早業かと思うのは楽しいが、現世を忙しく生きるエネルギッシュな牧氏に格別のカリスマ性があるとも思えない。案外、コップ一杯のビールですぐ眠くなるだけかもしれないと、村田君はそんな失礼な図を想像してみたりする。

牧氏を見ていると、何事にも無駄というものがない。いつか村田君の細君が、アメリカ土産に何か愉快な玩具かゲームでも推奨してもらおうと相談を持ち込んだら、実に簡にして要を得た講釈をしたという。曰く、何とかは面白いだけで何の役にも立たない、何やらは面白くないから子供はちっとも喜ばないが、知識が身につき学力の向上に資すること甚大である云々。足取り重く宿舎に帰り着くなり、細君は身振りまで真似ながら、そんな話を牧氏の口調で村田君に告げた。村田家の家風に従い、結局、「何の役にも立たない」方を名産のメイプル・シロップとともに人目に立たぬように買ったことは云うまでもない。

善意の牧氏は、質的にも量的にも常人には真似のできないものすごい仕事ぶりで、例えばこんな具合だ。その頃、牧氏を中心に何人かで、米人向けの新しい初級の日本語教科書を作りつつあった。構想では前後編の二部構成となっていた。日本からの留学生がアメリカで生活しながらさまざまな文化の違いに気づく前編と、そこで知り合ったアメリカ人が今度は日本に留学することになり、いろいろな伝統的行事を体験する後編とから成り、テレビで紅白歌合戦を観たあと除夜の鐘を聴く場面でフィナーレを迎える筋書きになっているらしい。

多忙に明け暮れる日本語学校開催中も、週一回程度のペースで定期的に夜の教科書編集会議が開かれた。本場の現代日本語を伝えるべく、村田君も請われて、その会議に顔を出す。子供が学校へ出かける場面で「行ってまいります」と挨拶して玄関を出る段取りになっていた。検討会がなごやかな雰囲気のうちに幕を閉じようとする頃、村田君がおもむろに口を開く。この頃は「行って来ます」と云う子供が多いといった最新情報を伝達するのが村田君の任務なのだ。米国滞在の長い日本語教師達は、一同ショックでしばらく言葉を失った。白茶けた空気が一場を支配した。雰囲気を察した村田君はやむなく調停に乗り出す。教える形は願いを込めて「行ってまいります」のままにし、若干の註を添えることで話はようやくまとまった。何か割り切れない感じが残り、会議が終わってもそのまま立ち去りかねた。気を引き立てる必要もあって、面々は何となく雑談を続けている。ところが、一番疲れるはずの座長を務めた牧氏は一向に参った様子がない。一件落着といった晴れやかな表情で、さっと自分のデスクに向かう。そして、ドアを開けたまま、まだしゃべり続ける同僚をまったく気にする風もなく、瞬く間に仕事に熱中する。得意の早変わりで、一人二役どころか、三役も横綱も相務める。そんな人間離れした業を村田君はひと夏で幾度も目撃した。

夏のこの各国語の学校には、それぞれ「オンリー・ルール」とかと称する掟があると聞いた。その期間は自分の習っている言語だけで生活することを義務づけられるのだという。受講生の大部分はアメリカの各地から集まる主に大学生だが、彼等は頼りの英語を禁じられる訳で、教え方が悪いと髭面で文句をつける時も、試験の採点ミスを見つけて、マニキュアの細い指で問題の箇所を指しながら苦情を持ち込む際も、日本語学校の場合はすべて日本語でこなさねばならない。そのためつい億劫になって泣き寝入りしたのかどうか、村田君がひと夏を振り返ってみても、学生は話に聞いたよりずっと素直だった気がする。

泣き寝入りではないが、先生の方はよく昼寝をする。別にしなくたっていいのだが、国立言語研究所で「スイミン・クラブ」という同好会を考えついたぐらいで、村田君は寝るのがもともと決して嫌いな方ではない。異国の空でも率先して実行した。海外に不案内どころか、これが生まれて初めての外国暮らしだったにもかかわらず、風邪ひとつひかずに帰国できたのは、一日も欠かさず午睡を励行して摂生に努めた賜物だったろう。日本にいるとどうしてもその点が不規則になって体によくない、などと勝手なことを呟く。

価値観を異にする勧進元から見れば、当然違った評点がつく。わざわざ日本から招いてはみたものの、村田先生はやたらに寝るだけで、まともな日本語教育の面では到底使いものにならない。おまけに、実生活に何の役にも立たぬことだけ熱心に教える。その飄々とした授業ぶり自体どこか文学じみてでも見えるのか、一部に隠れた人気を呼んでいるらしいから、ますます始末に負えない。見るに見兼ねた校長が一計を案じて個人教授の時間を増やした、ということなのかどうか知らないが、村田君は一対一の贅沢な授業が途中からやたらに多くなって、昼寝の時間が圧迫されたような気がする。

「シツレイ　シマース」という独特の調子で、てきぱき仕事をこなす日系三世のバイリンガル秘書がいた。

勤務時間が終わるのを待ち兼ねたように、バレーのボールを小脇に抱え、「皆さん、排球をやりませんか」と周囲に触れながら一目散にコートへ走る。見るからに固太りの小麦色の肌、輝く健康美そのもので、ドンナ・エチゴ嬢といった。村田君の命名した「越後の旦那」という失礼な愛称で、みんなに親しまれていた。木陰で涼風に吹かれながら、この溌剌としたお嬢さんと向かい合って川端康成の『山の音』を読んだのも、その個人教授の一環だ。小説の筋を追うだけではない。すでにかなりの日本語能力を持つ彼女の比較的弱い点を補うため、ヒロイン菊子が、夫や舅や姑、あるいは出戻りの義姉に対して、敬語をどう使い分けているかを一緒に考えたりした。

金髪細面のアシュビーという男は、自分のTシャツに大きな漢字で「足指」と染め抜いて得意になっている。色白の頬を薄紅色に染めていつも笑顔を絶やさないこの好青年と、がらんとした午後の教室の一角で、あるいはキャンパスの芝生に点在する一人掛けの木製の椅子にそっくりかえりながら、くつろいだ気分で漱石の『吾輩は猫である』をじっくりと読んだのも、やはりそういった午後のデート授業の一つである。

午前中は当然、教室でクラス別の授業になる。村田君の担当した最上級のクラスともなると、いろいろな経歴の持ち主が集まる。ある時、結婚したばかりで万事に張り切っている中国系の米人女性が、憤慨した面持ちで教室に入って来るなり、つかつかと歩み寄り、至近距離で激しく弁じ出した。正しい漢字を書いたら校長の牧氏の手で誤った漢字に直されて、抗議をしても受け付けてくれないと訴えて来たのである。そんな馬鹿な、と思って村田君が問題の試験用紙を覗いてみたら、旧字体を新字体に直してある。中国の血を引いている彼女としては、漢字は中国が本場だと信じているから、字体については相当の自負があって、日本人にけちをつけられる謂れはないという気持ちなのかもしれない。相手が校長であろうと、そう簡単に引き下がる訳にはいかないのだろう。それがどうして村田君に相談を持ち込んで来たのか、その辺の事情は定かでない。村田君自身も時折好んで古めかしい漢字を書くから、あるいは日頃から親近感を持っていたのだろうか。率直に意見を云って、校長が誤った指導をしたことになっては学生にしめしがつかない。日本語学校全体の威信にもかかわる。一瞬ためらった後、そもそも文字というものは相手に通じることが先決で、「正字」を書いて通じない場合は、「略字」を書いてでも通じさせねばならない、答えにならないそんな理屈で、その場をしのいだ。中国の文字を「正字」と評価されて面子《メンツ》が立ったのか、ふくれっ面の新妻はすっかり機嫌を直し、赤い水玉のワンピースの裾をちょっと持ち上げるようなしぐさをして席に戻って行った。

がさつな男子学生に挟まれるように、素足にサンダルを突っ掛けたジーパン姿の若い女性が、いつも控えめに坐っている。授業中もあまりものを云わない。歯並びの矯正中のせいかと村田君が勝手に解釈していたら、伝統的な日本婦人の美しい立ち居振る舞いに魅せられたためらしい。物静かに語ったところによれば、一年間、京都の尼寺で修行を積んだという。食堂で話しかけられると、右手で慌てて口を押さえて黙り込む。そうして、口の中の物がきれいに無くなってから、おもむろに口を開く。アメリカの地で、そういう娘の思いがけない動作を目のあたりにして、村田君はまごついた。こそばゆいが、感動的でもあった。

上級あたりになると、皆かなり日本語が達者になっているから、中にはけっこう悪い奴も出て来る。どうかすると教室で野次が飛ぶこともある。或る日、巨木の如き胴回りの大男があてられ、蚊の鳴くような声で答えていたが、途中で何か簡単なことを間違えた。すると、待ち兼ねたように横の男が頓狂な声を発した。

「ウッドの大木」

ウッドというそのしくじった大男の名をもじって悪口を吐いたのだ。今思えば、あらかじめ考えておいて、いつか使ってやろうと、虎視眈々その機会を狙っていたに違いないのだが、その時はそんなことは考えないから、村田君はこの当意即妙の野次にやけに感嘆していたら、洒落の通じない学生に授業の進行を促された。

そういう芸人じみた茶々を入れるのは、きまってユダヤ系の風貌をした黒髪の痩せた男だ。彼はいつも下駄履きでサイクリング車を器用に操って教室にやって来る。ブレーキが装備されておらず、ペダルを逆向きにこいで止めるとかいう珍妙な自転車らしい。当人の弁によれば、新宿かどこかの交通公社に勤めたことがあるそうで、さすがに生活語彙も豊富だ。単に日本通であるだけでなく、森羅万象に通じた男である。

イエガーというその男は、顎にしょぼしょぼ不精髭を生やし、一見ものぐさな易者風の容貌に見える。ところが、見かけに似合わず大変な勉強家だ。キャンパスでよく上半身裸になって甲羅を干しながら、無駄なくテキストを広げている。そういう光景を初めて見かけた時、村田君は社交辞令として声を掛けてみたものの、適当な話題が浮かばない。とっさにイエガーを勝手に「家が」と解釈し、にやにやしながらその名の方を尋ねてみたら、相手は待ってましたとばかり「イエガー・ビンボー」と答え、得意そうに肉の薄い鼻をうごめかした。こういう輩《やから》を相手にしているうちに、教師の側の言語感覚もいささか常軌を逸するようになるらしい。或る日、補助教員を務める英国系の妙齢の米人女性がやって来て、ウェルシュというその苗字に漢字を宛てるよう求められた際、とっさに「飢酒」と書いてしまった。

日本語を適当に楽しんでいる感じのこの最上級クラスの連中にとっては、オンリー・ルールによって母国語の英語を厳しく禁じられても、さほど苦痛ではなさそうに見えた。しかし、中級以下の学生はさぞ大変だったろうと思う。授業中だけではない。明治維新やたこやきや「寅さん」の話題ならまだしも、食堂でビートルズやヘーゲルについて語る際にも、宿舎でチャップリンや「ローマの休日」の批評を繰り広げる時も、すべて日本語で賄う必要がある。一念発起してデートの約束を取りつけようなどという気を起こしたら、自分の既習語彙を総動員し、過剰な身振りを交じえて何とか通じさせねばならない。

一陣の風が吹いて、先生側にもその影響が及ぶことがある。緯度の高いこの地の夏も、昼間はけっこう暑い。しかし、夜はさすがに大分涼しくなる。七月の末あたりまでは、九時を過ぎてもまだ明るいから、夕食後が絶好の運動時間だ。日本では丁度テレビのゴールデン・タイムに当たり、素人のアウトドア・スポーツなど考えられない時間帯である。

クワッケンボスという厳かな姓を持つ中年の女教師がいて、これが大のテニス好きと来ている。雨でコートが濡れると恨めしそうに空を見上げ、晴れ間を待って飛んで行く。モップをかけて水分をコート脇に払い、相手の現れるのを今や遅しと待ち構えている。一汗流した後にきまって出て来るカナダの銘柄ビールに釣られて、村田君は毎晩のように、進んでそのいい鴨になった。

その年はたまたま全米学生八位とかいう触れ込みの学生がいて、その現役選手にサーブの個人教授を受ける機会に一度だけ巡り合った。コート内にワン・バウンドしたボールが周囲の金網に突き刺さるという文字通りの弾丸サーブだ。村田君が打つと、同じラケットでもまるで違った趣が出る。それでも十五分ばかり手を取って指導された甲斐あって、サーブのスピードだけは目を見張るような進歩を遂げたと当人は思っている。村田君は勝敗にはあまりこだわらない。が、へなちょこサーブを入れてちょこまか動き廻るだけの牧長にその夏一勝も出来なかったことは、何とも腑に落ちなかった。弾丸サーブが突き刺さると危険だから脇へ寄れなどと大きな口を叩くものの、いざ打ってみるとイメージとは違ってボールは勝手な方向に飛んで行くから、脇へ寄っている方がかえって危ない。それでも、コートがくじら尺でもうちょっと広かったら君達なんか物の数ではないんだがなどと、村田君は苦しい強がりを云ってみる。

　そのうち恒例の学校対抗バレーボール大会が近づき、日本語学校としてもレギュラーを固めて強化練習に入ることになった。ところが、連日のテニスの練習で無駄な筋肉を使い過ぎ、村田君はとうとう噂に聞くテニス肘と称するものになってしまった。右腕が痛くて上がらない。将棋なら左手でも自信があるが、バレーボールとなれば、いくら何でも片手という訳にはいかない。あろうことか、選手登録を抹消されてしまった。若い頃に職場対抗の試合でセッターを務めたこともある村田君は、日本を発つ前からこの大会を楽しみにしていて、重い体でゆったりと舞う中年向きのスパイクを開発してはイメージ・トレーニングに励んで来た。海外で素人連中相手にその腕を披露しようと意気込んでいたのがすっかり当てが外れ、泣くに泣かれぬ心境だった。

　励まそうという訳でもあるまいが、リーグ戦のレフェリーにという話が舞い込んだ。この抜擢が、また誤算だった。何しろ七ヶ国語の学生の集うオンリー・ルールの大会だ。試合をどうやって進行させるか、この大問題に村田君は真顔で悩んだ。が、答えははっきりしている。筆談でも問題は解決されないから、言葉が通じないとなれば、ゼスチュアで知らせる以外、方法がない。突如として開眼した村田君は、窮鼠猫を咬む心境で、いたずらに大げさな身振りを濫用し、確信ありげに判定を下して何とか難関を乗り切った。英語で恥をかかないで済んだだけ幸いだったんじゃないかなどと、面と向かって失礼なことを云う者もいた。村田君は憤慨してみせながら、内心そんなものかもしれないと思った。

　外国暮らしの長い佐藤という日本語教師が夫婦で来ていて、そこにアメリカ生まれの子息がいた。村田君の家の長男の悠一は小学校の六年生だったが、その日米生まれの同い年の長男同士が、日本語と英語の交換教授を兼ねて一緒に遊び廻っていた。もしもあの非情なルールの波が子供達をも飲み込んでいたら、互いにぽかんと口を開いて、二人とも寡黙に気まずいひと夏を送らねばならなかったろう。が、現実に遊び廻っていたのだから、彼等の場合は当然オンリー・ルールを免除されていたものと思う。

語学の荒行に励む山伏学生にとっては、現実は至って厳しい。このオンリー・ルールに著しく違反しようものなら、大変なことになる。当局が贋学生を忍び込ませることはまさかあるまいが、ボランティアの学生監が目を光らせているのか、夜廻りが交代で寝言でもチェックするのか、ともかく母国語をしゃべっていることが露見すると相応の罰金まで取られるという仕組みになっているらしいから、日頃のプレッシャーたるや相当なものだったろうと思う。教育効率より人道を重んじる村田君は心から学生に同情した。

日本語の勉強に飽きて学生が談話室でくつろごうとすると、テレビの画面に川端康成原作の映画『雪国』のビデオが映っていて、池部良や岸恵子の自然な日本語の会話がいやでも耳に入って来るし、息抜きにキャンパス内のキネマ館に足を伸ばすと、きまって日本の古い映画を上映している。或る晩、村田君は学生と一緒に『ザ・サムライ』という長編を見物した。日本では『宮本武蔵』という題なのだが、そういう人名はアメリカ人には馴染みがない。「サムライ」という日本語なら「ハラキリ」や「ショーグン」などとともによく知られているからだろう。多数のアメリカ人に囲まれて映画を観たのはこの時が初めてだった。「宮本武蔵」という題字には一向に反応を示さないが、主演の三船敏郎の名が出た途端にどっとざわめいた。拍手と歓声が沸き起こり足踏みまで始まったのには村田君も驚いた。観劇中もやたらに騒がしい。あたり憚らぬ大声で笑うだけではない。いい場面では声援が飛ぶし、ここぞという時には口笛を吹くのもいる。その陽気で率直な民族性に村田君は啞然とした。単純と云えば単純だが、真似の出来ない天真爛漫さが羨ましい気もする。

小津安二郎監督作品の『お早よう』や『東京物語』も上映していた。笠智衆と東山千栄子の夫婦が二人並んで腰を下ろし、ともに海を眺めながら話し合う場面が出て来ると、彼等は顔を見合わせてげらげら笑う。心に疾しいことさえなければ必ず相手の眼を見ながら話す習慣のある彼等には、二人が同じ方向を向いたまま話し合う行為がよほど奇妙に見えるらしい。そういう日本人の生態や、日本の社会、文化の性格を、映像を通して理解してもらおうという日本語教育の一環として、映画鑑賞の夕べが開かれるのである。

教育する側のすさまじい執念が伝わって来るが、学生の身にとっては大変な重圧だ。たまには日本語を忘れて一息つこうと思っても、おいそれとそういう状況が現れない。どうしても日本語から逃れたければ、目隠しをして耳栓でもする以外、手はないようだ。安心して一休みするのに何か防具でも必要なほど、あたり一面日本語のどしゃ降りとなるのには、それなりの事情がある。彼らは日出づる国、いや日の没する彼方にあると聞くジパングなる国に留学できればいいのだが、金はかかるし、そうそう誰でも簡単に行けるものではない。そういうチャンスが巡って来ない人は、自然に本場の言葉を呼吸する訳にはいかない。そこが国内での外国語教育の苦しいところだ。苦肉の策として、こんなふうに、せめてその期間だけでも日本語の中にどっぷりと浸らせる仕掛けになっているのだろう。

いわば山に籠って修行を積む九週間の暮らしは、毎日、一定の行事の繰り返しだから、それ自体が時代遅れの文型練習みたいなものかも知れない。時折、破戒僧や脱走兵も現れる。髪の短い、いかにも人の好さそうなずんぐりした青年がいて、始まって間もない頃は毎日律儀に、「私は今日、下町へ買物に行きまーす。何か買って来ましょうか」と村田君の所に四角い顔を出した。学校が小高い所にあるので「下町」と云ったのだろうが、下町も山の手も、店はその一角にしかないから、単に「街」と云ってもあまり変わらない。せっかくの厚意だとは思うが、村田君はほとんど買いたい物がないから、めったに頼まない。自然、その注文取りも次第に間遠になって行った。

それからしばらく経った或る日、「あの御用聞きの学生、何だか最近ちっとも現れないね」と、そのクラスの担任に云ったら、下町に買物に行ったっきり、もう十日以上になるという話だった。いくら買う物が多かったとしても、十日は長過ぎるから、街へ出たついでにそのまま自宅に戻ったと考えなくてはいけない。毎日のように買物に出掛けたのは、ひょっとしたら息抜きに英語を使う為だったかも知れない。そう思うと、村田君はどうにも遣り切れない気がした。こういう落伍者が出ると、教師の方も無性に淋しくなる。当人はなお辛かっただろう。一体彼はどこへ帰ろうとするのか。顔を隠すようにして裏口をごそごそ云わせる悄然とした脱走兵を出迎えるのは、年老いた母親だろうか。妻や娘だろうか。村田君にはなぜか女の姿ばかり浮かんで来た。

一方、強靭な精神力でいくつもの危機を乗り越え、この単調地獄を見事に克服した修験者達は、秋風の立つ頃、一人一人が晴れやかな顔で山を下りて行く。単に語学力が着実に向上するだけではない。青春の多様な誘惑を断ち切り、安易な英語のはびこる俗世間から隔離されて過ごす二ヵ月有余に及ぶ山籠り、その厳しい戒律の下でひたすら堪え忍ぶ修行――そういう初体験で、人間的にもひとまわり成長したという思いが、きっと若者たちの胸を大きくふくらますことになるのだろう。

日本語学校で村田君自身、上級の学生ですらオンリー・ルールの規則にうっかり違反する現場を幾度か目撃した。試験の日、開始直後に教室のドアが猛烈な勢いで開く。垂らしワイシャツの太めの男が寝癖のついた髪を振り乱して飛び込んで来る。遅刻したその侵入者が机の間を縫って席に突進する。その拍子に肩のデニムの信玄袋が揺れて、坐っている女子学生の顔面を直撃し、金縁の眼鏡が飛ぶ。その時、狼藉者はとっさに「アイム・ソーリ」などと口を滑らした。周囲の連中は互いに顔を見合わせながら、取り澄ました声で「はあっ?」と問い返す。このあたりのクラスになると、もう教師の出る幕はない。

云いたいことの満足に云えないこの制度は、たしかに「表現の自由」を侵すものだ。いささか人権無視の気味もないではない。しかし、それでも愛はちゃんと芽生えるから何とも愉快でならない。こんな生活をしていても、卒業式の頃にはちゃんと幾組かのカップルが出来上がっている。初めは退屈紛れに恋愛ごっこでも始めたのかと思ったが、どうも遊び半分という雰囲気ではない。それなら学芸会用の劇の稽古かとちらちら見てみると、演技にしては少し真に迫り過ぎている。こういう場所に名優が揃っているはずもないから、これはどうやら本物の恋らしいと村田君は判断した。

しかし、それにしても、男女の間というのは妙なものだ。この地で巡り合った人に好意を覚えることがあっても不思議はないが、そういう恋心がそんなにうまく実を結ぶのが、村田君にはどうも解せない。ひょっとしたら言葉が不自由なせいではないかと、村田君は勘ぐってみた。何語でも同じだろうが、一般に外国語教育では、相手の求愛を拒絶する表現を教えることはめったにない。好きだと云われて上手に「ノー」を云う、その肝腎の日本語を学生は多分まだ習っていない。そこで、やむをえず、自分の知っている言葉をあれこれ適当に見つくろって発音しているうちに、どういう訳か偶然こんなことになってしまったというような面もないとは限らない。

それにしても一組みや二組みではない。木陰のベンチがけっこう繁盛するぐらいだ。夕刻、キャンパスをぶらぶら歩いていると、外気にふれながら自分の唇でじかに愛を確かめ合っている姿によく出会う。村田君は初めのうち、現場に行き合わせる度に平常心を失って、つい眼をそむけた。道の突き当たりにベンチがある時などは特に始末が悪い。そこの角を曲がるまで、歩きながら長い間まともに前方が見られないのには往生した。そうかといって、途中で引き返すのもわざとらしい。

が、懲りずに散歩を続け毎日見ていると、こういう乾いた濡れ場にも平静でいられるようになるから不思議だ。感性がこんなに簡単に揺れるようでは、村田君の身につけた日本文化もいい加減なものだと思う。今でも彼等に激励の言葉を掛ける気は毛頭ないが、青空の下、広い芝生の上で睦み合っているのは、明るく健康的な感じもする。口づけの日米比較文化論などどうでもいいが、オンリー・ルールという言論統制下でのカップル誕生というこの現象は、多くの謎に包まれている。一体全体、恋愛にとって言葉は無用の長物なのだろうか。それとも、あまりに非人間的な生活の打ち続く中、若者は人を愛することで、自分が人間であったことを激しく思い出そうとするのだろうか。こういう窮屈なところでも恋が生まれるというのは神秘的で、何だか悪くないような気もする。

八月の半ばを過ぎても、昼間はまだかなり暑い。授業の折など上着が邪魔になる。夏期学校がぼつぼつ終わりになるという頃、村田君は気を利かせたつもりで、スーツなど御用済みと思われる荷物をまとめて日本に送った。帰国前に家族で外地でのちょっとした国内旅行を予定しており、できるだけ身軽になるためである。これは、付き合いがざっくばらんで、改まったことの嫌いなアメリカ人の習性を見越した英断のはずだった。

ところが、異変が起こった。それから間もなく、日本語学校の卒業式が挙行されることになり、その知らせの紙に「ネクタイ着用のこと」と記されていたのだ。村田君はわが眼を疑った。ネクタイ着用となれば、Tシャツはおろか、スポーツシャツやとっくり襟のサマー・セーターでもまずかろう。どうしても上着が要る。わざわざそういうお達しがあるからには、背広もカジュアルなジャケットではなく、スーツ姿が常識だろう。村田君は途方に暮れた。

途方に暮れたところで、いいことを思い出した。前に学長招待の晩餐会があった折のことである。その時も、招待状に同じく「ネクタイ着用のこと」とあった。その日に限って夕方になっても一向に涼しくなる気配がなかったが、生真面目で疑うことを知らぬ日本語の先生方は皆それぞれに正装して出掛けた。あいにく村田君はスーツの持ち合わせがなく上下揃いという訳には行かなかった。それでも学長に敬意を表して、ラフな感じながら珍しくジャケットをはおり、きちんとネクタイを結んで汗を拭きながら臨席した。

ところが、いざ会場に入ってみると、いささか当てが外れた。必ずしも改まった背広姿ばかりではないのだ。女性は勿論だが、男性でも、背広は着用していてもノー・ネクタイだったり、ネクタイを締めていてもカーディガンやジャンパーを引っ掛けていたり、結構ラフな姿が目につく。

最も目立ったのは勇気ある若者だった。長身のいかにも生真面目そうな青年が上半身素っ裸で入って来たのだ。桜色の胸を隠すように、きちんと作法どおり幅の広い真っ赤なネクタイを垂らしている。一足遅れて藤色のスカートをまとった連れらしい女性が入って来た。こちらは肌を必要以上に露出していない。村田君はほっとして、何食わぬ顔で視線を件の男に戻した。

皆の注目を集めた当人は、気負った様子も照れた様子もまるで見られなかった。茶色い長髪を紐で括って馬の尻尾みたいに背中に垂らし、色白の出額のせいで眼がいかにも窪んだ感じの男である。その彫りの深い顔を引き締め、にこりともしない。愁いを含んだようにも感じられた眼が、心なしか光を帯びて動き始めた。その視線の先を追うと、眼は一定の線に沿って往復する。万人注視のなか、料理の品定めに余念がないように見える。

素肌にネクタイなどという奇抜なことを考えつく茶目っ気もさることながら、それを大胆に実行に移す蛮勇には感心する。そして何よりも、こういう馬鹿馬鹿しい若気の不作法に誰一人眉をひそめることもなく、その稚気を微笑で包み込む大人達のユーモア精神に、村田君は本物の自由を獲得した国の伝統の深さのようなものを感じた。気分をよくした村田君は、学長招待なので形式的に「ネクタイ着用」ということにしてはいるが、この晩餐会は実際にはそう堅苦しい会ではないのだと、希望的観測も交え勝手に解釈した。

卒業式もそんな雰囲気だろうと高を括り、軽い気持ちに切り換えて出てみたら、まるで違う。会場に白い幕を張りめぐらし、正面に日の丸と星条旗が並んでいる。日米両国のその国旗を背にして、ミドルベリー・カレッジの副学長や日本語学校の校長を務める御存じ牧氏等、役付きの偉い先生方が全員黒っぽいスーツに身を包み、見たこともない厳粛な面持ちで居並んでいる。

普段はもうちょっと何とかならないかと思うぐらいくだけた身なりだった学生も、今日ばかりは何やらひどく改まった服装に見える。あれほどの勇気を示した裸ネクタイの青年も、今はきっとそれなりに正装してこの会場のどこかに畏まっているのだろう。村田君は会場から逃げ出し、すぐに帰国したい心境だった。入口で何人かの同僚や学生連中と顔を合わせてしまった以上、今更仮病をつかって欠席する訳にも行かない。出席と決まれば慌てても仕方がないから、開き直って一人だけ上着のない白い半袖のワイシャツ姿で通した。母校の卒業記念に買った古ぼけたネクタイを着けていたが、場違いな服装が気になり、式の途中でその銀色にえび茶のストライプの入ったネクタイを何度もきゅっと締めあげてやたらにきつく結んだ。

その肩身の狭さを増幅したのが英語の演説だった。式で何かしゃべらされるとはいつか聞いたが、前日の夜風に乗って、それがどうも英語の演説らしいという噂が流れて来たのだ。そうなると逆に英語のオンリー・ルールが適用されたあんばいで、上着もなく日本語だけが取り柄の村田君は泣きっ面に蜂という気持ちだった。好きな小説を読んで、あとは寝ていればいいと手紙に書いて寄越した校長の牧氏の顔が、途端に憎たらしく浮かんで来る。これでは話が違うと苦情を申し込みたいところだ。が、そこまで子供ではないから、無論そんな無茶は云わない。

覚悟は決めたものの、英語で考えてそのまましゃべるような芸当はとうていできないから、村田君は式の二時間ばかり前になって小さな字引を引っ張り出し、自室でスピーチ原稿を書いた。その和風のしっとりとした英文をネイティブの手で本場の英語に変身させてもらおうと、米国生まれの日本語教師を訪ねた。いかつい顔のその若い男の同僚は、村田君の母校に留学して歌舞伎の研究をしたという。酒を飲むと不思議に頭が冴えて饒舌になるが、昼間は物静かで、少しぼうっとしているようにも見える。その昼行灯のガストー氏の茫洋とした人柄を村田君は好ましく思い、表現のセンスにも信頼を置いていた。

ところが、苦心の草稿を片手に勇んで宿舎を訪問すると、当てにしていた相手はあいにく留守で鍵がかかっている。英語の達者な日本人教師ならいくらもいるが、本番の際に、教えてくれた日本人の前でしゃべることを考えると、試験でもされているようで憂鬱だ。それに、ブランド志向の強い村田君の妙なプライドも許さなかった。そこで必死にガストー氏の行方を追い、心当たりをいろいろ探したが、式の始まるまでとうとう捕まらない。刑場に赴くような重い足を引きずって会場へと向かった。

卒業式は古めかしい鐘の音を合図に、やたら厳かな調子で始まった。が、そこは陽気でざっくばらんなアメリカの風土のこと、スピーチに移ってからは会場に笑い声が響く。その場の雰囲気は幾分和らいだものの、聞こえて来るのは流暢な英語ばかりで、何とか通じても半拍以上は遅れて笑う村田君としては、内心どうも面白くない。

いよいよ順番が廻って来た。もうやけくそで勢いよく腰を上げた。立ち上がってみると、やはり一人だけ半袖シャツから出ている自分の腕がどうしても気になる。片手でしきりにさすりながら、やおら重い口を開いた。日本語学校の全教員、全学生の見つめるなか、万策尽きた村田君はやむなくプライドをかなぐり捨てた。言い訳から始まる純日本風の挨拶を、小さく畳んだメモ紙を時折ちらちら見ては、むろん金釘流の英語でたどたどしくしゃべった。

汗を拭き拭き〝個性的な〟演説を済ませたら、昼食会に移るのを待ち兼ねたように村田学級の上級の学生達が寄って来た。下駄履きがトレード・マークになっているイエガー・ビンボー氏でさえ、今日はさすがに黒い靴を履いている。それが場所柄もわきまえず大きな声で、先生のスピーチは、意外と云っては失礼だが、日本語というより、どちらかといえば英語に近く聞こえたなどと云う。学生が日本語でそんな憎まれ口を叩くのを、村田君は満足気に首肯きながら、今日ばかりはにこにこして聞いていた。

授業中に漢字の字体にこだわったあの中国系の女子学生が見かねて近づき、いや、スピーチの内容はなかなかのものだったと、耳元で囁くように持ち上げる。村田君がそういうことこそ大きな声で云えと応じると、彼等は、いい気になるなと思ったのかどうかは知らないが、でもネイティブ顔負けの自分達の日本語とはおよそ比べものにならなかったなどと、口々に勝手なことを云って貶すことも忘れなかった。学生達の流暢で多彩な表現ぶりを村田君はいかにも満足そうに聞いていた。

ミスター・アップス、日本語の達者な学生達がここぞとばかり「上様」と訳すその酒場で、夏も終わろうとする頃、ミドルベリー日本語学校の謝恩会が催された。合理主義のアメリカの地で、過去を振り返るこんな感謝の催しがあるとは、それまで村田君は思ってもみなかった。

あれほど云いたいことを云っていたはずの上級クラスの連中でも、九週間の母国語の禁欲で、云いたいことがよほど溜まっていたのだろう、堰を切ったように早口の英語が店内に充満する。アメリカ人は誰も彼もが早口で猛烈にまくしたてているような気がした。村田君が日本語で主導権を握っていた教場の時とは、すっかり攻守ところを変えた。こんなはずではなかったと思うが、引き返すにはもう遅い。

八月も下旬になると、日が暮れる頃はひんやりしてくる。テラスでビールを飲んでいたら、そのうちだんだん頭も冷えて来て、村田君は自分が今、外国に来ていることを思い出した。昨日までが特殊な社会だったのだ。日本語のぬるま湯に浸かって安閑としていたに過ぎない。今更この連中に「ハワユー」でも「アイムグラットゥーミーチュー」でもないし、それ以上内容を盛ろうとすれば、また原稿を書かなくてはいけない。英語の会話がやたらに甲高く行き交う喧騒のなか、憮然として、しばらく一人で飲んでいた。

物云わぬ冷たい星空や湿っぽい樹間に時折うつろな眼を投げたりしながら、黙々とグラスを重ねていたが、そのうち少々退屈して来た。視線を店内に戻してあたりを見廻すと、すぐ脇にも一人、やはり黙々と大きなジョッキを傾けている大男がいる。村田君は当然の如く日本語で話しかけた。眼下を流れるちょっとした河の名を尋ねてみたのだ。すると相手は、巻き舌の本場の発音で、なんと「ミスァスィッピ」などと云うではないか。いくらアメリカの地理に不案内な村田君でもミシシッピーは名だたる大河であり、第一こんなあたりを流れていないぐらいのことは知っている。今はこうやって胸を張って飲んでいる巨木の如き学生が、教室で背中をまるめ、間の抜けたタイミングで生真面目な応答を俯き加減に繰り返す姿が浮かんで来た。あのもっさりした男も母国語では冗談を云うのかと意外な気がする。親しみを込めた精一杯のサービスのつもりだったかもしれない。それにしても英語という奴は、どうしてこんな朴訥な男まで早口に変えてしまうのだろう。そんな取り留めのないことを心のうちに呟きながら、クラスで「うどの大木」とからかわれたその男の顔を、村田君は五秒ばかり眺めていた。

と、河に近い草叢から思いがけない訪問客が飛び出した。見る間もなく、松虫ともスイッチョともつかぬその虫は、村田君達のテーブルに跳び上がった。その時、虫も殺さぬ顔をしたあの尼寺仕込みのしとやかな女子学生が、すかさずしなやかな左手で虫を捕まえ、伏せてあった空のコップの中に入れた。同時に、卓上に誰かの手が伸びて、紙製の円いコップ敷きをかぶせて蓋をした。

村田君は呆気に取られた。日本語で暮らしていた昨日までの様子からは想像もつかない素早い動作だ。英語で息を吹き返した学生達を目のあたりにして、村田君はいささか複雑な気持ちになる。彼等は至って無邪気だ。ここでは底抜けに明るい。一同ごく自然に、授業で読んだ尾崎一雄の『虫のいろいろ』の話になる。

便所の窓を開けて何の気なしに見ると、その重なった戸の二枚の硝子に幽閉された大きな蜘蛛が、梅林越しの富士を背景に悠然と構えている。そういう虫の生態を観察しては、そこに人生を透かし見る思索的な小説だ。

「こいつとの根気比べは長いぞ」

金髪をなびかせたアシュビー氏が、暗記したような口調で作中の台詞を口にする。今日は、お気に入りの「足指」のTシャツを脱いで、濃紺のシャツに水色の上着というこざっぱりとした身なりをしている。

「これじゃ、空気も入らない」

村田君がそう云って、蓋をちょっと持ち上げた。すると脇から、すかさず誰かが頓狂な声で日本語を叫ぶ。

「それがミドルベリーの週末です」

村田君は調子外れの高い声の方を振り返った。見ると、隣のテーブルから、真っ赤なブラウスをまとったあの「越後の旦那」が早くも真っ赤になった顔で、こっちのテーブルの虫入りコップを指差している。それがきっかけで最上級クラスの連中が寄って来て、円いテーブルを二つ並べ、大きな談笑の輪をつくった。

周囲は相変わらず賑やかだが、先程までの英語の洪水とはいささか様子が違う。耳を澄ますと、あちこちのテーブルで日本語と英語のチャンポンの会話が聞こえて来る。

どのぐらい経っただろうか。村田君は、自分達の話し声が何だかさっきより甲高く響くような気がする。腕組みをしたままあたりを見廻すと、いつの間に帰ったのか、気づかぬうちに学生達の群れがめっきり減っていた。会もぼつぼつ終わりだな。そして、この町ともお別れか。村田君の愛読してやまぬ井伏鱒二は体力で飲み続け、深更に及ぶと、「一人去り、二人去り、近藤勇はただ一人」と、得意の台詞を呟いたという。そんな話が思い出され、ここらが近藤勇の登場する潮時かと、ひとり興に乗って髪をかきあげながら、自分達のテーブルに視線を戻した。そこには同じ釜の飯を食った学生達の人懐っこい顔が見える。途端に、ここはアメリカだと気づき、酔った頭で場違いなことを考えていた自分が、何だか可笑しかった。

間もなく村田君は、この国を離れることになる。そして、明日から散り散りになって行く学生達のことをちらと考えた。秋にはそれぞれの大学に戻り、それぞれの専門に精を出すだろう。一クラス上の日本語の勉強を続ける者もいるに違いない。卒業して社会に出、日本語を生かした仕事に就く人もあるかもしれない。このひと夏を肥やしとして彼等はきっと成長する。青春のひとこまも次第に輪郭が薄れ、やがて闇の中に融けてゆく。

物見遊山の気分も手伝って昼寝に来た村田君とは違い、毎年それぞれのスケジュールを責任を持ってこなす牧校長は、この夏の反省材料を踏まえ、来年のカリキュラムや教員の手配のことで、もう頭が一杯のような気がする。村田君は腕組みの姿勢から右肘を立て、頬杖をついた。東京に戻ってもしばらくは、心の手帖に並ぶ彼等の抜け殻が目につくだろう。そして、村田君自身の抜け殻は？

風が出て来たらしく、前方の林が少し騒がしい。見上げると、いつの間にか夜空の星は厚い雲に蔽われている。ぼうっと紫がかった闇の所々が、街灯の明かりのせいか、やけに色褪せて見えた。

（『航跡』九〜一一号　二〇〇二〜二〇〇四年）

あとがき

早稲田の文学部の卒業論文は文章心理学の波多野完治先生、大学院文学研究科の修士論文は言語過程説や詞辞論の時枝誠記先生の指導を受けた。社会に出てからも国立国語研究所や早稲田大学に長く在籍して研究職・教職の道を歩んできた。『日本語レトリックの体系』『日本語の文体』（ともに岩波書店）など文体論や表現論に関する数冊の学術書を著したのは、そういう背景からも自然だろう。

かたわら日本語学の紹介や文章作法の指導、ことばと笑いの考察へと分野を広げ、『作家の文体』『名文』『たのしい日本語学入門』（いずれも、ちくま学芸文庫）『文の彩り』（岩波書店）『文章をみがく』（NHKブックス）『語感トレーニング』（岩波新書）といった一般書から、『笑いのセンス』（岩波書店）『笑いの日本語事典』（筑摩書房）という趣味的な研究書まで、数多くの著書を公にする機会に恵まれた。

よほど本づくりが好きなのか、さらにそのかたわら『集英社国語辞典』『三省堂類語新辞典』『日本語文章・文体・表現辞典』（朝倉書店）の編纂や、『比喩表現辞典』（角川書店）『人物表現辞典』（筑摩書房）『感情表現辞典』『日本語の文体・レトリック辞典』（ともに東京堂出版）あるいは最近いささか世間をさわがせている『日本語　語感の辞典』（岩波書店）など各種のユニークな表現辞典の開発にも乗り出した。

明治書院では長く高校国語教科書の統括委員を仰せつかっているが、ひょんなことから小津安二郎監督の映画のせりふを分析して日本語の粋を探った『小津の魔法つかい』という楽しい本を出版したのに続き、昨年の秋には学術論文集『文体論の展開』を公刊し、雑誌や講座ものに発表した論文のうち、これまで自分の著書に入れなかった近代文学作品の具体的な文体分析を収録した。

その本の「あとがき」で、「いくぶん軽いタッチの論考は、続刊予定のエッセイ集コンビ」に収めると予告したのが、『日本語の美』および同時刊行の本書である。それぞれ「書くヒント」および「作家のいる風景」という副題を付したように、『日本語の美』では文章表現の心を鍛え技をみがくうえで参考になるかと思われるエッセイを中心とし、本書では作家の文体と文章技法に関するエッセイを中心にまとめた。「文豪の名人芸」として夏目漱石・芥川龍之介・志賀直哉、「個人技の冴え」として永井龍男・幸田文・阿部昭、「凛とした描写」として藤沢周平、「はにかみの芸」として井伏鱒二、「時を悼む笑い」として小沼丹の文章をとりあげ、作家の手になった日本語の《芸》として、ことばの粋をつくりだす技を鑑賞した部分が中心をなす。そのあとに附録の形で、「てのひらのエチュード」として短篇の、「遥かなる航跡」として中篇の、それぞれ無芸の鶏肋習作を並べ、素知らぬ顔をする。そういう恥部だけではなくこの本全体が、小林秀雄の批評のように、文学を語る文章自体が文学となることを夢見た人間のありのままの姿を映しているだろう。飾らない肉声が読者の耳の奥深く届くことを期待しつつ、今はただ羞恥と故知らぬ恐怖のいりまじった不思議な気分だ。

わがままな学術エッセイ集のセット刊行を決断された三樹敏社長、編集作業を精力的に推進された佐伯正美さん、配慮の行き届く校正を誠実に全うされた西岡亜希子さん、そして、進んで校正の仕事を引き受けられたと聞く前社長の清水敬さんら、明治書院の多くの方々の好意を乗せて出帆する。

本書が遥かな航跡を残し、星祭りの夜、銀河を渡って『日本語の美』とめぐりあう願いを五色の短冊に懸けよう。あとは夢……。そして、おのずと酒になるだろう。

二〇一一年　七夕を待つ宵に　　東京小金井市の自宅にて

中　村　明

〈著者紹介〉

中村　明（なかむら・あきら）

一九三五年九月九日、山形県鶴岡市の生まれ。国立国語研究所等を経て母校早稲田大学の教授となり、現在は名誉教授。主著に『比喩表現の理論と分類』（国立国語研究所報告　秀英出版）、『日本語レトリックの体系』『日本語の文体』『笑いのセンス』『文の彩り』『日本語　語感の辞典』『語感トレーニング』（岩波書店）、『作家の文体』『名文』『現代名文案内』『悪文』『文章作法入門』『たのしい日本語学入門』『文章の技』『笑いの日本語事典』『人物表現辞典』（筑摩書房）、『文章プロのための日本語表現活用辞典』『小津の魔法つかい』『文体論の展開』『日本語の美』（明治書院）、『手で書き写したい名文』『比喩表現辞典』（角川書店）、『感情表現辞典』『感覚表現辞典』『たとえことば辞典』『センスをみがく文章上達事典』『日本語の文体・レトリック辞典』（東京堂出版）、『文章をみがく』（NHK ブックス）、『漢字を正しく使い分ける辞典』（集英社）、『センスある日本語表現のために』『日本語のコツ』（中公新書）など。『角川新国語辞典』編集委員、『集英社国語辞典』編者、『三省堂類語新辞典』『日本語　文章・文体・表現事典』（朝倉書店）編集主幹。高校国語教科書（明治書院）統括委員。

日本語《にほんご》の芸《げい》　—作家《さっか》のいる風景《ふうけい》—

平成 23 年 7 月 10 日　初版発行

著　者　中村《なかむら》　明《あきら》

発行者　株式会社　明治書院
　　　　代表者　三樹　敏

印刷者　藤原印刷株式会社
　　　　代表者　藤原愛子

製本者　株式会社　渋谷文泉閣
　　　　代表者　渋谷　鎮

発行所　株式会社 明治書院
　　　　〒169-0072　東京都新宿区大久保 1-1-7
　　　　TEL 03-5292-0117　FAX 03-5292-6182　振替 00130-7-4991

ISBN 978-4-625-63411-6

装丁　澤地真由美